미당 서정주 전집

8

산문

* 이 도서의 국립중앙도서관 출판시도서목록(CIP)은 e-CIP홈페이지(http://www.nl.go.kr/ecip)와 국가자료공동목록시스템(http://www.nl.go.kr/kolisnet)에서 이용하실 수 있습니다. (CIP제어번호: CIP2017000039)

미당 서정주 전집

8

산문

떠돌이의 글

은행나무

발간사

　미당 서정주 선생의 탄신 100주년을 맞이하여 선생의 모든 저작을 한곳에 모아 전집을 발간한다. 이는 선생께서 서쪽 나라로 떠나신 후 지난 15년 동안 내내 벼르던 일이기도 하다. 선생의 전집을 발간하여 그분의 지고한 문학세계를 온전히 보존함은 우리 시대의 의무이자 보람이며, 나아가 세상의 경사라 하겠다.

　미당 선생은 1915년 빼앗긴 나라의 백성으로 태어나셨다. 우울과 낙망의 시대를 방황과 반항으로 버티던 젊은 영혼은 운명적으로 시인이 되었다. 그리고 23살 때 쓴 「자화상」에서 "나를 키운 건 팔할이 바람이다"라고 외쳤고, 이어서 27살에 『화사집』이라는 첫 시집으로 문학적 상상력의 신대륙을 발견하여 한국문학의 역사를 바꾸었다. 그후 선생의 시적 언어는 독수리의 날개를 달고 전통의 고원을 높게 날기도 했고, 호랑이의 발톱을 달고 세상의 파란만장과 삶의 아이러니를 움켜쥐기도 했고, 용의 여의주를 쥐고 온갖 고통과 시련을 지극한 아름다움으로 바꾸어 놓기도 했다. 선생께서는 60여 년 동안 천 편에 가까운 시를 쓰셨는데, 그 속에 담겨 있는 아름다움과 지혜는 우리 겨레의 자랑거리요, 보물이 아닐 수 없다. 선생은 겨레의 말을 가장 잘 구사한 시인이요, 겨레의 고운 마음을 가장 잘 표현한 시인이다. 우리가 선생의 시를 읽는 것은 겨레의 말과 마음을 아주 깊고 예민한 곳에서 만나는 일이 되며, 겨레의 소중한 문화재를 보존하는 일이 된다.

미당 선생께서 남기신 글은 시 아닌 것이라도 눈여겨볼 만하다. 선생의 문재文才와 문체文體는 유별나서 어떤 종류의 글이라도 범상치 않다. 평론이나 논문에는 남다른 통찰이 번뜩이고 소설이나 옛이야기에는 미당 특유의 해학과 여유 그리고 사유가 펼쳐진다. 특히 '문학적 자서전'과 같은 산문은 문체를 통해 전달되는 기미와 의미와 재미가 풍성하여 미당 문체의 진미를 맛볼 수 있다. 미당 문학 가운데에서 물론 미당 시가 으뜸이지만, 다른 글들도 소중하게 대접받아야 할 충분한 까닭이 있다. 『미당 서정주 전집』은 있는 글을 다 모은 것이기도 하지만 모두 소중해서 다 모은 것이기도 하다.

미당 선생 생전에 『서정주문학전집』이 일지사에서, 『미당 시전집』이 민음사에서 간행된 바 있다. 벌써 몇십 년 전의 일이다. 오늘의 관점에서 보면 그 책들은 수록 작품의 양이나 정본의 측면에서 아쉬움이 많다. 지난 몇 년 동안, 본 간행위원회에서는 온전한 전집을 만들기 위해서 많은 수고를 아끼지 않았다. 서고의 먼지 속에서 보낸 시간도 시간이지만 여러 판본을 두고 갑론을박한 시간도 만만치 않았다. 특히 미당 시의 정본을 확정하고자 미당 선생의 시작 노트나 육성까지 찾아서 참고하고 원로 문인들의 도움도 구하는 등 번다와 머뭇거림을 마다하지 않았다. 참으로 조심스러운 궁구를 다하였으니, 앞으로 미당 시를 인용할 때 이 전집에 의존하는 경우가 점점 많아지기를 바랄 뿐이다.

한편으로, 미당 전집의 출간은 두려운 일이다. 그것은 미당 선생의 모든 작품을 제대로 보여 준다는 형식적 의미를 지니기 때문이다. 세상에 어떤 전집이 있어 미당 선생의 모든 작품을 제대로 보여줄 수 있을 것인가? 우리에게도 그것은 현실이 못되고 희망이겠지만 그래도 우리는 그 희망에 최대한 가까이 가고자 했다. 우리가 그 희망에 얼마만큼 근접했는지는 앞으로의 세월이 증명해 줄 것이다. 다만 지금으로서는 지극한 정성과 불안한 겸손이 우리의 몫일 따름이다.

마지막으로 감히 말하건대, 우리는 미당의 전집 간행을 긍지와 사명감으로 하고자 했다. 우리는 미당을 통해서 이 세상에는 아주 특별한 것이 아주 드물게 존재함을 알게 되었다. 그리고 그 특별하고 드문 것을 우리 손으로 정리해서 한곳에 안정시키는 일에 관여하는 기쁨을 누렸다. 우리의 기쁨이 보람이 있어 세상의 기쁨이 된다면 그 기쁨은 곱이 될 것이다. 아니 그보다 미당의 문학이 이 세상에서 제 몫의 대접을 받게 된다면 우리는 사필귀정事必歸正이라는 네 글자를 진리로 받들면서 더 큰 기쁨을 누릴 것이다.

미당 선생 탄생 100주년이 되는 해의 유월에
미당 서정주 전집 간행위원회

이남호, 이경철, 윤재웅, 전옥란, 최현식

미당 서정주 전집 8 산문
떠돌이의 글

차례

일러두기

1. 이 산문 전집은 총 247편의 산문을 네 권으로 분류하고, 각 권의 제목을 새로 붙였다.

1-1. 『떠돌이의 글』은 스무 살 청년이 노년에 이르기까지의 인생 편력,
　　『안 잊히는 사람들』은 일기와 편지, 주변 인물과의 일화,
　　『풍류의 시간』은 신라 정신 및 불교 사상, 한국 전통의 아름다움,
　　『나의 시』는 미당 시의 정신적 뿌리와 자작시 해설, 후배들에게 주는 글을 수록했다.

2. 『서정주문학전집』(일지사, 1972)과 산문집 『미당 수상록』(민음사, 1976),
　　『나의 문학, 나의 인생』(세종출판공사, 1977),
　　『미당 산문』(『미당 수상록』 개정판, 민음사, 1993)을 저본으로 삼았다.

2-1. 1935~2000년 사이에 신문, 잡지 등에 발표한 산문을 새로 찾아서 추가했다.

2-2. 산문 선집 『내 영원은 물빛 라일락』(갑인출판사, 1977), 『하느님의 에누리』(문음사,
　　1977), 『한 송이 국화꽃을 피우기 위해』(민예사, 1980), 『육자배기 가락에 타는 진달래』
　　(예전사, 1985), 『시인과 국화』(『내 영원은 물빛 라일락』 개정판, 갑인출판사, 1987),
　　『한 사발의 냉수』(자유문학사, 1987), 『노자 없는 나그네길』(신원문화사, 1992),
　　『인연』(민족사, 1997)과 『서정주 문학앨범』(웅진출판, 1993)을 참고했다.

3. 발표 연도 및 게재지가 확인된 경우 원고 뒤에 출처를 밝혔다.

4. 산문에 소개된 서정주의 시는 시 전집 표기를 따랐다.

나의 방랑기

죽방잡초 竹房雜草

1

방

아무도 만나 보고 싶지 않은 때가 우리에겐 있다. 육친도, 벗도, 물론 모든 지인들—가장 친근하다는 사람들과 접촉함에서도 우리는 일종의 질식을 느끼는 때가 있다. 이러한 때 우리는 일즉이 아모에게도 펴 보인 적이 없는 제 가슴의 해저를 고요히 굽어보며 혼자만 앉아 있고 싶은 것이니 가장 무죄한 방문객까지를 우리는 이 한 시분時分을 위하여 빈척할 수 있는 것이다.

제 고독을 향락하고 싶을 때 아무런 지장이 없이 숨으러 갈 수 있는 한 개의 방을 가진 사람은 얼마나 행복스러운 일일까. 제군은 이러한 방의 하나를 가지지 못함으로써 치운 들길에 우두커니 섰던 겨울이 과거에도 없는가.

물론 우리는 일一의 공동 숙소의 방을 가졌음으로써 벼개 맞대고 한 이불 밑에 누워 있는 저 겨울밤의 장한長閑한 친화와, 모깃불 놓고 마룻전에 앉아 도란거리는 여름 저녁의 꿈을 우리의 유년 시대가 가지고 있는 자랑을 잊어버릴 수는 없다.

그러나 우리의 심정은 노변爐邊의 단란을 가짐과 동시에 독거의 한때를 필요로 하는 것이다. 서양에 철인 사색가가 많음은 그들이 마음껏 정적을 지킬 수 있는 한 개의 방을 가질 수 있는 데 큰 원인이 있는 것이 아닐까. 짙은 그늘과 맑은 물이 있는 외소에 한 개의 소박한 독거를 가진 사람은 얼마나 행복스러운 일일까.

오수 깨인 때

나는 오수를 작정하고 자리에 누웠을 때 나를 찾아오는 모든 방문객을 미워한다. 나는 한때의 오수를 위하여는 모든 용무와 친절까지를 거부하는 내 심정을 타당하다 생각한다.

나는 일즉이 나를 위하여 한 마리의 씨암탉을 잡아 놓고 나를 찾아와서 흔들어 깨우던 우리 어머니에게 역정을 내던 어느 여름을 기억하거니와 대체 자네들의 그, 남의 오수를 침입하는 자유를 용납하는바 용무라는 것은 무엇인가?

내 육관六官이 경계에 피로할 대로 피로하고 헝클어진 이성을 다시 붙잡을 만용이 생기지 않을 때, 미리부터 준비해 있던 목침 우에 내 너무나 작은 머릿박을 놓아 버리느니, 모든 불쾌한 표상을 쫓고 저 죽음과 같은 원시적 망각의 세계로 들어가는 비몽사몽의 소로를 더듬어 갈 때, 그러나 우리는 어느 때 완전히 저 망각의 성문을 들어섰던지 그것을 알지 못하고, 몇 시간 후에는 너무나 의외인 각성의 침입 앞에 우리의 눈은 놀란 듯이 띄는 것이니 이 순간, 우리는 시간과 공간을 완전히 몰각하고 자기의 위치를 짐작할 수 없어 무어라 이유를 붙일 수 없는 허고품을 느낀다. 이는 우리가 벌써 형용은 잃었을망정 일찍이 떠나온 일이 있는 어느 고향에 온 것 같은 느낌을 주지 않는가.

오수를 작정하고 자리에 눕던 일을 생각하게 될 때(완전한 이성이 돌아오기 전) 아무리 생각해도 그것은 몇 시간 전의 일 같지 않은 것이다. 불과 수 시간의 오수가 깨인 때 그것이 무척 유구한 세월이나 경과한 것처럼 느끼어지는 것은 어찌한 일인가? (이 순간이 지나갈 때 우리는 다시 경계의 착잡 앞에 서는 것이다.)

(동아일보 1935.8.31.)

2

거룩한 비약의 출현 앞에서는 시간과 공간이 몰각되는 것이다. 시계의 초침을 헤아리며 주위를 정관하고 있던 우리는 뜻밖에 비등하는 감정의 절정 앞에 설 때 저 시간과 공간의 협창狹窓을 망각하는 숭엄한 광영에 싸이는 것이다. 역사 우에 이루어지는 일一의 고봉高峯— 저 모든 영웅적 사실은 시간과 공간의 범주를 몰각하는 일一의 비약의 기록이 아닐까.

*

칸트,
사방 6척의 감방 천정에 가까운 창틈으로 내어다 뵈는 하늘을 칸트는 오늘도 우러러보고 있다.
(불사유, 불가인식……)
감방에 사는 사람에게도 하늘이 있다.

*

나는 아직 극악의 인人을 본 일이 없다. 물론 극선의 인人을 본 일도 없다.

*

선의 가면이 존재하는 날, 악의 가면의 필요가 생긴다.
악의 가면을 즐겨 쓴 사람—보들레르. 그러기에 톨스토이의 예술론 가운데는 보들레르의 시를 비非라 한 곳이 있다.

*

니체는 말하였다—세계에 대해서 피곤할 대로 피곤한 자의 입에도 약간의 지상 향락이 스며 있다고. 그러나 극히 지상적인 인간도 때로는 하늘을 우러러보는 황혼을 가지는 것이다.

*

원수를 사랑하라. 그러나 너무도 왜소 유약한 속인 유다를 용서하기에는 예수 그는 아직도 연세 방장한 시인이었다.

*

일즉부터 우리는 장년 위생가衛生家 석가의 상을 가지는 영광이 있거니와 또한 이스라엘의 센티멘털리즘을 물리칠 아무 이유도 없다.

*

인간이 생활을 비롯하는 날,
집착성과 방랑성의 어느 하나만 가지고도 살 수 없는 것이다.

*

주의는 한 개의 고집이다.
너그러운 사람도 고집을 가지는 일이 있다.

*

무엇하러 가시나요,
이러한 물음 앞에 그대들은 낯 붉힌 적이 없는가(소요하러 나왔다가……).

*

평환平丸,

인간은 닭이 아닌 한 모자 상간을 허락할 수는 없다.

—공자의 위대한 점은 결국 여기 있지 않을까.

*

도스토엡스키,

괴테의 하늘을 보아 오던 우리는 그에게서 어느 사이 몇만 길 땅
속으로 떨어짐을 느낀다. 그러나 우리는 땅속의 하늘을 또 하나 보
는 것이다.

*

늪과 호수,

도스토엡스키와 괴테(엘리야의 두 아들……),

차마 호반으로 울러 가지 못할 설움을 가진 사람이 있는 것이다.

도스토엡스키와 늪……

*

사람이란 필경 하늘 밑에 땅 밟고 살다 갈 것이 아닐까. (얼마나
단순한 일인가.)

(동아일보 1935.9.3.)

필바라수초 畢波羅樹抄

비밀

누구에게도 펴 보일 수 없는 비밀이 사람에게는 있습니다. 아무리 친한 사람에게도 이야기할 수 없는 비밀이 있습니다. 나는 흔히 '이 사람은 비밀이 없는 사람', '결백한 사람'이라는 사람을 볼 때마다 이 상하다 생각하거니와 사람이 비밀을 가지지 않을 수 없다는 것은 한 개의 큰 비극인 동시에 또 자랑이기도 합니다.

비밀이 없는 사람을 나는 상상할 수 없습니다(적어도 사람인 한). 누군지 붙들고 가슴속에 끓어오르는 비밀을 말하고 싶은 차 마 견디기 어려운 순간이 올 때 우리는 먼저 주위를 살펴봅니다. 그 러나 누구와 더불어 이야기하기에도 우리는 너무나 심각한 비밀을 가졌고, 이를 극복하고 외쳐 볼 수도 없는바 우리는 어디까지 인간 일 뿐입니다.

비밀의 무게를 안고 인간을 피해 가는 때가 있습니다. 가까운 숲의 어디, 우리는 자리 잡아 엎드러져서 다시 한 번 해방된 자기 앞에 설 때, 혹은 혼잣말이 되고 혹은 부르짖음이 되고 혹은 울음이 되어 일즉이 우리가 아무에게도 펴 보일 수 없는 비밀은 여기 밀어 진언처럼 읊어지는 것이니, 이미 일곱 개의 봉인은 떼어지고 찰나나마 그는 신과 비견하는 위치에 서는 것입니다.

일기에까지 우리가 비밀을 기록할 수 없는 것은 어쩌한 일입니까.

나는 일즉이 어느 친구에게서 이러한 이야기를 듣고 느낀 바가 있습니다. 필경은 사대四大(지수화풍)로 돌아갈 시체의 분묘를 만들지 말고 사람마다 가지고 있는바 저 일생의 비밀을 각刻하도록 해서 풍취 좋은 산간지에 묻어라도 두었으면 좋겠다고……

(동아일보 1935.10.30.)

길거리

문득 사람들의 얼굴이 그리워질 때 몬지 앉은 방을 잠깐 비워 두고 길거리로 나갑니다. 오고 가는 인파 속에 섞여 있는 내 자신을 보는 것은 나에게 한정 없는 기쁨이 됩니다. 지나가는 사람들의 얼굴을 될 수만 있으면 나는 빼놓지 않고 바라봅니다. 때로 나의 눈은 새까맣게 그을린 연돌 소제부의 얼굴에 머물기도 합니다. 무척 아름다운 눈을 가진 어느 소녀의 얼굴에 넋 없이 쏠리는 적도 있습니다.

하야 어느 때는 눈과 눈이 서로 마주치는 일이 있습니다. 미지에 대한 무한한 호기好奇와 갈망을 안고 마치 무엇을 더듬는 듯이 눈과 눈이 서로 교착交錯하는 순간 우리의 눈은 생 이전과 같이 불가사의한 것을 나는 압니다.

그것은 물론 추파가 아닙니다. 적시敵視 비하卑下 아유阿諛 물론 아닙니다. 그렇다고 육친이나 연인, 친구 사이의 정다운 일별 그것과도 성질이 다릅니다. 나는 어느 날 광화문통 네거리를 지나다가 서로 쳐다본 일이 있는 어느 여인의 얼굴과 눈을 몇 달 지난 오늘에도 오히려 기억하고 있습니다.

물론 내가 여기 이렇게 말하는 것은 헐벗은 사람이 자기의 헐벗음과 대조해서 사치한 사람을 우러러보는, 또는 사치한 사람이 자기의 사치함과 대조해서 헐벗은 사람을 내려다보는 그러한 종류의 길거리의 비극을 말하는 것은 아닙니다. 우리가 길거리에 나설 때 우리는 적으나마 계급과 차별을 초월할 수도 있습니다. 자기의 의장과 지위를 관심하지 않는 둔한 심정을 우리는 길거리에서 잠시나마 가질 수가 있습니다.

몰려가고 몰려오는 인파 속에 섞이어 그들의 얼굴을 바라보며 정처 없이 걸어갈 때 언뜻 말이라도 걸어 보고 싶은 사람과 만나는 일이 당신들에겐 없습니까. 우리는 물론 성과 이름과 주소를 모릅니다. 그러면서도 무한 친함을 느끼는, 그 자리서 손이라도 붙들어 잡고 싶어지는 사람을 혹은 길거리에서 보는 일이 있습니다. 그러나 이를 감행하기에는 어찌하여 우리는 이처럼 약합니까.

세상에는 서로 만나서 행복스러울 사람이 반드시 있을 것입니다.

이러한 사람끼리 서로 길거리에서 만날는지도 모릅니다. 혹은 그것을 서로 느낄는지도 모릅니다.

이러한 확신을 가졌음으로써 길거리에 나설 때 나의 마음은 신대륙 발견의 항로에 오른 콜럼버스와 다를 것이 없습니다. 그러나 아모 말 없이 나왔다가 아모 말 없이 돌아가는 나. 그럼으로써 나는 다시 길거리에 나설 기회를 기다리며 인간에 대한 절망의 유혹을 물리치기로 합니다.

(동아일보 1935.11.1.)

필바라수

오전 4시 반.

새벽 참선을 끝마추고 보리수 밑에 서서 명성을 바라봅니다.

30세의 석가가 네란자라 강가의 필바라수 밑에서 새벽 명성을 보고 홀연 오도悟道하였다는 것은 12월 8일 효조曉朝의 일입니다.

사막, 40일간의 침사명상沈思冥想의 끝에, 내가 하늘의 아들이노라고 외치고 나온 예수 그는 아직 삼십 고개를 갓 넘은 청년이었습니다.

어디서 이처럼 큰 정열이 솟아 나오는 것일까요. 어떻게 이처럼 큰 확신이 생기는 것일까요.

이런 이야기가 있습니다―어느 사막에 가까운 지대에 사는 사람이 우연히 한 마리의 사자 새끼를 잡아다가 마침 자기 집에 생산된 여러 개 새끼와 같이 길렀습니다. 사자 새끼는 개 새끼들과 함께 아무 일 없이 몇 달을 살았습니다. 개 새끼와 한 통의 밥을 먹고 때로는 개 새끼의 흉내를 내는 사자 새끼는 형용 이외에 개 새끼와 다를 것이 없었습니다. 어느 날 그날은 일기가 무척 청량한 날이었습니다. 뜻밖에 사막 멀리서 뭇 사자의 울음소리가 들렸습니다. 개 새끼와 같이 있는 사자는 귀를 기울이고 듣고 있었습니다. 그러고는 쏜살같이 사막 만 리를 달아나 버렸습니다.

또 이런 이야기가 있습니다―해안을 걸어가는 청년이 있었습니다. 보통 사람들은 그를 시원찮은 청년이라 하였습니다. 그는 무슨 일이 하고 싶었습니다. 인류를 위한 무슨 일이 하고 싶었습니다. 그러나 자기에 대한 확신이 도모지 생기지 않았습니다. 청년은 해안의 길을 걸어가고 있었습니다. 이때 어린아이 하나 언덕에서 떨어졌습니다. 어린애의 울음소리는 청년의 이막耳膜을 울렸습니다. 청년은 바다를 향해 뛰어들었습니다. 다시 언덕 우에 나온 그는 어느새 신과 동렬에 있는 자기를 보았고, 비로소 첫 하강을 시작하여 족할 자기를 알았습니다.

예수거나 석가거나 막대한 세월 회의초사懷疑焦思한 끝에 그날에 이르렀겠지만 자기의 할 바를 비로소 알고, 이를 확신하고, 이를 긍정하고, 법열에 도취하여 처음 기립하는 순간과 그 정열이 없었던들 영구히 그들은 꿇어앉은 채 비약할 날이 없었을 것입니다.

언제 어디서 이러한 순간이 다시 무수한 인간들 가운데 하나둘 찾아올는지 모릅니다. 그것은 오늘일는지도 모릅니다. 내일일는지도 모릅니다. 이러한 기다림을 가질 수 있다는 것은 우리들의 행복이 아닐 수 없습니다.

오전 4시 반 보리수 밑에 서서 새벽 명성을 바라봅니다.

(동아일보 1935.11.3.)

속 필바라수초

절대로 존재할 수 없는 것이 있을 수 있을까.

없다—우주 전체에서 볼 때.

있다—개아 개체에서 볼 때.

*

존재의 전부를 긍정해도 살 수 없고, 전부를 부정해도 살 수 없다.

이 사람을 보라—니체

*

선이다. 미다. 투쟁이다. 부조扶助다.

일면적 가능의 학설—우리는 이것을 진리라 할 수 없다.

*

실재實在, 선인가. 실재實在, 악인가. 영靈인가. 물物인가.

선이요, 악이요, 영이요, 물, 아닌가.

　　　　　*

약한 자 진리를 알고 살 수 없다.

　　　　　*

어디로 가든지 필경 우리는 인간이다. 오관과 정과 욕을 가진……

　　　　　*

모든 서양적인 천재의 초상화는 불만 아니면 증오, 적으나마 일종의 초조를 표현하고 있다.

그러나 석가만은 아무렇지도 않다는 듯이 원만하게 앉았다.

　　　　　*

자기가 무척 천재나 된 것처럼 느껴지는 때가 있다. 자기가 한없이 백치와 같이 보이는 때가 있다.

　　　　　*

나는 아직 한 그루의 나무와, 한 개의 호면湖面을 바라보듯이 서로 쳐다보는 진실한 눈을 보지 못하였다.

　　　　　*

철학사.

구학설의 오류와 신학설의 창건, 영원의 신新과 영원의 구舊……

사가史家는 이것을 진보라고 한다. 시간의 작란作亂.

*

사상史上의 모든 철학자를 한방에 모아 앉혀 봤으면. 칸트와 플라톤과 데모크리토스, 헤겔과 포이어바흐, 스피노자와 에피쿠로스……

그들의 이야기의 결말이 어떻게 나나.

*

메레시콥스키의 「톨스토이론」을 보면 청년 시대의 톨스토이는 훈장이 부러웠다고 한다.

애처와 가정을 버리고 시베리아를 유랑하는 만년 톨스토이의 짊어진 결망은 훈장과 같이 빛나지 않는가. 이것을 말하지 않는 점에 필경 그의 위대는 있는 것이다.

(동아일보 1935.11.3.)

고창기 高敞記

방의 비극

최초에 누가 있어 흙으로 바람벽을 쌓아 방을 마련했느뇨.

아마도 동사체 되기 싫어서 혹한을 피하여 또 뭇 독충과 독사와 맹수를 피하여 이루어진 것이라 우리는 생각하는도다.

우리는 오랜 세월을 방에 길들어 살아왔도다. 온돌방에서 사는 사람은 판잣방에서 살 수 없고, 침대에서 자는 사람은 온돌방에서 잘 수가 없도록까지 길들어 왔도다. 이리하여 죄인을 벌하기 위하여서 판잣방을 마련하는 제도까지 생기지 않았느뇨.

저주할지로다 너, 방을 태초에 마련한 자여. 이제 나는 충분히 방의 비극을 각(覺)하고 외계를 향해 방문을 열어젖히며 이렇게 부르짖느니, 생각건대 루소와 같은 자연을 사랑한다 하여 산보하기 좋아하는 모든 사람들의 반역은 너에게 향하는 것이었도다, 방아.

우리는 방에 질리기 시작하면서부터 이를 장식하기 비롯했으니, 혹은 화류문갑을 윗목에 놓아 보기도 했고 혹은 명화잡화를 벽 우에 붙이기도 하였으며 때로는 화병을 또는 어항을 몇 번 고쳐서 들이고 갈아서 내갔었는가. 벽화의 위치를 변하여도 보고 가끔 책상 놓인 자리를 옮겨도 본다. 그러나 도모지 불만족한 것은 방이다.

사람들은 방의 갑갑함을 견디지 못하여 창을 유리로 만드는 걸 생각해 냈으리라. 조이로 창을 바르고 살아오던 우리들도 미닫이에다 가나마 유리 쪼각을 붙여 본다. 사실 칼라일은 하늘을 보기 위하여 그의 서재의 천정을 유리로 꾸미었다고 하지 않는가. 우리도 언제는 칼라일을 본받아서 천정이나마 유리로 할는지도 모른다.

우리는 어찌하여 이처럼 방에 칩거해서 살게 되었는가. 끝끝내 방을 마련하지 말고 밖에서 살았던들, 우리는 좀 더 용맹했을는지는 모르지만 지금과 같이 무력하고 음악陰惡하지는 않았을 것이다.

모든 소극적인 자살행위와 권태와 가면과 불안과 우울이 어데서 배태하느냐? 나는 오늘도 벽을 바라보고 누웠다가 드디어 외계를 향해 창을 열어젖히며 감히 이렇게 대답한다―그것은 태양과 외계의 세련을 거부하는 너, 방이 낳아 논 비극이라고……

(동아일보 1936.2.4.)

장

닷새마닥 한 번씩 장이 서는 제도는 자미있게 되었도다. 우리 땅
의 산과 들 가운데 무수히 산재해 있는 촌락들 중에 백 호 이상의 대
촌을 골라 한 개의 장을 세우는 제도는 썩 자미있게 되었도다.

혹은 산속에 혹은 들녘에 파묻혀서 근농에 피로하고 칩거에 심심
해진 우리 백성들에게 하로 동안 의관을 쓰게 하고 두루마기를 입혀
서 장터에 모이게 하여 서로 쳐다보며 내왕하게 하는 그것만으로도
장은 훌륭히 의미 있는 존재로다.

장에 가면 우리들의 아담스러운 생활을 장식하기에는 충분한 물
품들이 구석구석 진열되어 있느니, 가령 우리들의 안해의 한 감 치
마를 만들 수가 있는 광당목이며, 가령 선조들 묘전에 공양할 수도
있는 왼갖 신선한 과실이 있고 생선과 고기도 주머니만 허락하면 대
소를 불구하고 사다 먹을 수도 있게 되어서 우리들의 심정을 맞추기
에는 지극히 족하도다.

또 장에는 왼갖 얼굴과 성격을 가진 사람들이 다 모이나니 가끔
볼만한 구경도 일어나는도다. 그대들은 어느 고무신점 앞에서 색다
른 차림을 한 거지들의 자미스럽게 부르는 장타령 소리를 들으며 웃
을 수도 있을 것이요, 취하여 돌아다니는 친구의 노랫가락이며 때로
는 한바탕의 자미스런 정도에서 그치는 싸움과 시비 또한 구경할 수
가 있도다.

거기다가 볼일이나 다 끝나서 돌아갈 무렵이 되거든 10전이나
20전만 여유가 있는 사람이면 구석구석 막을 쳐 놓고 후히 대접을

하는 더러는 밉살스럽지 않은 계집들이 있느니, 떠 주는 뜨근뜨근한 국물에다 두어 잔만 한다면 이날 하로는 완전히 그대의 세상이 될 수도 있을 것이다.

이리하여 해 어스름 취하여 돌아가는 길에는 고담방가의 흥을 누릴 수도 있고, 드디어 집에 돌아가서는 사 가지고 간 것을 안해 자식들 앞에 펴 놓으며 하로 동안 구경하고 온바 자미스러운 장의 이야기와 장의 사건을 등잔불 앞에서 이야기해 들려주며 단란할 수도 있는 일이니, 우리의 장은 이 얼마나 축복할 존재인고.

우리의 백성들은 가령 미쓰코시의 상점이 자네들의 마을마닥 서서 자네들을 부르는 날이 있다 할지라도 우리의 장을 사수한다 할지로다.

(동아일보 1936.2.5.)

배회

떠돌며 머흘며 무엇을 보려느뇨　　徘徊將何見
시름에 홀로 이 마음은 벙드네　　憂思獨傷心
　　　　　　　　　　　—완적阮籍

폐장肺腸에 피가 아조 말라 버리지 않는 한 나는 아직도 비바람 속에 사는 기쁨을 찬미하는 사람이어야 하리라.

마음이 상채기로 애리는 날이라도 언제나 시의 바탕은 일광에 젖은 꽃이요 꽃노래여야 하리라.

나는 대체 무엇으로 마음을 상하였고 상했다 해야 하는가.

스물네 해 동안 내가 기억해 온 5백 개쯤 되는 얼굴, 가깝다면 가까운 스무 개쯤 되는 얼굴, 그중에서도 부모형제, 죽마고우, 단 하나

뿐인 나의 애인—그들의 까닭인가 나의 상심은?

마지막 애인마자 나는 흔연히 이별했다. 그 여餘는 물론……

오오— 부모 양위 형제간과 나의 애인. 애인이란 무엇이냐. 솟작새의 산맥처럼 내 눈앞에 가리어서 넘을래야 넘을 수 없는 불치의 장벽이냐.

그러나 나의 시선은 언제나 목전의 현실에선 저쪽이다. 그대가 만일 이러한 규칙을 위반하고 내 동공 앞에 바짝 다가설 때는 그대는 누구거나 나에겐 절벽이다. 무너뜨리거나 넘어서거나 안 되면 돌아서 가야 할 절벽인 것이다. 그걸 알아라. 5백 개쯤 되는 지인의 얼굴을 내 머릿속에서 삭제한 다음 이제 내 생각의 공중은 참으로 너룹구나.

오— 영원의 일요일과 같은 내 순수시의 춘하추동을 나는 혼자 어느 방향으로 걸어가면 좋은가.

내 눈앞엔 이제 생소한 산천과 주야만이 가리어라. 생경한 암석 우에 (그 무기체의 허무 우에) 징 끝을 휘날리는 지극한 기교의 공인工人처럼 나는 내 암흑과 일월을 헤치고 내 순수시의 형체를 새기며 걸어갈 뿐이러라.

낯선 거리 우에 낯선 사람들—그들은 나와 같은 공기를 호흡할 뿐 나에게 한 번의 악수를 청하는 일도 없이 지나가고 지나가선 다시 못 볼 사람들—그들의 이 끊임없는 인파 속에 나는 내 고독과 체온을 유지하고 그들을 내 의장처럼 갖춰 입고 걸어가고 걸어가고 걸어갈 뿐이러라.

이제 나의 고독은 완전히 나의 멋이다. 결국 사람이란 제아무리

슬플 때라도 휘파람 날리거나 하모니카 불어야 할 부끄러운 소녀처럼 청명한 것 아닐까? (그러나 이 점 나는 너무 아는 척하는가 부다.)
하여간—

나는 이 끝없는 배회의 중심에 한 개의 파촉巴蜀을 두리라. 이걸 낭만이라 부르건 지축地軸이라 부르건 그대들의 자유다.

오늘도 하로의 방황 끝에 내가 피곤한 다리를 끌고 어느 빈터의 풀밭이거나 하숙집 뒷방에 돌아와 쓰러져 있을 때 왼갖 권태와 절망과 암흑한 것 가운데 자빠져 있을 때 문득 어딘지 먼 지역에서 지극히 고운 님이 손 저어 나를 부르는 듯한 기미. 귀 기울이면 바로 거기 있는 듯한 기미. 내 방황의 중심에 내 절망과 암흑의 중심에 결국은 내 심장의 중심에 그 중심의 중심에 칠향수해七香水海의 내원內圓의 강물처럼 고여서 있는 듯한…… 그 침묵하는 것. 그 유인하는 것. 내 심장에 더워 오는 것. 그것을 나는 편의상 내 영혼의 파촉이라 하리라. 시의 고향이라 하리라. 나는 언제나 이 부근을 배회할 뿐이러라.

*

샛길로 샛길로만 헤매이다가 한바탕 가시밭을 휘젓고 나서면 다리는 훑쳐 육회 처 놓은 듯 핏방울이 내려져 바윗돌을 적시고
아무도 없는 곳이기에 고이는 눈물이면 손아귀에 닿는 대로 떫고 씨거운 산열매를 따 먹으며 나는 함부로 줄달음질친다.
산새 우는 세월 속에 붉게 물든 산열매는
먹고 가며 해 보면 눈이 금시 밝아 오드라.

잊어버리자 잊어버리자

희부얀 조이 등불 밑에 애비와 에미와 계집을

통곡하는 고을 상가喪家와 같은 나라를

그들의 슬픈 습관 서러운 언어를

찢긴 흰옷과 같이 벗어던져 버리고

이제 사실 나의 위장은 표범을 닮어야 한다.

거리거리 쇠창살이 나를 한때 가두어도

나오면 다시 한결 날카로워지는 망자!

열 번 붉은 옷을 다시 입힌대도

나의 취미는 적열의 사막 저편에 불타오르는 바다!

오— 가리다 가리로다

나의 무수한 죄악을

무수한 과실처럼 행락하며

옮기는 발길마닥 또아리 감은 독사의 눈알이 별처럼 총총히 묻혀
있다는

모래언덕 너머…… 모래언덕 너머…… 그 어디 한 포기 크낙한 꽃
그늘 부질없이 푸르른 바람결에 씻치우는 한낱 해골로 놓일지라도
언제나 나의 염원은 끝 가는 열락이어야 한다.

(조선일보 1938.8.13.)

랭보의 두개골

랭보, 끝끝내 귀향할 일이 아니었다. 에미와 누이의 품으로 돌아
갈 일이 아니었다.

반쯤 부지러진 다리를 끌고 그래도 그대는 그 패잔의 최후를 고향
에서 마치려고 돌아가는가. 약한 인간.

그가 임종의 침상에서 누이의 손목을 붙들어 잡고 부들부들 떨리
는 음성으로 "너는 신의 존재를 믿느냐?"고 물었을 때 그는 벌써 한낱
평범한 19세기 프랑스인이요 그 누이의 불쌍한 오래비에 불과하였다.

정말로 어린애처럼 흐렁흐렁 울면서 가톨릭의 성유를 발바닥에
발리우며 한낱 무지한 시골 중의 주문 속에 사라지는 이 무력한 시
체를 보라. 이것이 랭본가? 분명히 그 베를렌의 피스톨 탄환을 살 속
에 박은, 시고詩稿를 불사르고 뒤돌아서 달음질치던, 그 모든 인간 열

성劣性 우에 비수를 겨누는 틀림없는 랭보, 랭보의 육체인가?

그의 시골다운 무덤은 항용 적막하리라. 그 안씨러운 누이와 그 누이와 같이 무죄한 촌여자의 몇은 더러 그의 무덤 우에 들꽃을 피우기도 하리라. 다행히도 발표된 시고의 몇 편이 시인 랭보를 후세에 전하리라.

……그러나 랭보! 나의 로맨티시즘은 오히려 그대를 책하려 한다.

일체의 과거를 휴지처럼 불사르고 그대가 그 무와 같은 사막만을 가질 때, 부절히 분해分解하며 달릴 때, 한 개의 제한된 아라비아 사막은 정히 한 개의 신의 도로의 무한에 방불했고, 그대의 피투성 된 정오의 육체는 능히 하나의 피닉스에 해당했다. 랭보! 청년들의 먼 시선은 언제나 그대를 놓치는 일이 없으리라.

하여간 그대는 휴식할 일이 아니었다.

취미는 이 얼마나 좁은 것인가.

극단—그렇다. 랭보의 길은 콜럼버스의 것과 같이 원형이어서는 안 된다. 영구히 도달할 수 없는 완성할 수 없는 직선이어서 좋았을 것이다.

랭보는 이 자유 앞에 회귀점을 두어야만 할 일인가? 출발점으로 회귀한다는 사상의 만각. 만각이 무엇이 그리 값진 것이냐!

랭보의 귀향은 자각이 아니었다. 그냥 피곤하고 늙었고 좌절했을 뿐이었다. 귀향하는 랭보는 이미 사회死灰의 시체에 불과하다.

시체—그러므로 나는 이러한 그의 만년—개종과 회한과 노쇠의 전기傳記를 모른다 하리라.

나의 동공이 먼 천애에 집중할 때 언제나 나의 머릿속에는 방랑하는 랭보의 현실이 있다. 인제는 배낭이나 신발까지도 벗어 던져 버린 지 오래인 랭보. 왼갖 풀 냄새와 산 냄새와 돌 냄새와 사막 냄새가 나는 랭보. 짐승과 인간과 천지의 냄새가 나는 랭보. 손아귀에 닿는 대로 야생의 씨거운 열매를 따 먹으며 점점 밝아 오는 안광과 심장으로만 그는 걸어간다. 그는 일체에 도전하고 미소하고 획득하고 포기한다. 그는 한군데도 오래 머무는 일이 없다. 그는 애인을 가지지 아니하리라. 친우를 가지지 아니하리라. 물론 고향과 과거를 가지지 아니하리라.

　고독한 랭보…… 그의 의의는 다만 그의 현재의 보행과 그 유혈과 극복과 소생에만 있다. 참으로 정열적인 어느 새와 같이 그 부절의 비상 속에 자기를 연소하며…… 통일하며, 분해하며, 망각하며, 수입하며, 날아가는 정열로만 존재하는 정신. 아조 죽어 버리는 일이 없는 피닉스. 고독한 랭보.

　터키와 인도와 아라비아와 아라스카의 좁고 너룬 산중이나 모랫벌을 헤매는 동안에는 여자도 많고 남자도 많고 사람이사 참 많기사 하였으리라. 혹은 어느 야자수 우거진 우물가에서 그의 뒤를 따르려 하는 막달레나의 형제를 만났을는지도 모른다. 그러나 그는 한 번 미소하고 돌아서선 그의 길을 가고 또 갔을 뿐이리라.

　아직도 나는 그의 죽음을 모른다. 그러나 아무래도 그가 별세한 것만은 사실인 모양이니까 나도 어쩔 수 없이 그건 그렇다고 하지만 오히려 내 머릿속에 그의 묘지는 고향엔 있지 않다. 내 지극한 취미는 그를 시체로도 고향엔 보내지 아니하리라.

랭보는 아직도 사막 우에 있다. 아무도 찾아가는 이 없는 무인의 사막 우에 다만 청산과 태양열에 젖어서 오래인 춘추에 잔뼈마자 다 녹고 이제는 하나 남은 랭보의 두개골. 그 유달리 하이얀 두개골. 낙원 전설의 금단의 나무 우에 스스로히 얹히어 스스로히 나부낀다는 비밀의 서책처럼, 바람과 하늘빛에만 젖어 있는 두개골…… 이 얼마나 엄숙한 인간 고민의 상징이냐?

이 변두리엔 아무런 꽃씨도 피우지 마라.

(조선일보 1938.8.14.)

칩거자의 수기

주문

거울을 들여다보고자 하는 것은 백분을 묻힌 남녀들이다. 정신이
그의 암명 속에서 부절히 보행해야 하는 그러한 시간의 집적 끝에는
드디어 당도해야만 하는 절벽 끝에 놓여져서 문득 거울에 비친 자기
를 본다는 것은 크나큰 위험이다. 만화경에 비친 절망한 그리스도의
상판이라는 걸 상상해 보라. 감람산에 기도를 올리는 최종야의 주
예수 그리스도……

비추어 볼 테거든 좀 더 대담히 사면의 거울 속에 그 상대적 반영
의 무한 속에 감수減數와 같이 적어져 가다가는 마침내 보이지 않게
되어 버리는 네 자아의 삼엄한 동서남북을 보라. 그 가관적 배열과
제한을 보라. 너의 빙점을 보라. 피스톨을 놓든 안 놓든 그건 너의 자
유인 것이다.

이 저주할 상징적 복습.

가령 말하자면 모든 문자에서는 즘생의 내음새가 난다. 보리밭에서는 왜 항상 시퍼런 달이 뜨느냐는 것이라든지, 비너스의 그 탄생 신화 같은 것, 그러한 수심水深. 우리 어머니는 어째서 늘 껌정 거북 표의 다 찢어진 고무신짝을 끌고 다녀야만 하느냐는 것이라든지, 보들레르는 확실히 아마 1860년경부터는 히히히히히히히 웃었어도 확실히 그렇게나 조금씩 웃었으리라는 것이라든지―너의 방에 무슨 스테판 말라르메 씨나 폴 발레리 씨 등의 서재와 같이 포옥 파묻히는 안락의자나 잘 끓는 커피가 상비되어 있겠느냐마는 부디 권고하노니 앞 골마리에다가 두 손을 찌르고 방바닥에 번듯이 자빠져서 이상과 같은 생각을 착실히 20일씩만 반복해 보아라.

나의 기특한 독자 제현이여, 아직도 시가 쓰고 싶은 호기심이 담하지 않았거든 꼭 한 번씩만 시험해 보아라. 아무리 미련한 사람일지라도 한 수에 30일씩만, 내가 보증하노니 꼭 그렇게만 한다면 너는 반드시 시를 쓰게 될 것이고 오래잖아 꽤 심각하다는 등의 평도 더러는 들을 것이고 가끔가다가는 연하장 같은 엽서 한 장씩 보내주는 애독자도 어쩌면 3, 4인쯤은 생길 것이고 또는 돈도 한 수에 2원은 꼭꼭 받을 것이다. 너는 순수 시인이 지원이냐?

반드시 게으르기를. 옆방에서 너의 아버지가 장작개비 귀신과 같이 되어 가지고 작고하시거나 말거나 너의 안해가 마지막 인사소개소 같은 데를 찾아갔거나 말거나 네 신발이 다 떨어졌거나 말거나 형용사의 삼중의 의미 속에 이불을 덮어쓰고 끝까지 일어나지 말기를.

드디어 네게 아무도 없게 된 날 아무것도 없게 된 날 그 폐허 우에 너는 창문을 열리라. 벗이여 어찌해서 네 눈에 만년과 같은 눈물이 고이는가. 너는 벌써 후회하고 있는 것이다. 그러나 너는 인제는 어찌할 수도 없는 구렁에 빠지고 말았구나. 악마악마악마, 아무리 소리치며 나를 욕해 봐라. 네가 비록 식도를 갈아 가지고 찾아다닌다 하여도, 그때 나는 네 안계에는 없을 것이니까. 지장보살님, 지장보살님, 그러나 이 아무래도 황혼에, 나는 대체 어쨌으면 좋은 것이냐. 거기 항다반한 청년들처럼 그냥 느티나무 같은 데 뻣뻣이 늘어져 버리기는 나는 정말이지 싫다.

나의 마지막 『구약성서』를 깨끗이 불사르어 버리마. 여기 사멸한 이집트와 같이 사멸이 무성한 내 형용사의 수풀이 있다. 최초의 일별로써 나를 중독한 그 찬란한 광망—인제 보니 그것은 사안死眼이 몰산沒散하는 인광이었구나. 오색의 조화造花로써 흉부를 장식하고 아무리 이름을 불러 쌓아도 일어날 줄 모르는 그년. 나는 조금도 아까워할 것 없이 내 약간의 혈흔이 임리한 기십 개의 조화 속에 그년을 불태우리라. 반편이 된 나의 불쌍한 10년의 미라도 그 속에 넣어서 온전히 천 일을 공부하였어도 아조 잊어버리지는 못하여서 가뜩이나 어두운 내 머릿박 속에 몇 개의 추상적 관념처럼 아직도 세 들어 있는 혜치惠緇라고 부르는 전주 여자 같은 것, 절도 혐의를 받았던 고사故事와 같은 것, 프로이트 박사의 『꿈의 해석』과 같은 것도 그 속에 넣어서.

깨끗이 한번 목욕을 할 거니까!

지장보살님, 지장보살님, 나에게 한 개의 동사를 다오. 나는 본래가 보행의 명인이니까 사변만 끝나면 아라비아 군다리까지라도 걸어서야 가마. 그런 것이 아니라, 이 어찌 된 세상이기에 이웃도 친척도 형제도 자식도 나는 도모지 사랑할 수가 없다. 아무리 허덕여도 사람들을 사랑할 수가 없다. 꽃도 산천도 제대로는 사랑할 수가 없다. 올바로 그렇게는 되어지지가 않더구나.

지장보살님, 나에게 '사랑한다'는 동사를 다오. 애인을 애인으로서 벗을 벗으로서 어린것들을 어린것들로서 사랑할 수 있는 사람이 되게 하여 다오.

남들은 모두들 사랑이 스스로운가. 정말로 그러헌가. 그럼 나도 그 사람들과 같게 하여 다오.

지장보살님…… 지금 이 글을 쓰는 자는 조끔 울고 있는 것이다.

(조선일보 1940.3.2.)

석모사 夕暮詞

대단히 크다란 말을 빌려서 쓰자면 우주의 원색이라는 것은 보들레르에 의하면 심히 투명하지 못한 금속성의 빛깔과 같다고 한다. 지극한 데 이르는 권태의 끝을 적시우는 것은 사실 언제나 그 누런 석모의 빛깔이었다. 누렇다고 하기보담은 오히려 납빛에 가까운, 아무리 뚜드려도 퍼걱퍼걱 소리밖에는 아무 반향도 없을 것만 같은 그러한 광망―보들레르가 가리켜 원색이라고 한 것은 이러한 빛깔이 아니었을까.

저승이라고 하면 사람들은 흔히 새까만 밤중과 같은 것을 생각들한다. 그러나 나는 꽤 오래전부터 그것을 아조 누런 빛깔이라고 생각해 보는 버릇이 있다. 우스운 버릇이다.

닷새 만에 한 번씩 오는 장날이거나 장날이 아니라도 해 질 때가되면은 드디어 나는 방구석에 그대로 백여 있지를 못하고 밖에 나선다. 무슨 볼일이 있는 것이 아니다. 찢어진 레인코트 주머니 속에다 두 손을 찌르고 전생과 같은 석모의 햇빛 속에 나를 적시우며 불길한 까마귀처럼 가도를 헤매어 다니는 것은 내게는 일테면 그 시와같은 연습인 것이다.

내가 걸어가는 거리의 좌우에 나까무라 상네 반찬가게가 있건 신용상점이 있건 우편소가 있건 그런 것이 내게 무슨 상관이냐. 폐쇄한 성문처럼 굳이 입술을 다물고 초조한 발길을 옮겨야 하는 그 허다한 황혼을. 사실인즉 나는 당나라 사람이었다. 파촉서 온 청년이었다. 어떤 때는 흉악한 망령이었다.

지금 내가 살고 있는 이 쪼그만 군청 소재지. 허물어진 성城돌 밑에서 깐깐히 음흉한 생활들을 영위하는 3천여 명의 내선인 남녀는 나와는 아무런 교섭이 없다. 있다면 막연한 적의가 있을 뿐이다. 가끔 나의 장발 뒤를 따라다니는 어린놈들과 "죠 상(서 씨), 어디 가?"하는 청년이 몇 사람 있을 뿐이다.

아무 데도 안 가! 아무 데도 안 가! 아무 데도 안 가!

호주머니에 몇천 전 은전이 있고, 그날이 마침 장날이고 하면은 장에 가서 나는 술을 마신다. 장에는 참 아직도 동포들이 많이 모여서 좋다. 어느 돌무데기 우에, 어느 황토밭 속에, 그들은 소리도 없이 묻혀 있다가 이렇게 모두들 기어 나온 것인가. 한결같이 두 눈깔이 물캐진 그들. 나처럼 그들도 술을 너무 많이 마시는 까닭인가. 이, 양 잿물과 나막신과 서숙쌀을 팔러 온 사람들. 이, 양잿물과 나막신과 서숙쌀을 사러 온 사람들. 큰소리 한 번만 꽥 지르면 형체도 없이 모다 어디로 흔득흔득 스러져 버릴 것만 같은 사람들. (혹은 꼭 그렇지도 아니한가.)

썩은 생선 냄새가 코를 찌르는 장판의 한가운데, 헌 쌀가마니로 움집들을 짓고 시래기 선짓국을 끓이는 그 많은 술막들 중에서 제일 으슥한 곳을 찾아 나는 들어간다.

거기에도 역시나 '두 눈이 물캐진 사람들'은 수삼 인씩 웅크리고 앉아서 있다. 이 치운 겨울에 그래도 의관이라고 헌 맥고모자를 쓰고 온 사람과, 그 사람이 데불고 온 엿장사와, 엿장사 같은 종류의 장돌뱅이들.

(한잔 드시겨. 박 상, 과용이시구만이라우. 미안허구만이라우. 왕보네 딸은 30원 받았대라우. 투전도 요새는 허가한다능만이라우. 춘팔이 흐흐 마꼬 한 개만. 지랄허네 지랄허네. 마꼬 한 개는 공것인 줄 아냐. 이것도 7리여. 비상시라야. 지랄허네 잡것 지랄허네 지랄허네……)

해가 서산에 꼽박 저물도록까지, 술장사 여편네가 차근차근 짐짝을 챙기도록까지, 그들이 던지는 이러한 대화를 나는 무슨 땅속의 음악이나 요카나앙(세례 요한)의 예언처럼 듣고 앉아서, 자꾸만 연거푸 술을 마시고 앉아서, 손님이라곤 마지막 나 혼자 남도록까지 오래오래 일어날 줄을 모른다. 사실인즉 이러한 때 나는 흔히 솔찬히 먼 곳에서 들리어 오는 한 줄기의 피리 소리를 듣고 있는 것이다. 심 봉사와 같이 깨끗이 두 눈이 먼 장님이 불고 오는 나에게는 지극히 상징적인 그 외마디 피리 소리를…… 그러나 이건 또 어쩌면 아니 확실히 나의 환각인지도 모른다.

술막을 나오면 주위는 완전히 파장 판이다. 안전眼前의 생철 지붕에는 마지막 비취던 노을마저 사라지고 여기저기 아직도 남은 장돌뱅이들이 은전을 세는 소리. 나에겐 역시 귀에 익은 전라도 말로 세는 소리.

아— 나는 끝끝내 주정을 해야 하는 것이다! 세상 사람들의 말에 의하면 '절반 미친놈'이 되어야 하는 것이다!

아리랑— 아—리랑 아—라—리—요
아리랑 고—개로 넘—어간다—
이, 똥만도 못한 놈들아!

(조선일보 1940.3.5.)

여백

나에게는 대범 아래와 같은 경험이 있다.

일테면 나의 대운이 트였을 때, 호주머니에 1, 20원 중전衆錢(목돈)이 있을 때, 차분히 쉬면서 무엇이 좀 공부하고 싶을 때, 그렇게 나도 남과 같이 좀 깨끗해 보고 싶을 때.

학생밖에는 치르지 않는다는 것을 "네, 나는 불교전문 학생이오" 어떻게 어떻게 간신히 둘러서 한 달에 17, 8원짜리 하숙방 하나를 얻어서 놓고 "네, 짐짝은 곧 옮겨 오겠습니다. 우선 식비로 10원만 받으시지요" 고물상에 가서 헌 책상과 낡은 담요를 하나 사 가지고 와서 그놈 앞에 누워서 그놈을 깔고 '꽃이로다, 꽃이로다' 그런 생각을 마악 좀 하려고 하면은, "정주 거 있나?" 문을 열고 들어오는 험상스런 털보. 이런 데 묻혀 있는 나를 어떻게 알고 찾아온 것일까. 나의 비밀을 소문만 내는 날이면 나의 일신을 여지없이 파멸시키고야 말 그 무서운 비밀을 사실은 속속들이 알고 있는 이 니켈 테 안경을 쓴 무서운 털보. 나의 단 하나뿐인 동무. 나의 그림자.

"굶었는가?"

"굶었어!"

"잘 데가 없는가?"

"없어."

그날 밤부터 우리는 조그만 한 개의 담요 속에 의좋은 동무로서, 그러나 사실 외면하고 드러누운 나는 사지가 떨려서 어디로 도망갈까 어디로 도망갈까 밤내 그것만 생각하고 누워서 이 원수가 나의 입버릇을 숭내 내어 시를 읊는 것도 전신의 모공에서 누런 물을 쉴 새 없이 흘리는 것도 또 폐병 제3기의 가래 같은 기침을 캑캑하여 쌓는 것도 또또또 손톱과 발톱을 도무지 깎지 않은 그 더러운 수족으로 나의 척주를 자꾸만 성욕과 같이 건드려 쌓는 것도 일언반구 반대하지는 못하는 것이다. 이렇게 하루가 가고 이틀이 가고 사흘이 가고 나흘이 가고 한 달이 지난 후에 책상도 담요도 다시 저의 고향을 찾아가고 두루마기도 내의도 다 어디로 가고 밥값은 반 이상 외상을 짊어지고 드디어 길거리로 쫓겨 나와서 치운 네 갈림길에 서면, "또 보세", "또 보세⋯⋯" 우리 둘이는 여전히 악수하고 의좋게 갈라지는 것이나, 헤매어 다니다가 어찌어찌해서 내가 또 방만 하나 가지게 되면 한 번도 잊어버리는 일이 없이 "정주 거 있나?" 하고는 들어서고 들어서고 하는 그놈.

이놈은 실로 변화무쌍인 것이다.

내가 할 수 없이 되어 가지고 고향집에나 내려와 있는 때면 혹 어쩌다가 이런 '칩거자의 수기' 같은 것이라도 써 달라는 이가 있어 겨우 그 초두 몇 줄을 쓰고 있노라면 아― 이 여우 같은 놈은 어디 있다 또 여기까지 굴러들어 온 것인가! 인제는 호리毫釐도 틀림없는 내 아버지의 상판을 하고 여전히 그 피똥이 묻은 기침을 캑캑하면서 또다시 내 사고의 전면을 막아서는 것이다. 우러러보면 아닌 게 아니라 그 꾀죄죄한 눈곱이 낀 것까지 조금도 틀림없는 우리 아버지다.

"나는 어려서부터 너를 알고 있다. 네 비밀을 잘 알고 있다. 이 저주를 받은 놈아! 너를 스물여섯 살이나 퍼먹도록까지 키워 준 것은 내가 아니냐. 나다. 너의 아버지다. 어서 팔어라, '너'를 팔어라. 30원에 40원에! 그래서 나를 봉양하여 다오."

"흥! 시라고. 흥! 문학이라고. 너 같은 쌍놈의 자식이 그래도 퍽 이름자는 내보고 싶은 모양이로구나! 안 되느니라, 안 되느니라. 24시간 언제나 내 이 더러운 네 개의 수족으로 네 척수신경의 중요 부분을 드윽득 문지르고만 있을 거니까. 어디 한번 생각해 봐라! 아무리 악착한 역경에서라도? 흥! 끝까지 한번 그래 보아라!"

언제나 복부에 조그만 산판알을 장식하고 다니는 그 사음_{舍音} 퇴물 같은 어조까지가 인제는 다아 썩어 빠진 장작개비 귀신과 같이 검은 뼉다귀 우에 껍질만 남은 앙상하니 여윈 모습까지가. 그런 데서 흐르는 물과 같은 거무스레한 눈물까지가 어찌면 이리도 틀림없는 아버지냐.

이러한 24시간. 오— 이러한 날이 날마닥의 24시간. 나는 드디어 시도 원고도 책도 사고도 깨끗이 내 몸뚱아리까지도 발기발기 찢어 버려야만 하는 것이다! 끝없이 경사진 길을 달음질치다가는 어푸러지고 어푸러지고 하면서도 일분일초의 휴식도 없이 늘 도망해야만 하는 그 상당히 광막한 암야행로에 그 육시처참한 사대_{四大}를 또다시 내어 던져야만 하는 것이다.

이것은 일테면 나에겐 숙명과 같다. 이, 아마는 나의 탄생과 같이 탄생하여서 나의 돌아가는 날 돌아갈 모양인 털보……

하늘은 기본적인 자양분이니라—아마 그렇게 기본적인 자양분이니라.

(조선일보 1940.3.6.)

나의 방랑기

인문평론사가 나더러 '방랑기'라는 걸 쓰라고 한다. 저속한 인기책으로서가 아니라 서정주란 자가 기록하고 있는 소위 시작詩作이란 것의 배경 내지 밑바닥을 이루는 것이 무엇인지를 알기 위한 까닭이라고 한다. 요컨대 '네 과거를 깨끗이 한번 고백해 보라'는 것이다. 무서운 주문이다.

단순히 어느 풍물이나 인정 등을 구경하고 다닌 이야기가 아니라, 그것을 읽어서 그 사람이 쓴 작품의 전경全景까지를 짐작시킬 수가 있는 그러한 방랑기란 어떤 것일까. 본래 예술작품이라는 게 그것을 지은 사람의 표면의 언어 행동이 외연하는바 사생활이라는 것과 그렇게까지 적극적인 관계가 있는 것이라곤 나는 생각지 않는다. 경험주의의 척도로써 잴 수 없는 것이 정신의 도표 속엔 얼마든지 있는 까닭이다.

그러므로 여하에 내가 쓰려 하는 방랑기의 몇 장의 문자가 얼마나 내 시작詩作을 설명할 수 있는 것인지를 나는 모른다. 맥락도 없이 떠오르는 기억의 단편을 향해 나에겐 지금 끝없이 타기하고 싶은 생각이 있을 따름이다.

나는 금년에 스물여섯 살이다. 이 얼마 안 되는 동안에 하기는 나도 왼갖 지랄 다 해 봤고 부모네들 속도 어지간히 썩였다. 저녁을 굶어 가며 밤길도 걸어 봤고 삼복중에 유치장에서 울어도 봤다. 아무래도 안정이 되지 않더라.

나보고는 모다들 징그럽다고 한다. 내 속에 들어 있는 혼탁—나는 아무래도 탁객인 모양이다. 불교의 연기설에 의하면 글 쓰는 사람들은 대개 후생엔 날즘생이 된다지만 나는 아마 날지도 못할 것만 같다.

우리 아버지나 어머니까지가 인제는 나를 완전히 싫어함도 무리는 아니다.

방랑이라는 말이 육신과 정신이 안주 의지를 잃고서 헤매어 다니는 그 암중모색을 이름이라면 나의 방랑은 1929년부터 시작한다……

우리 아버지는 나를 무슨 고등관 8등쯤 만들고 싶은 것이었는지도 모른다. 그러나 자식 하는 짓이 벌써 틀렸던 것이다. 부모는 일찌감치 나를 단념하는 수밖에 없었다.

나는 되도록이면 만주나 러시아로 가고 싶었다. 드디어 나는 그해

(고창고보를 쫓겨나던 해) 겨울에, 아버지에게는 대단히 소중한 돈 3백 원을 훔쳐 가지고 집을 떠났다. 그러나 만주도 러시아도 가지는 않았다. 비겁하게도 나는 그냥 서울에 주저앉고 말았으니, 이 비겁이 오늘 내가 소위 문학이라는 것을 하게 된 동기를 지워 준 것이었다. 그때 내가 한 걸음만 더 내어 디뎠던들 나는 그 소원이었던 육혈포도 지금쯤은 사서 가지게 되었을 것이고, 몸도 마음도 지금보다는 훨씬 더 튼튼하게 되었으리라.

나는 그때 원남동이라는 데 있었다. 자세히 말하면 원남동 14번지. 나는 여기에서 우연히도 나의 그 뒤에 적지 않은 영향을 준 청년 배미사를 만났다. (미사! 나는 여기에 그대의 이름을 그냥 공공연하게 쓰는 게 기쁘다. 어데서 혹 이 치졸한 글을 읽게 되더라도 나쁘게 생각 말기를.)

미사는 그때 가야금이라는 걸 하고 있었다. 너무 지나치게 베껴진 이마를 박태원이마냥 갑바머리로 가리우고(사람들이 몰라서 그렇지 사실은 박태원이보단 미사가 이 머리는 먼저 하였을 것이다), 짙은 흑안경에 좀처럼 웃을 것 같지도 않은 청년. 가야금 같은 건 하지도 않을 것 같은 사람이 가야금을 하는 게 신기하였다. 인제 와서 돌이켜 보니 그렇게 보여지는 것이지만, 그 무렵의 미사를 나는 일종의 아나키스트였다고 생각한다.

나는 이 집엔 꼽박 8개월을 있었지만 한 번도 나한테 밥값을 졸라 본 일이 없는 이 이상한 주인. 나뿐만이 아니라 모다 합하여 세 사람의 기식자에게 한결같이 그러한 이 너무나 무심한 주인.

그는 또 곧잘 센티멘털해지기도 하는 것이었다. 그런 때 들려주는 이야기가 일테면 문학이었다. 비가 나리어서 밤 깊도록 내가 잠을 못 자고 누웠으면, 그의 방에선 이윽고 가야금 소리가 들리어 온다. 그의 방으로 찾아가면 그는 소위 산조라는 것을 투기고 앉았다. 그런 때 들려주는 이야기가 고골리의 「남로춘소南露春宵」(『지칸카 근교의 야화』)였다. 아쿠타가와 류노스케였다. 그 해박한 한시 번역이었다. 때로는 산적이었다. 신경쇠약이었다. 이런 사람이 어찌 18세 소년 서정주에게 조금도 영향하지 않을 수 있었겠느냐.

나는 날마닥 공설도서관엘 다니며 5, 6권의 고리키 전집과 투르게네프의 『그 전날 밤』과 모파상 같은 걸 주워 읽었다. 또 가끔 빙수집 같은 데 가서 소주를 한잔씩 몰래 사 먹었다. 머리털이 엉성히 자라고 얼굴은 자꾸 말라 들어갔다.

집을 떠난 지 9개월 만에 한 질의 세계문학 전집과 몇 권의 톨스토이와 이시카와 다쿠보쿠와 기타하라 하쿠슈 등을 한 20원어치 고본가게에서 사 가지고 다시 집으로 내려오니, 아버지는 초당에서 무슨 멍석 같은 걸 절고 앉았다가 나를 한번 빤히 쳐다보곤 처음으로 내 앞에서 눈물 바람을 하셨다.

객담이지만 그전 우리 집엔 안체와 동띨어서서 대밭 속에 자그만 초당이 하나 있었다. 그 이듬해 가을이 되도록까지 나는 이 초당 안에 들어앉아서 부훙이 소리를 들으며 솥작새 소리를 들으며 밤 깊은 줄도 모르고 사 온 책들을 읽었다.

이렇게 1년을 지낸 후에 나는 웬일인지 자꾸만 어느 절간이 가 보고 싶어졌다. 아버지보고 말했더니 허락해 주었다. 나는 바삐 커다란 공책 한 권과 우선 읽을 책 몇 권을 신문지에 싸 가지고 걸어서 갔다.

백양사 운문암이란 데는 꽤 무식한 염불중이 한 사람 살고 있는, 너무 높아서 구경꾼도 잘 다니지 않는 참 조용한 암자였다. 나는 이곳에 두 달 동안 파묻혀 있으면서 속으로 가만히 생각해 보았다. 로테와 같은 소냐와 같은 나스타샤와 같은 그런 나의 애인은 어디 있는 것일까. 나는 톨스토이가 될까 그럼 니체한테 미안하고, 니체가 될까 그럼 톨스토이한테 미안하고, 첫째 누구 같아서는 안 되는 것이고…… 하여간 먼저 석가모니와 같이 가정만은 버려야 한다. 세상은 다아 허무다. 메테를링크의 수정 촛불 밑에 머리털을 산발한 여인과, 라스콜니코프가 권말에서 우러러보던 절벽 너머 서광 같은 것을 나는 두 달 동안이나 곰곰이 생각해 보았다. 시도 몇 편 썼으나 나는 지금 그걸 하나도 가지고 있지 않다.

운문암에서 내려와서 한 달쯤 집에 있다가 나는 재차 돈 30원인가를 훔쳐 가지고 서울로 달아났다. 돈이 그밖엔 궤짝 속에 없었던 까닭이다.

서울에 올라오던 길로 나는 원남동의 미사를 찾았다. 그때도 가야금은 여전히 하였으나 미사는 그동안에 술도 마시고 웃기도 잘하는 사람이 되어 있었다. 문학 이야기는 인제는 내가 하였고 그 사람은 자꾸 미두와 가부 시세만을 이야기하였다.

나는 그에게 중이 되고 싶다는 말을 하였다. 내가 이런 말을 미사한테 한 까닭은, 그는 근본이 절에서 커 난 사람이었고, 절에는 더러 친지도 있으므로 그의 의사 여하에 따라선 나의 중노릇쯤 주선해 줄 수도 있는 때문이었다. 처음엔 반대하였으나 끝끝내 그는 내 말을 들어주었다.

그 이튿날 나는 동대문 밖 개운사 대원암이란 데서 심란스런 장발을 깎아 버리고 그 당시 불교전문학교의 교장이었던 박한영 노사의 제자가 되었다.

칠성각에 조용한 방 하나를 치워 주어서 나는 독경과 조석 예불을 게을리하지 않았다. 그때 내가 배운 불경은 『능엄경』이라는 것이었다. 박 선생한테선 잘 배운다는 칭찬도 더러 들었다. 그러나 이 아무 세상 물정도 모르는 동안의 칠십 노총각 박 선생이 무슨 나를 알았겠느냐. 나는 여전히 연애소설류를 탐독하였다.

가끔 문안으로 미사를 찾아가서는 술도 한잔씩 얻어먹었고 기생집에도 더러 따라다니며 놀았다. 웬일인지 이 시기에 나는 자기라는 것을 무척 서러운 존재로 과대망상하는 버릇이 생겼다. 좀 더 큰 비극이 내 우에 떨어지기만 고대하는 심정이었다.

이 무렵에 나와 매일같이 만나던 사람에 동리東里 김시종 군이 있었다. 다 떨어진 세루 쓰메에리에 양말도 안 신고 돌아다니며 군도 무척은 서러운 모양이었다. 한밤중에 그 먼 필운동에서 나 있는 절간까지 걸어와서는 소리도 없이 내 방문을 슬그머니 열고 들어올 때 반갑다기보단 우리는 둘 다 울고 싶은 것이었다.

인생은 유정하여 눈물은 가슴 적시는데　　　人生有情淚沾臆
저 강물, 저 강 꽃은 어찌 다함이 있으리야　　江水江花豈終極

하는 두자미의 「애강두哀江頭」의 일절을 군이 입버릇처럼 외고 다니
던 것은 아마 이 무렵이었을 것이다.

　그러나 봄이 지나고 여름이 와서 6월이 되었을 때 나는 다시 이
대원암을 떠났다. 아조 깨끗이 깊은 금강산에 가서 중노릇이 해 보
고 싶었다. 그 참선이라는 것이 해 보고 싶어졌다. 박한영 선사에게
뜻을 고했더니 금강산 마하연에 있는 송만공 선사에게 보일 소개장
한 장과 돈 1원과 헌 운동화 한 켤레를 주었다. 나는 그 돈 1원 중에
서 15전짜리 밀짚모자 하나를 사 쓰고 그 헌 운동화를 신고 금강산
까지 걸어서 갔다. 하로에 조선 리 수로 170리를 걸어 본 것이 최고
기록이었다. 군데군데 산골을 찾아들어 절간에서 잠깐 밤을 밝히곤
또 줄곧 달음질쳐서 일주일 만엔가 마하연에 당도했을 때는 나는 벌
써 병인病人이었다.

　그러나 송만공 선사는 나에게 좀처럼 중노릇을 시켜 주지 않았다.
인제 생각하니 짐작되는 일이 없지도 않지만 이 정책적인 늙은 선
사는 그때 대관절 무엇을 생각하고 있었던 것인가. 나를 자꾸만 피
하는 것이었다. 중이라는 건 그렇게 쉬운 것이 아니라는 둥, 부모네
가 찾아와서 가자 하여도 여기 그대로 있겠느냐는 둥, 집에는 전답
같은 게 몇 마지기나 있느냐는 둥, 자꾸 대답해도 끝이 없는 질문이
었다.

'오직 결심했으면 이렇게 아프도록까지 걸어서 왔겠느냐. 박한영만큼 중이 될라면 너는 아직도 멀었다'고 나는 속으로 송만공을 점쳐 버렸다. 그러나 서울까지 되돌아 걸어갈 힘도 재미도 내겐 없었다. 나는 대담히 그에게 경성역까지의 차비를 청구했다. 무슨 속이었는지는 모르나 그는 나에게 그걸 주었다.

경성역에 내리긴 하였으나, 웬일인지 나는 박 선생을 찾아가서 그런 이야기를 하고 싶진 않았다. 미사도 동리도 만나 보고 싶지 않았다. 한태석이라고 하는 고향의 학생을 찾아가서 어떻게 간신히 차비를 꾸어 가지고 할 수 없이 나는 고향으로 내려왔다.

(그러나 이렇게 써 가다가는 한정이 없겠다. 인문사가 지정해 준 매수의 배는 더 있어야 할 것이다.)

하여간 한 달 남짓이 집에 있다가 다시 서울로 뛰어나와서 밥만 얻어먹는 가정교사를 한 달쯤 하였고, 그러고 지내자니 나는 아조 치울 땐 잘 곳도 없을 때가 많아서, 한번은 그때 친면이 있던 이헌구 씨한테 갔다가 미안해서 말을 못 하고, 수표교 밑을 찾아가서 그래도 제법 코 골고 자는 궤짝 속의 거지를 향해 "같이 자자"고 고함을 치니, "이놈아 우리도 좁다"고 궤짝은 말하는 것이었다. 천적스런 이야기는 그만침 하자. 나도 사실은 흥미가 없는 것이다.

그 이듬해, 즉 내가 스물한 살 먹던 해 봄에 나는 다시 불교전문학교라는 데를 들어갔다. 명색이 전문학생이지 나는 벌써 기분만은 교수나 박사 뿌스레기의 할아버지가 되어 있었다. 철학사도 칸트도 불경 종류도 내 깐에는 혼자만이 알고 있었다. 나는 가끔 막걸리를 마시고 등교를 하였고 수업 시간의 3분지 2는 선생의 소리를 멀리 잉잉거리는 무슨 꿀벌의 소리같이 귓가에 흘리면서 혼자 속으로 명상을 하였다. 불전佛專 1학년 동안에 나는 도스토옙스키 전집 한 질을 완전히 독파하였다.

불전 재학 시에 내게는 치명적인 사건 하나가 있었다. 1기 시험 중에 일어난 일이니까, 그건 아마 2학기였을 것이다. 급장을 하는 배성돈이란 학생이 회중시계를 교실 안에서 잃어버렸다. 나는 처음부터 끝까지 절 돈으로 공부를 하는 삼십대의 이 승려 학생을 조금도 좋아하지 않았다. 제가 잘못해서 시계를 잃어 놓고는 터무니없이 한 반 학생들을 의심하는 권리를 사용하는 것이다. 수업 중에도 자꾸 뒤를 돌아보면서 옆에 있는 학생과 지껄이곤 낄낄거리고 지껄이곤 낄낄거리고 하는 것이었다. 나는 그것이 웬일인지 나를 의심하는 것 같이 생각이 되었다. 나는 시간이 끝난 후에 덮어놓고 그를 불러내 가지고 "이놈아 왜 나를 의심하느냐"고 소리를 질렀다. 그는 절대로 나를 의심한 게 아니라 한다. 그러고는 그뿐이었다. 그러나 이 심히 간단한 일은 나에게는 적지 않은 타격이었다. 그 이튿날부터 학교만 가면 학생 놈들은 나를 보곤 의미 있는 듯한 웃음을 지었다. 도적놈은 너라는 그러한 웃음이었다.

그러나 이 반 내에서 오직 한 사람, 지금은 어데 있는지도 모르는 함형수만이 그때부터 나에게 '잉끼시노프'라는 별명 하나를 지어 주었다. 〈몽파르나스의 밤〉이라는 영화에 나오는 주연배우의 이름이라 하였다.

그 뒤에 나는 오래잖아 이 학교를 나오고 말았다. 잉끼시노프는 이 회색의 종교학교가 무슨 암굴과 같이 생각되었던 것이다. 이때부터 나의 얼굴엔 늘 벗들이 말하는 그 '박해당한 표정'이라는 게 생겼는지 모른다.

나는 어느새에 보들레르의 도당이었다. '악의 가면'의 제창자였다. 술은 내게 없어서 한이었다. 교모는 그 뒤에도 얼마동안 쓰고 다니다 대학 옆 하수구에 내버렸다.

나는 여기에서, 그 무렵에 비롯한 내 연애라는 것에 대해 또 몇 장 써야 할 것이다. 그러나 소정의 지면이 이미 넘었다.

불전을 나온 후에 나는 해인사란 데서 사립학교의 교원 노릇을 석 달인가 하였고, 제주도에 가서 한여름을 지내었다.

스물두 살부터 스물다섯 살까지 이 4년 동안에, 내가 그간 여기저기 발표한 시작이라는 것 대부분이 쓰여졌다. 이 4년 동안에 내가 자기를 이뤄 온 이야기도 좀 쓰긴 써야 할 것이나 우선 여기서는 그만두기로 한다.

내 속에는 한 사람의 '아웃트 – 로'와 한 사람의 '에피큐리언'이 의좋게 살고 있다. 대외적인 한 나는 죽는 날까지 나의 욕설을 퍼부으며 가야 하리라. 그렇지만 자기가 자기를 생각하지 않는다면 오늘날 대체 누가 나를 생각해 준단 말이냐.

(『인문평론』 1940.3.)

속 나의 방랑기

불교전문을 쫓기어 나온 후에

교장 서명의 퇴학 명령장을 받은 것은 아니나 쫓겨 나온 것이나 다름없이 교문을 나온 후에 내가 헤매어 다닌 4년간, 그 4년간의 이야기를 쓰기 전에 나는 먼저 내가 생겨난 고토의 흙에 대해서 몇 장을 소비하는 것이 예절인 것 같다.

나는 본래가 무슨 양반도 부자의 자식도 아니다. 질마재라고 부르는, 좀 더 정확히 말하면 고창군 부안면 선운리라고 부르는, 황해 남안의 죄그만 어촌에서 나는 생겨났다. 모두 합해야 70호도 되지 못하는, 한 사람의 지주도 한 채의 기와집도 그 흔한 진사 같은 것 하나도 없는, 한결같이 무식하고 한결같이 얼굴빛이 누른 사람들이 한백여 명 모여서 사는, 그러한 촌락이었다.

날만 새면 사내들은 모두 벌막에 나가서 소금을 굽거나 영 넘어 새우젓 장사를 다녔고, 계집들은 조개도 잘 줏고 산에 가서 나무도 해 나르는, 일테면 그러한 상놈의 마을이었다. 뒤에 알았지만 이 마을 사람들과는 어지간한 반촌에서는 혼사도 하지 않는 것이라 한다.

어느 집을 찾아가도 토방에 멍석을 깔았을 뿐 흙벽에는 한 장의 신문지도 바르진 않았고, 한 5, 6년 전까지도 순사가 청결 검사만 나오면 부녀자들은 모두 콩밭 속에 가 숨어 버리는 불쌍한 사람들의 마을이었다.

몇 되지 않는 내 일가친척들은 지금도 전부 그 마을에서 살고 있지만, 우리 아버지를 제한 외에는 그들은 한 사람도 언문 한 자 해득하진 못한다. 그들 가운데서 우리 아버지만은 어떻게 배운 것인지는 모르지만 그래도 소시에 『논어』 권이나 배운 덕택으로, 또 천성이 꼼꼼한 덕택으로 남의 집 사음 노릇을 하여서 후에 토지 마지기나마 장만하였고, 그걸로 내가 우연히 여기저기 학교 같은 것을 구경하고 다닌 끝에 이렇게 할 수 없는 놈이 되어 버리긴 한 것이나, 우리 어머니는 역시 어부의 딸이었고, 외할아버지는 아마 갑오년이라던가 바다에 나가서는 어느 바람에 어떻게 돌아가신 것인지 그 날짜까지도 아직 알지는 못한다.

이 마을에서 나는 10년을 자랐다. 그러므로 내가 만일 구한말에 태어났다 하여도 참봉 한 등 하였을는지도 의문인 나는 본판이 상놈의 자식인 것이다.

벗들 가운데서 나는 흔히 '아라비아 토인'이라는 별명으로 불리는 사람이었다. 아라비아는 나의 지식 밖이라 알 수 없으나, 그 '토인'이라는 말이 나는 싫지 않다. 내가 무슨 이태백이 아들이란 말이냐! 내게서는 필연 그 소금 굽는 질마재의 낫 놓고 기역 자도 그릴 줄 모르는 내 일가친척의 내음새가 날 것이다. 종이 한 장 붙이지 않은 흙방과 흙 바람벽의 내음새가 날 것이다.

사실 나는 열 살이 되어 우리 집이 줄포라는 데로 이사를 하고, 내가 보통학교에 들어가도록까지 콩사탕 같은 것 하나 먹어 보진 못하였고, 머리털은 또 계집애들처럼 치렁치렁 땋아 늘이고 다니었다. 장환이나 광균이 같으면 이 연대의 이 나이에는 전깃불도 기차도 다 보았으리라.

고백하기엔 좀 부끄러운 말이지만, 어머니가 산에 오르고 할머니마자 밭에나 나가고 나 혼자 빈집을 지키고 있는 날이면, 궁금하다 못하여선 나는 더러 바람벽의 황토 흙을 뜯어 먹고 놀았다. 그 쓰지도 달지도 않던 황토 흙의 맛—지금 내가 어느 거리의 다방에서 모차르트를 들으며 피곤한 육신을 쉬이고 앉아 있다 하자. 눈만 감으면 언제나 역력히 기억되는 것은 그때 먹었던 그 흙 맛이다.

요컨대 나는 이상과 같은 곳의 이상과 같은 사람들의 이상과 같은 후예인 것이다. 내 이름은 서정주가 아니라 본래는 '큰놈'이다. 글 쓰는 동지의 선비들 가운데서도 이퇴계의 종손이라던가 김유신의 백대손이라던가 하여 그런 족보를 아직도 내심 조끔씩 생각하고 있는 사람들은 행여 나와 동좌에 앉지 말기를.

1935년 11월부터 이듬해 4월까지 6개월 동안 나는 확실히 절망한 그리스도였다. 관수교 다릿목 같은 데 우두커니 서서는 속으로 가만히 생각해 보는 것이었다—원통하다! 원통하다!

교모는 비록 쓰지 않았으나, 아직도 단추가 두 갠가 달린 그 사립 종교학교의 쓰메에리 교복을 숙명처럼 입고 다니며, 나는 서울 장안의 자전거 방울이란 자전거 방울을 모조리 따 먹어 버리고 싶은 밤이 한두 번이 아니었다. 카르모친과 한 자루의 단도를 번갈아서 사 가지고 다니기는 하였으나 나는 그걸로써 자살하지는 못하였다. 연전에 죽은 이전梨專 학생보다는 나는 아무래도 '사내'였던 것이다.

유라幽羅! 임유라! 너는 왜 하필 이런 때를 가리어서 내 앞에 나타났느냐. 불 꺼진 너의 창문 앞에 전신주를 기대어 섰던 그 많은 밤을, 나는 사실인즉 불치의 천형병자였다. 능구렝이였다. 익사하려는 슬픔이었다.

자초지종을 이야기하자.

고창군 고창면 월곡리 죽방—나를 일즉이 고창고보에서 공부시키기 위하여 우리 전 가족이 이사해 온 집, 그 집의 전 주인이 바로 임유라의 부친이었다. 우리가 이사해 오기 전에 벌써 전주로 옮겨 간 그 임씨가의 둘째 아들이 문학을 공부하는 사람이고, 그 밑에 딸(유라)이 서울 모 여학교에 다닌다는 것쯤 풍편에 듣기는 하였으나, 나의 그리스도의 수련기—1936년에 이르도록까지 그들은 나와는 아무런 교섭도 없었다. 1936년 1월에 「벽」이라는 시 한 편이 동아일보 신춘문예에 당선되었다.

덧없이 바래보든 벽에 지치어

불과 **시계**를 나란이 죽이고

(강조 부분을 보라. 독자들은 고소苦笑해 주기 바란다)―이것이 웬일인지 전주에서 사는 임유라와 그의 오빠(사명)의 눈에 들었다 한다.

　마침 동기방학으로―아니, 집안사람들에겐 그렇게 말하였으나 사실은 좀 영원한 동기방학으로, 한 달쯤 죽방에 쉬러 와 있는 동안의 어느 날 사명이 나를 찾아왔다. 역시 「벽」이 좋다는 것이다. 저의 누이도 좋아한다는 것이다. 나는 조끔 속으로 슬펐다. 그래서 교수대니 그리스도와 같은 아조 상징적인 말만 자꾸 하였다. 하여간 이것이 계기가 되어 상경할 때 나는 전주 그의 집을 찾았고, 유라를 또 알게 되었다.

　하룻밤을 청수정 그들의 집에서 묵고 있는 동안, 나는 그들의 과도한 친절과 유라의 미모와 소프라노에 가까울 만큼 울리는 음성 속에서 아무 말도 못 하고 앉아만 있었다. 너이들은 모르는구나! 너이들은 모르는구나! 아무래도 그들과 나와는 사는 언덕이 다른 것만 같았다. 자지러지게 푸른 달이 뜨는 보리밭 속에서 울리어 나오는 피리 소리―그런 것을 생각하며 나는 어찌 울고 싶었다. (독자들 가운데는 친절이 귀찮은 걸 아는 사람이 있는가?)

　유라는 약간 등이 굽은 듯한, 모가지가 가느다란, 눈에는 역시 보리밭에 낀 안개와 같은, 그런 것이 속에 들어 있는 여자였다.

　"제 인상이 어때요?"

"나뻐요…… 나뻐요."

"네에?……"

그 이튿날 나는 바로 서울 가는 기차를 탔으나 이삼일 후 임유라는 웬일인지 다시 서울에 와서 있었다. 그 소슬한 가회동 7번지. 거의 날마닥 나는 동리와 같이 (그때 동리와 나는 한 하숙에 있었다. 동리가 식비를 내는 하숙에서 나는 덤으로 좀 붙어서 자는 것이었다) 가회동 7번지를 찾아가서는 두 시간씩 세 시간씩 우리는 종시 아무 말도 없이 벙어리처럼 앉아 있다가 오고 오고 하였다. 양말 뒤꿈치가 때에 절어서 아조 깨끗이 떨어져 버린 이 무렵의 우리 두 사람을 유라는 대체 어떻게 보았을까. 바람 쐬러 가자고 동리가 아무리 권하여도 그는 우리와 같이는 한 번도 다방에도 가지 않았다.

"뽀도레―루를 좀 읽었으면 하는데 있거든 좀 빌려주세요."

나는 그날로 곧, 무엇이던가 입질入質하여서 보들레르의 1환 각수짜리 『악화집』(악의 꽃) 한 권을 그에게 사다 주었다. 그 표지 안 페이지에 나는 확실히 다음과 같이 적었던 것 같다.

선의 가면이 존재하는 날. 악의 가면의 필요가 생긴다.

악의 가면을 즐겨 쓴 사람―보들레르. 그러기에 그는 볼스토이와 같은 일생을 보내지는 않았다.

그러나 그 여자는 내 것은 되지 않았다. 그에게는 달리 사내가 있었던 것이다. 전신주 밑에 서서 밤을 밝히다가 금강주를 몇 고뿌 연이어서 마신 다음에, "유라!" 그렇게 부르고 들어가면 "여, 어디서 이 지독한 술 냄새가 나?" 하고는 낄낄거리고 웃는 이빨이 날카로운 박성춘이가 있었다.

나는 꼽박 사흘인가를 걸려서 소위 러브레터라는 것을 모다 다섯 줄인가 써서 보냈다. 그 편지는 동리가 갖다 주었다. 그러나 아무런 회답도 주진 않았고, 한번 픽 웃더라는 것이었다. 픽! 그렇게.

동리는 나더러 되도록이면 빨리 단념하기를 권고하였다. 아무리 권고해도 소용이 없는 것을 알자, 내종에는 내 손목을 잡고 "네가 그렇게 헐값이거든 어서 죽으라"는 것이었다. 그 말은 나를 울렸다. (동리야! 미안하다. 나의 슬픔은 단순히 실연뿐만이 아니었던 것이다. 가령 말하자면 불전佛專의 시계 사건 같은 걸 나는 아직껏 너에게까지 숨기어 왔다. 너도 사람이니까, 할 수 없이 나를 의심할 줄만 알고 그랬다.)

이 무렵 나는 수하동으로 이상을 찾아갔다. 동리의 우와기를 입질해 가지고, 지금 경성방직에 있는 이성범, 중앙불전 동급생인 함형수와 같이 그를 찾았다. 하룻밤을 우리는 넷이서 황금정으로 종로 뒷골목으로 돌아다니며 2시가 넘도록 술을 마셨다. 육자배기를 멋들어지게 부르는, 취해 가지곤 대로 상에서 야반 ××가를 태연히 고창하는 이 괴물이 그때 나에겐 꼭 무슨 정신적 형님처럼 느끼어졌다. 아편을 안 먹겠느냐고 하니까 인제 있다가 먹겠다고 하였다. 황금정통에서 종로로 내려오는 인도 상에서 "너는 피에로가 아니냐"고 하였더니, "피에로라니! 피에로라니!" 그는 끝까지 피에로가 아니라고 하였다. 당시 연전延專 문과의 학생이었던 이성범 군이 뜻밖에 아스팔트 우에 폭 쓰러져서 뻐르적거리며 오열하던 것은 그때였다.

그러나 나는 아무래도 이렇게 오래오래 지낼 수는 없는 일이었다. 사실 나는 좀 치료해야 하였다.

5월에 나는 합천 해인사라는 데를 찾아서 갔다. 절에서 세운 초등 정도의 사립학교에 교원 노릇을 해 보는 것이다. 정말 청탁을 받은 건 동리였으나 그는 이 자리를 나에게 양보해 주었다. 월급은 13원야.

치료의 기록

1936년 5월 어느 날 나는 해인사 산골을 기어올라 가며 혼자 울었다. 오— 그 굉장한 진달래꽃. 아마 진달래꽃이 너무 많이 핀 까닭이었는지도 모른다.

해인사에는 전선全鮮에서도 제일간다는 쇠북이 있다. 내가 당도한 처음 날 황혼에 나는 그 크게 요괴한 쇠북소리를 들으며, 이건 어쩌면 나의 탄생일이로구나, 어쩐지 아렴풋이 그렇게 느껴져서 견딜 수가 없었다. 나는 다시 이런 데로 기어들어 온 걸 후회하였다. 그러나 바깥세상으로 나가기도 싫었다. 밤에는 또 웬 솥짝새가 그리도 와서 우는지, 이건 열 마리나 스무 마리 그런 것이 아니라, 확실히 몇천 몇만 마리가 산이 찢어지도록 우는 것이다.

절에서는 내 소원대로, 본사에서 한 1마장쯤 걸리는 거리의 원당願堂이라는 암자에, 방 하나와 책상 하나와 램프등 하나를 주었다. 내게는 이, 내가 기식하는 집의 '원당'이란 이름까지가 퍽 요괴스럽게만 생각이 되었다. 끄니마다 먹는 쑥국이, 처음 방에 들어가자 늙은 중이 바로 갖다 주며 벽상壁上에 붙이라는 알 수 없는 인도 문자의 축문이 모다 요괴였다. 때는 또 마침 기울어지는 봄이 아니냐. 절 옆 골째기에 길이 넘게 우거진 보리밭이, 밥 짓는 공양주가 그날 밤 찾아와서 들려주는 누구의 여편네는 누구와 붙고 누구의 여편네는 누구와 붙었다는 그런 이야기가, 그 눈물이 그렁그렁해 가지고 사람을 원망하는 것같이만 들리는 너무 진실한 경상도 말소리까지가, 모다 요괴스럽게만 생각이 되는 것이었다.

그러하였다. 승려의 도량이니 신성 구역이니 태초부터 그런 건 없었다. 심산에는 심산의 명령과 이에 복종해야 하는 짐승들의 법칙이 있을 뿐이다. 나는 이 지극한 정적 속에 며칠 밤을 눈뜨고 지내는 동안에, 강렬한 향기 밑에 이루어지는 혈족 화간和姦의 비극 같은 걸 아득히 상상해 보곤 하였다.

애들을 가르치는 것은 처음 나에겐 재미도 있었다. 밤에 잠을 못 자는 까닭에 낮에는 좀 머리가 아찔아찔하긴 하였으나 그래도 나는 하로도 이 승려와 화전민의 자녀들을 가르치는 데 게으르지는 않았다.

그러나 나의 일과는 이러한 교육보담도 오히려 방과 후에 있었다. 완전히 혼자 되어 가지고 목욕을 가는 것이다. 해인사 계곡을 한 번이라도 가 본 이는 잘 알겠지만, 해인사는 또 물이 맑기로도 유명한 곳이다. 왼갖 산화와 수목이 우거질 대로 우거진 밑을, 그것들을 적시우며 물은 몇십 리고 흘러내려 가면서 혹은 폭포가 되고 혹은 상당히 깊은 여울을 이루는 것이다. 이 유수의 근원지를 찾아서 올라가는 길은, 본사까지는 그래도 자전거를 끌고 다닐 만은 하지만 본사에서부터는 완전히 오솔길이다. 이름도 모를 기괴한 잡초 속에 두 발이 파묻히는, 말하자면 길의 형적밖엔 없는 그러한 길을 혼자 헤치고 가면서 평균 20분만큼씩에 꼭꼭 만나는 것은, 몸서리치는 산독사의 떼였다. 오히려 정지한 것 같은 세월의 햇빛 속에, 그 진땀 나는 오후의 햇빛 속에 좌우에 뵈는 것은 짙은 그 원색의 꽃들이었다. 제군은 옻나무라는 수목을 혹 아는가? 잎사귀 하나 살결에 닿기만 하면 전신이 마마손님에 걸린 것처럼 붉게 발진하는 극독한 식물. 전 수림은 나에겐 모다 그 옻나무로만 보이는 것이었다.

그 많은 옻나무와 산독사와 원색의 꽃 속에서 깨끗이 나체가 되어 가지고 내가 뛰어드는 그 여울물—마치 전산全山의 수목과 거기 서식하는 동물 전체의 무슨 액즙의 총합과 같이만 생각이 되는 그 여울물이, 나에게 정말 영약이었는지 극약이었는지를 나는 모른다. 그러나 매일과 같이 행하였던 이 오후의 목욕을 나는 그때 일종의 제전처럼 생각하고 있었다.

해인사에 산 3개월 동안에 나는 네 편의 시작을 망그랐다. 「문둥이」와 「화사」와 「대낮」과 「노래」.

　따서 먹으면 자는 듯이 죽는다는
　붉은 꽃밭 새이 길이 있어

핫슈 먹은 듯 취해 나자빠진
능구렁이 같은 등어릿길로.
님은 달아나며 나를 부르고……

강한 향기로 흐르는 코피
두 손에 받으며 나는 쫓느니

이상은 졸고 「대낮」의 몇 절이나, 다른 것도 다아 이와 비슷한 영
상에서 연역되어 나온 것들임에 불과하다. 이만침 이야기했으면, 독
자들은 내 시작의 세칭 그 '징그럽다'고 하는 성질의 배경 내지 저면
이라는 걸 막연하나마 좀 이해했을 줄 믿는다.

대단히 막연한 말이지만 이 무렵에 나는 '육체적'이라는 것에 대
해 좀 생각하였던 것이다.

그러나 여전히 술은 안 마실 수 없었다. 절간이라고 하면 대범 불
교전문학교와는 인연이 있는 곳인 줄을 알아주기 바란다. 이 해인사
에서도 불전에 다니는 유학생은 있었고, 그를 통하여서 전산全山은
벌써 나를 의심하고 있는 것인지도 모르는 것이다! 나는 확실히 그
렇다고만 생각하였다. 그렇지 않고서야 그 수달피 새끼 같은 감원監院
이 법무法務가 왜 그런 눈초리로 나를 바라보아야 한단 말이냐! 내가
가르치던 어린애들의 반수 이상의 통곡 속에서, 7월 초순, 나는 빨리
하기방학을 하여 버리고 해인사를 떠났다.

그해 가을에 나는 다시 서울에 올라와서 형수와 상현이와 성범이

들과 같이 『시인부락』이라는 시 동인지를 창간하였다. 이때 새로 우리 패들 가운데 뛰어들어 온 사람에 오장환 군이 있다. 그들과 같이 여전히 나는 서소문정엘 다니며 빼갈을 마시었고 가끔 유곽에도 다니었다. 그러나 나는 나의 연대기를 쓰고 있는 건 아니다. 만난 사람과 지나다닌 골목을 일일이 기록하려다가는 끝이 없을 것이다.

그 이듬해 4월부터 7월까지 나는 제주도에 가서 있었다. 뜨거운 보리밭 고랑에 아조 배꼽을 내어놓고 드러누워서, 귀 밑에 바다가 우는 소리를 듣고 드러누워서 '어찌했으면 폐병 환자 유용석이의 예편네를 데불고 도망갈까, 멀리멀리 도망갈 수 있을까' 그런 것만 궁리하고 지냈다.

그러나 인제 나는 그만 쓰고 싶다. 매수도 매수요 기일도 기일이지만, 이따위 글, 인제는 생전 그만 쓰고 싶다.

(『인문평론』1940.4.)

만주 일기

나도 가리라 너를 따라서

산과 산 새이 해 질 무렵엔

모가지에다 바람을 감고

작은 배처럼 조용히 취해

*

성공하겠습니다. 유쾌하게 유쾌하게 성공하겠습니다.

어머니 두만강 철교를 건너가며 이빨을 아조 서른두 개 다아 내어
놓고 썩 명랑하게 한번 웃었더니 세 관리가 나의 보따리만은 그렇게
조사하지 않습디다.

썩 명랑하게.

1940년 10월 28일

Stool. 팔 댈 데도 등 댈 데도 없는 그 스툴이라는 의자 우에 앉아서 미동하지도 말 일. 자기己 자기.

오전 도스토옙스키 『미성년』 제2편 7장~9장을 읽다. 오해받는 설움을 아는 것 같다. 서쪽 바람벽을 향하고 드러누워서 좀 명랑치 못하였다.

만주 사람들은 양차洋車를 부르는 데도 어째서 그렇게 절박한 음성을 하는 것이냐.

김상원 형이 소위체小爲替 5원과 내 시집을 출판하겠다는 소식을 전하여 왔다.

29일 담천曇天

1. 첫날밤에 신랑이 변소엘 가는데 함 장식에 도포 자락이 걸린 걸 신부의 경솔과 음탕인 줄 오해하고 버렸더라. 10년 후에 돌아와 보니 신부는 거기 10년의 첫날밤을 여전히 앉았더라. 오해가 풀렸거나 말았거나 손목을 잡아 보니 신부는 벌써 새카만 한 줌의 재였다. …… 신랑은 출세를 할까. 그러나 신랑은 벌써 웃을 수가 없는 것이다.

2. 비밀히 처는 바람벽을 뜯어 먹고 있었다. 불쌍하였다. 그러나 처는 벌써 중인衆人의 제물이었다. 나는 재상宰相이 되었다. 그러나 나는 벌써 웃을 수가 없는 것이다.

   —이하 략

이정규 군의 아버지는 실로 이상한 이야기를 잘한다. 조선 사람은 실로 이상한 이야기를 잘하는 것인가. 회령 수달피의 아버지가 청태조의 아버지라든가…… 그런 이야기를. 묘한 광망이 보이는 것 같은데 이게 무얼까.

30일

하로 동안에 있었던 나의 실패를 생각해 보자. 낮이때 고독과 공복은 좋았다. 그러나 밤에 불전佛專의 상급생인 진 군에게 그 하이연 아나운서에게 술을 얻어먹은 게 나빴다. 부끄러운 얼굴을 일부러 누르고 뭐라고 지껄인 게 자기를 표현해 보인 게 그 모가지에 매어 달리려 한 게 그게 나빴다. 불쾌하다. 나는 벌써 진 군과 나를 둘 다 저주해야 하는 것이다.

하기 쉬운 데 절대로 서지 말 것. 남의 모가지에 매어 달리지 말 것. 이 의젓잖은 놈아!

31일 (목)

오줌 같이 누자.

황주黃酒와 같이.

서럽지도 아니한 어둠을 적시우자.

왼 하로를 방 속에 칩거. 점심을 결하였더니 정신이 좀 맑아지는 듯하였다. 해 질 때 무심히 걸어 나간 것이 예의 또 공동묘지. 무슨

모형 건축 같은 것을 땅 우에 놓고 그 앞에 항불을 사르면서 중년의
여인이 울고 있었다. 이 여자의 울음소리는 좀 멋이 적다. 몇 번 들어
봤지만 청인들의 울음소리는 모다 그렇다. 전라도와는 아조 정반대
다. 격이 전연 맞지 않는다. 조금도 아프지 않은 것 같다. 역시 어려
운 일이겠지.

이런 걸 구경하면 정신에 어딘지 여유랄지 뱃심이랄지 그런 게 생
긴다.
하늘이 맑은 만주.

11월 1일
종일 이가 애린다. 『미성년』 독료.
왕청현 양곡회사 출장소로 나는 일간 가게 되리라 한다. 하숙료
와 빚을 합하면 백 원은 있어야 한다. 또 외투와 내의 등도 사야만 한
다. 또 왕청을 가면 월급을 타기까지 누가 나를 믿고 먹이어 주나. 최
소한 2백 원은 있어야 할 텐데 어떻게 하나. 아버지한테선 두 달이
넘도록 무일장소식無一張消息이다. 그렇게 여러 번이나 편지와 전보
를 하였건마는 저열하게도 혈서까지 써 보냈건마는 어머니에게서
20원 돈이 누이의 편지와 같이 왔을 뿐이다. 처한테서도 요새는 소
식이 없다. 지난달 초에 어서 돈 벌어서 승해 사탕을 사 주라는, 집에서
는 동전 한 닢 갖다 쓸 생각 말라는 봉투가 온 뒤엔 도모지 잠잠하다.
굶어 죽더라도 당신 옆에 가서 우리 세 식구 같이 살았으면 행복

이겠습니다―그런 생각도 인제는 깨끗이 단념하였나.

*

돈. 만주에 와서 뒹구는 동안에 이상하게도 돈을 모아 볼 생각이 든다. 80원씩 월급을 받으면 밥값과 담뱃값과 양말값 제하고는 30원이건 40원이건 꼭꼭 저금하리라. 상여금과 출장비를 모다 저축하면 1년에 천 원 하나는 모을 수 있지 않을까. 3년이면 3천 원, 5년이면 5천 원, 아니 나는 3년 안에 5천 원 하나를 기어이 손에 잡을 작정이다. 그 뒤에는…… 그 뒤에는 그걸로 카페 영업을 하든지 무얼 하든지 또 2년, 그래 5년 후엔 적어도 몇만 원 안포켓에 넣어 가지고 너이들 앞에 나갈 터이다. 어머니여! 처여! 벗이여!

시는? 시는 언제나 나의 뒷방에서 살고 있겠지. 비밀히 이건 나의 영원의 처이니까.

11월 2일

도스토옙스키 사상의 중심 어휘 중의 하나인 '단려端麗'라는 형용사가 생각히운다. 혹은 동사로서.

유아의 미소―이건 정말 나치스 독일의 폭탄으로도 때려 부술 수 없는 것일까. 그건 그러리라. 그러나……

방법이 없을까?

새여 새여 너무 아니 새파란가 새여.

11월 3일 청명

금주. 단연. 매일 그 경과를 여기 적을 일. 연습 기간—담배는 2주일. 술은 2개월. 그 뒤에는 자유로 될 테니까. (오전 記)

*

이런 망할놈엣것! 오전에 금주 단연을 맹세하고 오후에는 둘 다 사용하고 있다. 적어도 금주만은 해야 할 텐데……

*

권 씨에게 또 10원 차용. 주인의 아들 베드로를 데불고 만인滿人 목욕탕에 가서 때를 벗겼다. 입욕료 1모 5분 외에 2모 5분을 더 주고 가만히 자빠져 있으면 창백한 소동小童이 오래오래 때를 말쑥하니 벗기어 준다. 능통한 족속들. 목욕탕 안에는 실로 이발소와 침실과 안마대와 실과점이 모다 있는 것이다. 좀 더러워서 그렇지 이게 모다 깨끗하기만 하다면 굉장한 향락이겠다.

소동에게 때를 벗기우고 드러누워서 어쩐지 자꾸 웃음이 터져 나오는 걸 참을 수 없었다.

11월 4일

조선의 5대 강을 아는가. 공자님의 생일날을 아는가. 꼭 끊을라곤 하면서도 고향 생각이 울컥 나면 또 먹게 되는군요. 그놈의 술이……

어머니 묫등에 비석은 꼭 해 세워야 할 텐데 아따 그 오륜삼강이라는 '강' 자는 어떻게 쓰더라?

―치졸한 자식이나 만들기에 어마어마한 나달을 보내면서 혹은 쉰 살씩 혹은 예순 살씩 늙은 노친네들 그들에겐 한 유형이 있는 것 같다. 확실히.

가령 모조밥과 김치에다 십계명의 한문 글자를 외이는 것과 같은 50년의 심심풀이.

"노인들도 다아 고향 생각이 나는가요" 하고 물었더니 곤상 아버지는 그렇다는 대답이었다. 전통이라는 걸 좀 생각하게 하였다. 너무 청명하지 못하여서 불쾌한 것이 보통이다.

어째 집에서는 소식이 없을까.

11월 6일

기맥히는 일이다. 하로에 나는 몇 마디씩이나 말을 하는가. 이렇게 한 1년만 지내면 말하는 습관을 아조 잊어버릴 것만 같다. 그건 좋은 일일까.

이것저것 생각해 보다가 C씨에게 전보를 쳐 볼 마음이 생겼다. 나로서도 기발한 일이다. 생후 꼭 두 번 만나서 합계 한 20분 이야기하였을 뿐인 C씨에게 나는 '일금 2백 원만 꾸어 주면 6개월 후에는 꼭 갚아 주마 비례를 용서해라 할 수 없어 그랬다 가능하면 전송으로 다오' 경성부 K통 Y사 C씨 전― 이런 전보를 쳤다. 1원 25전을 주고 치는 이런 장문의 전보는 또 생후 처음이다.

그는 나를 어떻게 생각할까. 물론 그의 지위나 생활이 이만한 돈 쯤 어렵지 않을 것을 내가 알고 있는 것도 사실이지만, 이러한 조건을 이용하려는 나의 비열도 사실이지만. (내 인저 조용한 날 이걸 버리리!)

─이걸로써 나는 내가 아는 조선 사람 가운데 문학을 하는 사람 중 최고 교양인의 '돈'에 대한 태도를 시험해 보는 것이다. 나에 대한 호의도 시험해 보는 것이다. 비열일까 비노^{鄙努}일까! 어쩔 수가 없다. 하여간 내일을 기다려 보자 내일! 나는 인제 엄청나게 달라지는 것이다. 이건 쓸데없는 나의 흥분일까.

11월 7일 엄한嚴寒

아무 기별도 없다. 참 치웁고 아무라도 막 나를 함부로 해도 좋을 것만 같다. 중국인 음식점에 가서 호주胡酒 한 관병과 만두 한 그릇을 사 먹었다. 마지막 1원이다. 마지막 1원으로는 언제나 호주와 만두를 살 일.

호인이 무얼 보고 그러는지 나보고 막 "니야 나야(넌 뭐야)" 한다. 취한 김에 좀 화가 나서 "고노야로 손나니 이야다…… 고노야로!(이놈아, 그렇게 싫어…… 이놈아!)" 하고 소리를 하여 보았다. 호인들은 어안이 벙벙하여 그양 웃었고 나도 사실은 좀 우스웠다. 내일도 기다릴까?

11월 12일 (화)

취직이고 무엇이고 다아 거짓말이다. 아무도 나를 그렇게 시켜 주지 않는 것이다. 내게서는 벌써 무슨 그런 냄새가 나는 것이 아닐까. 보행할 때는 나를 쫓는 고함 소리가 사방에서 들린다. 이놈아, 이 속 모를 놈아, 바보 같은 놈아. 외국인의 외국인아, 가거라. 지구 밖으로…… 우주 밖으로!

일테면 상좌上座로 찬란한 구름 근방으로 썩 가겠습니다. 네 네 가겠습니다.

11월 13일 (수)

비가 나린다. 와이샤쓰가 검었으나 세탁집에 맡긴 놈을 찾아올 돈이 없다. 입은 놈을 가서 벗어 놓고 양해를 얻어 빤 놈을 좀 입고 올 양으로 현공서 근방까지 걸어 나가다가 되돌아왔다. 비는 오고 또 그건 좀 승거운 일 같았다.

더러운 속내의 이가 더글더글 끓는 사루마다 위에다가 와이샤쓰나 새 걸 입고 가령 이강일 씨 등의 집에 가서 한 시간씩 두 시간씩 버티고 앉았어 본들 속으로 가려운 건 어찌하나. 군시러운 건 어찌하나.

비는 쏘내기도 아닌 것이 자꾸 오고 땅은 질척질척 참 멀기는 하다.

11월 14일

처에게서 호적등본과 동봉의 편지가 왔다. 자기와 승해를 생각해서 부디 몸과 마음이 튼튼해 달라는 것이다. 자기는 어떻게 지내든지 행복으로 알겠노라 하였다. 불쌍한 여인. 바른말인즉 절망 말란 것이냐? 암, 암 튼튼하고말고. 무척 튼튼하고말고.

11월 16일

뭐라고 할지. 세상에서는 제일 친한 벗 중의 하나라고 믿었던 자가 (그게 몇 년 몇십 년의 교우이건) 쓰윽 하룻밤 대면 끝에 갈릴 때에는 아조 부지초면의 남이 되어 버리는 예가 있다. 사실 우인友人이란 이런 것이리라. 얼마나 편리하고 유쾌한 일이냐.

11월 21일 (목)

서울 C씨에게서 답신이 왔다.

신뢰해 주는 정은 고마우나 사情에도 곤란이 많아서 청에 응할 수가 없다고 하였다. 내내 건강하여서 성공하라 하였다. 예상하던 것이었으나 좀 서글펐다.

11월 24일

어머니! 신명이 가호하심인지 지성이 감천하심인지 특수회사 만주 ××회사에 월급 80원의 용인이 되와 용정촌으로 출발하옵나이다. 어머니 기뻐하십시오. 좀 감사히 울으십시오. 3년만 인고단련하면 가봉이 9할에 상여금이 60할입니다. 그때 일차 귀향하겠습니다. 어머니 고무신도 한 켤레 사 가지고 가겠습니다.

기다리시지요.

찬란한 이 개척지에 동방의 해가 솟아오를 때 이 우렁찬 아침에 오늘이야말로 인생다운 새 각오를 가졌습니다.

유쾌하고 명랑하고 씩씩하게!

열렬한 주먹을 쥐고 전진하겠습니다. 기다리시지요.

(매일신보 1941.1.15~1.21.)

질마재 근동 야화

비가 나리시는 날은

콩들을 볶고……

증운이와 같이

일전에 소조蕭條하여서 서강에 나가 배를 타고 밤섬이라는 데 내리니 쬐그만 목선을 만드는 걸 보고 있다가 나도 문득 배 한 척이 가지고 싶어졌다. 얼마냐고 물으니까 3백 원가량이란다.

되도록이면 수심이 깊은 곳에서 3백 원짜리 목선에 드러누워 자기와 인정 등을 생각해 보는 것은 얼마나 마지막같이 호수운 일일까.

배를 생각할 때마다 언제나 머릿속에 떠오르는 것은 『춘향전』이요, 증운이라는 친구다.

그게 벌써 언제던지 내가 스무 살이나 스물한 살 때이니까 벌써 8, 9년 전 일이다. 이리저리 뒹굴어 다니다가 고향에 돌아와서 뒷방 구석에 백여 있으려니까 하로는 증운이가 찾아와서 심심한데 배 타고 바다에나 한번 나가 보지 않겠느냐는 것이었다. 물론 증운이는 뱃사람이었고 그때 나이는 나보다 세 살인가 네 살 손위였다고 기억된다.

두말할 것 없이 나는 즉석에서 승낙하고 주꾸미를 잡으러 가는 목선에 그날 해 질 무렵 동승하였다.

쬐그만 돛을 달고 생전 돌아오지도 않을 것처럼 배가 바다에 해방되는 것—마을의 윤곽도 개 짖는 소리도 밥 짓는 연기도 다 없어진 후 밤중이 이슥해서 우리는 중강中江에 떴다.

그때 우리가 탔던 배는 한 6백 원짜리는 되었던지 솔찬히 커서 처음에는 나도 소라 껍데기들을 무수히 단 그 기이다란 줄을 해심에 집어넣는 공작을 짐작하는 대로 도와주고 있다가 그것도 질려 선창 안에 들어가 늘펀히 자빠졌다.

사랑이라는 것, 이단이라는 것, 가령 생명이라는 것—그런 것들을 아무 두서도 없이 20세의 머릿박으로 감상하면서 아마 터무니없이 호수웠던 것 같다.

한참을 그렁그렁하다가 마악 잠이 오려고 하는데 증운이가 내 옆에 와 어깨를 흔들었다. 지금도 분명히 기억하거니와 그는 그때 먼저 나에게 어지럽지 않으냐 춥지 않으냐고 무슨 존장이나 되는 것처럼 다짐을 받으려 들기에 절대로 안 그러노라고 사실인즉 나는 좀 억지로 대답하였더니 만족한 듯이 뻥긋이 웃어 보였다.

그러고는 조끼 안호주머니를 두적두적하더니 꺼내 놓는 것이 흔히 장에서 파는 그 『춘향전』, 일명 『옥중화』였다.

나처럼 증운이도 앞니빨 사이가 좀 벙그러졌었다고 기억이 되는데 대체 어디서 그날 밤의 그 낭랑한 음성은 발음되었던 것인지……굳은 조으름으로 감기려던 눈이 점점 뜨여져 오면서 나는 참 기이한 세상에도 와서 있었다.

좀 과장일는지도 모르지만 눈이 극도로 밝아지는 순간이 현실로 있는 것이라면 그때 나는 아마 그 비슷하였었다. 그리도 고리다고 생각했던 『춘향전』의 숙명 속에서 춘향이는 생생한 혈액의 향내를 풍기우며 바다에 그득히 살아나는 것이었다.

'비너스는 바다의 수심과 파도에 살찌고 연마되어 탄생했느니라'는 로댕의 일구(一句)가 비교적 온전히 내게 의해된 건 이날 밤 증운이의 덕이었다고 나는 지금도 감사하고 있다.

그 이튿날 몇십 뭇의 주꾸미를 싣고 질마재로 돌아와서 우리는 몇 잔씩의 막걸리를 나누고 서로 헤어졌다.

그 후 나는 또 나대로 돌아다니느라고 오래 고향엘 가지 못하다가 재작년 여름 잠깐 집에 들렀을 때 우연히 생각이 나서 증운이의 안부를 물었더니 정축년 늦봄의 큰 폭풍 때 칠산 바다에 조기잡이를 나가서는 어찌 되었는지 아직 돌아오지 않는다는 것이다. 이건 같이 조기잡이를 나갔다가 요행히 살아온 내 오촌숙의 말이니까 틀림은 없을 것이다.

증운이는 나처럼 한번 장가도 가 보지 못하고 간 셈이다. 그 숱 많은 머리털이며 동자가 크으다란 눈깔 해 가지고 혈맥이 싱싱히 가라앉을 때…… 오— 장하다 장할진저, 증운이는 장하였다.

작년 여름에도 잠깐 질마재에 들렀다가 아무래도 망둥이 낚시질을 그만두고 올 수가 없어서 비가 아조 개이지 않음에도 불구하고 나는 란닝구 샤쓰에 사루마다만 입고 앞바다에 나갔다.

비는 멎을 듯하더니 다시 쏟아지며 개울이 합해 흘러내리는 육수 때문에 망둥이는 한 마리도 내 낚시를 물지도 않고 할 일 없이 비에 척척히 젖어 있으려니까 어느 사이 밀려오는 만조 때가 되었음인지 멀리서 바다가 고함을 치는 것이었다.

우— 우— 우— 우— 증운이같이 고함을 치는 것이었다.

이 크으다란 환영 앞으로, 스스로의 몇 걸음을 나는 걸어 나가는 것을 생각한다. 그러나 오래지 않아 나는 비겁히도 너무나 비겁히도 되돌아서서는 후면으로 후면으로 달아났던 것이다.

민며느리와 근친覲親

우리 종형수가 시집을 온 것은 아마 그분의 나이 열네 살 때일 게다. 민며느리였다.

꽃가마 하나도 타 보지 못하고 겨우 나룻배를 타고 건너와서는 또 근 10리나 걸어서 새각시라고 시가에 들어오니 처음 대접하는 건 농군에게 주는 그 텁텁한 막걸리 한 사발이었다.

나는 그때 뒤안 대추나무 밑으로 뱅뱅 돌아다니며 가끔 새로 온 형수의 눈치를 살피러 와 보았지만 이 집에선 참 오랜만의 더운점심을 하여서 도라지나물이랑 한 접시 놓고 상을 보아다 주니까 몇 숟갈 뜨지도 않고 웨— 웨— 토하러 밖으로 나오는 것이었다.

그 이튿날 저희 어머니가(우리 집 사돈댁이) 가겠다고 하니까 붙들어 잡고 울어 쌓더니 사돈댁이 간 후에는 날마다 내가 뱅뱅 도는 그 대추나무 밑에 와서 남쪽 나룻목만 바라보고는 울고 바라보고는 울고 하였다. 인제 생각하니 그 정경이 마치 억지로 젖 떨어진 송아지 비슷하였다.

그럴 때마다 할머니는 옷고름 끝으로 눈곱을 닦으시면서 "섰 사쿠어라, 아가 섰 사쿠어라" 하고 권고하셨다. 할머니도 그런 경험이 있었던지.

하여간 그 권고의 효력이 있었던지 가슴속에 들어 있던 섰이 무슨 간덩이가 소주에 삭듯이 삭았음인지 두어 달 지난 후부터는 그렇게 심히 울지는 않았으나 안해다웁게 우리 종형님에게 한번 웃어 보이기는새로 진땀을 흘리며 산에 가서 나무를 한 짐씩 해 가지고 와도 형의 얼굴만 보이면 꼭 무슨 불에나 데인 사람처럼 부엌으로 냉큼 도망가는 것이었다.

나물도 많이는 캐 날랐고 늘 맨발 벗고 배곯고 지내면서 퇴학 맞은 소학생처럼 행색은 대개 혼자였을 모양인 이러한 2, 3년을 형수는 대체 어떻게 지내었을까. 어느 해 3월인지 키도 채 다 자라나지

못한 형수가 애기를 낳았다. 해가 겹치는 동안에 나도 별 신기할 것
도 없어서 주의를 안 했던 모양이지만 아마 애기를 낳을 무렵쯤 하
여서는 형의 얼굴이 보인다고 어디로 달아나지는 않았던 것 같으다.
(욕봤을 것이다. 먼저 정신이.)

아무리 민며느리지만 애기를 하나 낳게쯤 되면 이건 벌써 민며느
리는 아니다.

조카의 탄생일에는 형이 30리 밖 장에 가서 미역을 몇 줄거리 사
다 끓인다. 짚을 한 움큼쯤 깔고 맑은 물을 담은 옴베기 속에 바가지
를 엎어 놓고 그러고는 단골무당을 부르러 간다. 부르러는 내가 갔
었다.

콩도 받고 쌀도 받는 허이연 자루를 허리에 찬 단골무당이 등장하
면 이건 천사다. 의사요 석가요 천신인 것이다. 옴베기에 뜬 바가지
를 동동동동 두드리면서는 선악과 같은 음성으로 읊조리는 것이다.

"비나이다 비나이다 성주님 전 비나이다. 복은 석숭이 복을 점지
하옵시고 명은 삼천갑자 동방삭이 명을 점지하옵소서."

이렇게 낳은 아들 낱낱이 또 무병히 잘 크는 것은 또한 하늘의 점
지하심이라. 한 달이 가고 두 달이 가고 해가 바껴서 어머니 아부
지 소리쯤 하게 되고 추석 명절이나 되고 풍년이나 들면은 이 얼마
나 좋은 일인가. 이 얼마나 좋은 일인가.

뜯어다간 말리고 뜯어다간 말리고 하여 두었던 쑥을 넣어 떡을 한
석씩 만들고 광목 적삼을 빨아서 입고 짚신 한 켤레 닷 돈 주고 사
신고 형수는 시집온 지 4년 만엔가 친정에 아버지 어머니를 뵈오러

갔었다. 그 쑥떡이 든 석짝은 형수가 머리에 이고 홀로 가는 건 안 되었다 하여 내가 따라갔었다. 나도 꽃다님을 치고 갔다.

나루를 건네어서 한 10리나 걸어갔을까, 다리가 팍팍했던지 형수는 길가에 넙적바위를 보자 "대름(도련님), 쉬어 가자"고 하였다. 쑥떡을 석짝에서 한 개 꺼내어 주면서 자기도 하나 떼어서 물고 "에이 쑤 그놈의 쑥국새 소리 팍팍도 허네……"

아닌 게 아니라 자세히 들어 보니 삼면의 산에서 쑥국새들이 떼지어 울고 있었다. 무심코 아주머니의 신발 끝에 눈을 옮기니 모다 팍팍한 황토 흙에 노랗게 물들어 있었다. 나도 팍팍하다고 그때에 생각하였다.

동채와 그의 처

고향 사람들을 생각할 때 역시 잊을 수 없는 것은 박동채다. 동채의 어디를 잊을 수 없느냐 하면 빨리 대답하기는 좀 어려운 일이나 내가 동채한테서 배운 건 참으로 많았다.

아직도 음양을 가리기 전의 어렸을 때에 쓸데없이 백인 인이 나에게 그렇게 명령하는 것이지는 모르겠으나 70호를 넘지 못하는 질마재에서 제일 어진 사람은 역시 박동채였다고 생각한다.

마을 안에서 제일 인심이 고약한 건 내 외삼촌의 집이었다. 비가 좋게 와서 모를 심으러 가는 일꾼들에게 고등어 한 마리를 구워 주는 일이 없었고 밥은 언제나 곱삶이 보리밥. 삼촌은 자나 깨나 금강주만 마시고는 마을 사람들을 함부로 쳐 눕히니 그 집에 일 가는 건 누구나 꺼리었다. 그러나 박동채만은 그런 것을 가리지 않았던 것 같다. 곱삶이도 소금 반찬도 남이 싫어하는 것도 동채는 도모지 몰랐던 것인지 알고도 모르는 척하였던 것인지 아무도 일을 가 주지 않는 내 외삼촌의 열몇 두락 되는 논배미 속에 항상 혼자 눌어붙어서 모도 심어 주고 김도 매어 주고 피도 뽑아 주는 건 언제나 그 선량한 박동채였다.

동채의 외곽을 그릴 필요가 있을까. 매양 원색과 같이 누른 얼굴이 매양 부어 가지고만 다니는 사람, 눈을 한 번도 한 번도 우에를 떠 본 일이 없는 사람, 눈을 우에로 떠 보지 못하던 동채가 요새는 웬일인지 가끔 생각난다.

1922년에 박동채는 우리 집 머슴이었다. 삼식 먹여 주고 새경(연급)은 12원. 아까도 말했지만 내가 박동채에게 배운 건 참으로 많다.

그해에 나는 개울 하나 건너서 안현이란 마을로 서당엘 다녔는데 그 뿔관을 쓴 훈장에게서 배운 『추구』보다는 박동채 씨가 내게 가르친 게 훨씬 더 많았다고 지금도 생각하고 있다.

별이 똥을 싸서 밭에 누어 놓으면 그게 누깔사탕이 된다는 이야기라든가(나는 그해에 동채가 장에 가서 사다 주는 누깔사탕을 처음 먹어 보았으므로), 우렁은 2천5백 넌씩 잔다는 이야기라든가, 뻘겅 병을 깨트리면 뻘겅 바다가 나오고 누런 병을 깨트리면 누런 바다가 나오고 푸른 병을 깨트려야 비로소 푸른 바다가 나온다는 이야기라

든가(지용의 시), 진달래꽃은 솥작새(자규)하고 서로 무슨 아는 사
이라든가, 논바닥에 기는 거이를 항상 나한테 잡아 주어서 소살이를
시켰고, 산에 가면 머루 다래 토끼똥 꿩알들을 늘 얻어다 주면서 그
멀고도 아득한 이야기들을 『추구』 읽는 틈틈이 들려주던 동채는 확
실히 하늘이 나한테 마련한 선생님이었다.

이러한 동채에게 비운은 또 하늘에서 어떻게 해 내려오는 것인
가?

그 이듬해 가을인지 이듬해의 이듬해 가을인지—

동채의 안해가 옆집 고막니네 광에 들어가서 백주에 고구마를 한
소쿠리 퍼 내오다가 고막니에게 들킨바 되어 미련하게도 고막니의
모가지를 치마끈으로 졸라매 기절케 한 사건은 아무래도 해득이 되
지 않는다.

동채와 같이 선한 스승에게는 그렇게 악독한 여편네가 있으란 마
련이었는가. 그리도 별의별 이야기는 잘하던 동채가 처를 공부시키
는 데는 그처럼 투미하였던가.

동채 여편네는 5년 징역의 선고를 받고 복역하러 전주로 갔다.

처가 복역하러 간 후 봄은 또 연달아 와서 우리 집에서 나간 동채
는 또 마땅히 내 외삼촌 집 머슴이 되었다.

『조자룡전』이라든가 『박씨전』이라든가 이야기책밖에는 아무것도
모르는 내 외할머니가 샛밥을 이고 들에 나가면 아무도 없이 혼자
엎드려 있는 논 가운데에서 박동채는 약간 명창조의 탁음이 섞인 목

소리로 "님아 님아 정든 님아 날 버리고 가신 님아" 하고 구슬피 노
래하는 버릇이 생기었다. (이건 물론 후에 외할머니한테서 비밀히
들은 말이나.)

(매일신보 1942.5.13~5.21.)

향토 산화

네 명의 소녀 있는 그림

> 빈 가지에 바구니만 매여두고 내 소녀, 어디 갔느뇨
> — 오일도

아조 할 수 없이 되면 고향을 생각한다. 이제는 다시 돌아올 수 없는 옛날의 모습들. 안개와 같이 스러진 것들의 형상을 불러일으킨다.

귓가에 와서 아스라히 속삭이고는 스쳐 가는 소리들. 머언 유명幽明에서처럼 그 소리는 들리어 오는 것이다. 한 마디도 그 뜻을 알 수는 없다.

다만 느끼는 건 너이들의 숨소리. 소녀여. 어디에들 안재安在하는지, 너이들의 호흡의 훈짐으로써 다시금 돌아오는 내 청춘을 느낄 따름인 것이다.

소녀여 뭐라고 내게 말하였든 것인가? 오히려 처음과 같은 하늘 우에선 한 마리의 종다리가 가느다란 핏줄을 그리며 구름에 묻혀 흐를 뿐, 오늘도 굳이 닫힌 내 전정前程의 석문 앞에서 마음대로는 처리할 수 없는 내 생명의 환희를 이해할 따름인 것이다.

*

섭섭이와 서운니와 푸접이와 순네라 하는, 후회하는 네 개의 형용사와 같은 네 명의 소녀의 뒤를 따라서 오후의 산 그림자가 밟히우는 보리밭 새이 언덕길 우에 나는 서서 있었다.

붉고 푸르고 흰, 전설 속의 네 개의 바다와 같이 네 명의 소녀는 네 빛갈의 저고리를 입고 있었다.

하눌 우에선 아득한 고동 소리. …… 순네가 가르켜 준 상제님의 고동 소리. …… 네 명의 소녀는 제마닥 한 개씩의 바구니를 들고 허리를 구푸리고, 차라리 나물을 찾는 것이 아니라 절을 하고 있는 것이었다. 쓴나물이나 머슴둘레, 그런 것을 뜯는 것이 아니라 머언 머언 고동 소리에 귀를 기울이고 있는 것이었다. 후회와 같은 표정으로 머리를 수그리고 있는 것이었다.

그러나 나에게는 잡히지 아니하는 것이었다. 발자취 소리들 아조 숨기고 가도, 나에게는 붙잡히지 아니하는 것이었다. 담담히도 오래가는 내음새를 풍기우며 머슴둘레 꽃포기가 발길에 채일 뿐, 쌍긋한 찔레 덤풀이 앞을 가리울 뿐, 나보다는 더 빨리 달아나는 것이었다. 나의 부르는 이름 소리가 크면 클수록 더 멀리 더 멀리 달아나는 것이었다.

"여긴 오지 마…… 여긴 오지 마……"

살포오시 웃음 지으며, 수류와 같이 네 개의 수류와 같이, 차라리 흘러가는 것이었다.

한 줄기의 추억과, 치여 든 나의 두 손, 역시 하눌에는 종다리새 한 마리,―이런 것만 남기고는 조용히 흘러가며 속삭이는 것이었다. 여긴 오지 마…… 여긴 오지 마……

*

소녀여 내가 가는 날은 돌아오련가. 바다에, 내가 아조 가는 날은 돌아오련가. 막달라의 마리아처럼 두 눈에는 반가운 눈물로 어리여서, 머리털로 내 손끝을 스치이련가.

*

내가 가시에 찔려 아파할 때는, 그러나 네 명의 소녀는 내 옆에 와 서는 것이었다. 내가 찔렛가시나 새금팔에 베여 아퍼헐 때는, 어머니와 같은 손구락으로 나를 나시우러 오는 것이었다. 새끼손구락에 나의 어린 핏방울을 적시우며 한 명의 소녀가 걱정을 허민 세 명의 소녀도 걱정을 허며, 그 노오란 꽃송이로 문지르고는, 하이연 꽃송이로 문지르고는, 빠알간 꽃송이로 문지르고는 하든 나의 상처기는 어찌 그리도 잘 낫는 것이었든가.

정해정해 정도령아
원이왔다 문열어라.
빨간꽃을 문지르면
빨간피가 돌아오고.
푸른꽃을 문지르면
푸른숨이 돌아오고.

*

소녀여 비가 개인 날은 하눌이 왜 이리도 푸른가. 어데서 쉬는 숨소리기에 이리도 똑똑히 들리이는가. 무슨 꽃으로 문지르는 가슴이기에 나는 이리도 살고 싶은가.

*

몇 포기의 씨거운 멈둘레꽃이 피어 있는 낭떠러지 아래 풀밭에 서서, 나는 단 하나의 정령이 되어 네 명의 소녀를 불러일으킨다.

소녀는 역시 나를 지키고 있었든 것이다. 내 속에 나리는 비가 개이기만, 다시 그 언덕길 우에 돌아오기만, 어서 병이 낫기만을, 그 옛날의 보리밭길 우에서 언제나 언제나 지키고 있었든 것이다.

내가 가는 날은 돌아오런가?

씨름의 작은 삽화

음력 4월부터는 해당화꽃이 핀다. 해당화는 가시가 돋은 나무 우에서 핀다. 이글이글 타는 모래밭 우에 오뉴월의 더운 구름이 모일 무렵이면 해당화는 드디어 노오란 열매를 맺는다. 해당화 나무 사이로 보면, 한쪽에는 언제나 바다가 보인다. 바닷물은—그러나 해당화를 적시우러 밀려오지 않고 멀리서 움직이는 것이 보일 따름이다.

노오란 해당화 열매를 따서 까면은, 속에는 꺼칫꺼칫한 털이 그득히 들었다. 한번 손에 묻히면 좀처럼 잘 떨어지지 않고, 땀 흐르는 데를 긁으면 밤에 잘 때에도 근지러웁다.

씨거운 씨거운 해당화 열매.

살구가 다아 떨어져 버렸을 때에는 살구나무 밑에서 서성거리다가, 드디어 머슴인 셋째와 나는 앞장 불모랫벌에 가서 해당화 열매를 따서 모은다. 해당화 열매를 따 모으다간, 오빠시 떼에게 대구리를 쏘인다. 팅팅 부은 알대구리를 안고 셋째와 나는 아파서 운다.

아픈 기가 가시일 때는 둘이 안고서 씨름을 한다. 죽어라고 씨름을 한다. 누가 대체 상씨름이냐. 누가 대체 상씨름이냐.

넓으나 넓은 모랫벌 저쪽의 서남방간에 솟아 있어서 오후면은 차양을 하여 주는 황토산의 엷은 그리메. 세상에 씨름하기 좋은 곳이 제아무리 많다 하여도, 질마재 앞장 불모랫벌보담 더 좋은 곳은 없을 것이다.

매년 추석이 오면, 앞장 불모랫벌에서는 씨름판이 열렸다. 무슨 차일 하나도 치는 일 없이, 준비라고는 상씨름에게 주는 소 한 마리,

나락 몇 섬, 그러고는 근동의 남녀노소가 모이어서 원진을 치고 힘
센 놈이 나오기만, 힘센 놈이 나오기만 기다렸다.

씨름 이야기가 났으니 말이지, 씨름판이 열리려면은 벌써 한 달 전
부터 마을에서는 야단이었다. 어떡해서라도 자기네 마을에서 상씨름
을 타 와야 한다고 동리마다 법석인 것이다. 이길 셈들은 어찌 그리도
센지, 마을 안에 힘이 월등한 자가 없을 때에는 사람을 놓아서 먼 데
가 사 오기까지 하였다. 사다가 앉히고는 주색을 금케 하고, 닭고기
도야지고기로 진미만 골라서 먹였다.

이렇게 해서 사 온 자 중에, 아니 이건 먼 데까지 가서 사 온 건 아
니었지만, 떠받들어 앉혀 논 자가 ─ 인제 차츰 이야기하겠지만 실로
뱃살이 고부라질 일이 한번은 생겼었다.

추석이 오려면 아직도 20여 일이 남았었으니까, 아마 7월 그믐께
질마재 머슴들 사이에서는 벌써 상씨름감을 고르느라고 여넘이 없
을 때였다. 키가 9척이 되고(좀 과장이나) 몸집이 깍짓동 같은(물론
과장이나) 장한 하나이 혈혈단신으로 마을에 들어와서, 이 마을에선
단 한 가호뿐인 선봉이네 술집에 투숙하였다.

큰 놋식기에 담은 밥을 연거푸 세 그릇이나 먹고, 숟갈 뜨는 솜씨
라든지 젓갈질하는 폼이 아무리 보아도 범상한 물건이 아니더라고,
'노새'라는 별명을 듣는 머슴이 숨을 죽이고 달려와서는 정자나무
밑에 모여 있는 마을의 장정들에게 보고하였다. 그렇잖아도 걱정이
던 참이었다. 타력을 빌려서라도 기어이 이기고 싶은 사람들은 너
나 할 것 없이 선봉이네 술집으로 몰려갔다.

가서들 보니, 아닌 게 아니라 힘깨나 쓰게 생겼었다. 솥뚜껑 같은 손이며, 옆으로 찢어진 봉의 눈이며, 방 윗목에 늘펀히 자빠져서는 초저녁부터 코를 드르렁드르렁 고는 것이, 과연 상씨름감이었다.

"여보시오 노형. 일어나시오" 이런 일이면 사족을 못 쓰고 덤비는 억만이가 공손한 두 손으로 상씨름감의 어깨를 흔들어 깨웠다.

"엉이" 하고 기지개를 펴며 일어나는 몰골이 정말로 훌륭하였다. 억만이가 다시 자기의 성명 삼 자를 통한 후에 어디서 오셨느냐고 물으니까, "통영이지러. 영남 통영 모르나" 하고 반말로 넘기는 말투까지가 머언 영남에서 하늘이 점지하여 보내신 사람일시 분명하였다. 수굿이 눈을 아래로 깔고, 그 많은 힘을 조금도 풍기어 보이지 않는 것까지가 확실히 그러하였다.

되었었다. 가시지 말라고 받들어 앉히고는, 이튿날부터 닭고기 숭어지회는 물론이요 아조 익조네 암도야지까지 깨끗이 한 마리 잡아다 놓곤 새벽에는 치우실 거라고 삼베 홑이불에 심지어 나중에는 대추미음까지, 마을에 있는 것 중에서 좋은 것이란 좋은 것은 모조리 골라 먹이면서 날마다 장정들은 문안을 드리는 것이었다. 아침에 좀 누워 있기만 해도 잠자리가 편치 않았느냐, 어디가 아프시냐, 차라리 그 인삼을 좀 사다가 달여 먹이자고 하는 사람까지 있었다.

추석날이 드디어 왔다. 씨름판에는 본래 사람이 많이 꼬이는 것이지만, 이해에는 더구나 영남서 온 장사를 보려고 20리 30리 밖에서까지 밥을 싸 가지고 온 사람도 있었다 한다. 나는 마침 그날사말로 진한 학질로 아무리 나가려 해도 할머니가 종시 놓아주질 않아서 가 보지 못했으나 들은 바에 의하면, 영남서 온 장사는 그날 옥색 모초조끼에 삼팔저고리, 동백기름을 약간 묻혀서 꼬드레 상투를 맺고, 억만이 익조 들에게 호위되어 앞장 불모랫벌로 엉금엉금 걸어가는 품이, 믿을 수 없는 말이나 선봉이 마누라가 다아 침을 삼키더란 것이다. (선봉이 마누라는 벌써 사십에 가까웠으나 양미간에는 제법 찬란하였던 모양인 석일의 흔적이 아직도 남아 있고, 술장수는 술장수나 마음이 굳기로 유명한 여자였다.)

그러나 또 들은 바에 의하면, 할 수 없는 녀석은 영남서 온 장사였다. 애기씨름이 끝난 후에 초합에 양념으로 한번 냉큼 들어갔다 나오시라니까, "하무, 하지러" 하고 들어가더니 발 한번 붙여 보지 못하곤 쿵! 하고 떨어지더라는 것이다. 뻣뻣 마르고 엉성하여서 '고슴도치'라는 별명을 듣는 송현리 최 서방한테 쿵! 하고는 떨어지더라는 것이다. 떨어져서는 뒹굴뒹굴 좀체 일어나지도 않더라는 것이다. 선봉이네 안해가 보았으면 뭐라고 했을라는지.

성급한 장정 중 몇 사람은 "저놈 잡어내 오라"고 소리쳤으나, 나중에는 하, 기가 막혀서 돈 닷 냥을 손에 쥐어 억지로 질마재를 넘겨 보냈다는 것이다.

나중에 들으니 통영에서 온 갓[笠子] 장수였다.

객사 동대청에서 피리 불던 청년

반도의 지리에 조끔만 자세한 분이면, 질마재란 곳은 모르겠지만 전라북도 흥덕쯤은 대개 짐작할 것이다. 객사 동대청이라 함은, 흥덕에서 옛날에 현감이 집정할 때 쓰이던 형장으로서 지금은 그 전부가 헐리었지만, 나의 소년 시절에는 아무도 살지 않는 음험한 빈집이 한 채 있었다.

남산 변두리에 있어서, 까마귀만 와 우지질 뿐 어린애가 아니라도 무섬증이 드는 그러한 위치에 있는 집이었다. 참, 동쪽으로 조끔만 걸어 나오면 우우하니 우거진 대수풀 밑에 솔찬히 큰 연당이 있었다.

우리 이모네 집이 흥덕에 있는 관계로, 나는 어렸을 때 어머니를 따라서 오기도 하고 나 혼자 오기도 하고 1년에 서너 번씩은 이 흥덕에 와서 며칠씩 놀다가 갔다. 질마재에서는 20리가 가까웠다.

아마 거진 첫여름이었을 것이다. 내가 흥덕 이모네 집에 왔다가 우연히 종구라는 사람을 머언 빛으로나마 보게 된 것은, 아마 나무마다 속잎이 돋을 무렵이었을 것이다. 어린 걸음으로 넘어오기에만 반나절이 더 걸리는 질마재 모퉁이에서 진달래꽃은 못 보았으나 낮 두견이 소리를 들었던 기억이 있으니까, 늦봄이 거진 기울 무렵이었을 것이다.

얼굴이 약간 얽으신 이모네 집에서, 태고라는 이름을 가진 머리채를 츠렁츠렁 많아 늘인 참 어여쁘던 우리 이종형과 둘이서 놀기가 나에게는 다시없는 행복이었다. 무슨 마련인지 후에 태고는 불행히도 문둥이가 되어 객지에서 오사한 바 되었지만, 소년 태고는 베어 먹고 싶을 만치 참으로 어여뻤다.

이모의 눈을 피하여 뒤안에 가서 태고와 나는 아직 도토리만큼씩밖에 자라지 않은 시디신 풋살구를 조끼 호주머니로 하나씩 그득그득히 따담아 가지고는, 길거리로 산으로 개울가로 별의별 군데로 다아 뛰어다니며 놀았다. 그리고 다니다가 우연히 간 곳이 객사 동대청이었다. 건축이라야 별 보잘 것도 없는 항다반한 옛날의 와가―화강암의 계단을 너댓 개 올라가서 종이가 다 찢어진 창문을 열면 휑하니 너릅기만 한 널판자들이 깔려 있는 곳이었다.

거진 해 질 무렵이었다. 우리는 차마 들어가지는 않고 문만 열어 보고는 되돌아서서 남산 밑으로 돌아다니며 토끼똥, 꿩깃 같은 걸 줏으며 놀았다.

상엿집이 보이는 서쪽 언덕에 아마, 해가 꼽박 저물 무렵이었다. 뛰어다니다가 자빠져서 무릎을 깬 태고는, 정갱이에 한 줄기 피를 그리어 가지고 소나무 밑으로 댕기며 상채기에 특효가 있다는 곰팡이버섯을 찾고, 나는 사실이지 아까 먹은 풋살구에 배가 아파서 그냥 바위 우에 상을 찌푸리고 앉아 있었다.

재빠른 부흥이가 동대청 뒤 수풀에서 울고 있었다. 부흥이 소리를 손꼽아 세고 있으려니까, 어디서 누가 퉁수를 불고 있었다. 무엇 때문에 사람들이 퉁수를 부는 것인지를 몰랐던 나는 듣고 있으려니까 그저 무서울 뿐이었다.

맨 먼저 보이는 건 까맣게 흔들리는 대수풀이었다. 그 속에서, 혹은 그 대나무들의 매디매디 속에서 퉁수 소리는 들리는 듯하였다.

"성!…… 성!……"

나는 좀 진동하는 목소리로 태고를 불렀다. 곰팡이버섯은 하나도 줍지 못하고 내 부름 소리에 쫓아오는 태고에게, 퉁수 소리가 들린다는 말을 하였더니, "응…… 에이 벼엉신. 그까짓 게 무서우냐? 종구 퉁수 소리가 무서우냐?" 하면서 사람이 부는 것이니, 종구라고 하는 자기도 잘 아는 사람이 부는 것이니, 가 보자고 하였다. 나는 병신 소리가 듣기 싫어서 마지못해 따라서 갔다.

먼저 우리의 인적을 숨기기 위하여 화강암의 계단을 맨발로 올라가서, 태고가 지시하는 대로(숨을 크게 쉬지 말고) 문틈으로 굽어다 보니까 사람은 사람이었다. 상투가 크으다랗게 솟아 보이는 젊은 사람이었다. 얼굴은 잘 기억이 안 나나 눈이 무척 큰 듯한 사람이었다. 한 번 움직여 보는 일도 없이 돌부처처럼 벽 난간에 기대어 서서 그냥 불기만 하는 것이었다.

지금 생각하자면 한 5분 동안쯤, 우리는 문에서 눈을 떼지 않고 피리 소리가 아니라 그 종구라는 사람이 움직이는지 안 움직이는지 그것만을 기다리고 있었다. 드디어 나는 자꾸 치운 기운이 들어서 형의 옷소매를 가만히 잡아다리어 집으로 돌아왔다.

저녁에 이모에게 종구의 퉁수 소릴 들었다는 말을 하였더니, 이모는 내 말에는 대답도 않고, 그때 놀러 왔던 마을 아낙네에게—"잠 별 빌어먹을 녀석도 다 있어라우. 성씨도 번듯한 녀석이 항상 재인 놈들허고만 놀고. 제 에미가 고사리 낱 뜯어서 먹고 살다가 죽은 것도 부족해서, 예편네는 또 오죽이나 굶겼으면 도망갔을라고…… 항상 그놈의 피린지 급살인지만 불면 배가 부른지 몰라" 하고는 "하도 든

기 싫어서 저이 삼촌들 동생들이 집에 있지도 못하게 하니까, 밤마
닥 귀신도 안 무서운지 동대청 마룻바닥에 가 지랄을 허고는, 거기
쓰러져서 잔단다" 하고, 마지막으로 나에게 일러 주었다.

　나도 그때는 이모와 동감이어서 '빌어먹을 녀석'이라고 생각하였
다. 그러나 후에 나도 음악이라든가 예술이라든가 하는 것의 가치를
나대로는 조끔 알게 되어서, 그러니까 물론 그때는 벌써 태고도 오
사한 후에 이모네 집에 들렀다가 우연히 들으니 종구는 드디어 홍덕
에서 살지를 못하고 홀몸이 어데론지 쫓기어 갔다고 한다.

　종구는 확실히 아직도 어디에 살아서 피리를 불고 있을 것이다.
종구와 같은 사람이 그렇게 쉽게 죽었을 리는 만무한 것이다.

(『신시대』 1942.7.)

고향 이야기

신 장수 소 생원

흔히 볼 수는 없는 일이나, 반도인의 얼굴을 일일이 점검하고 지나가면은, "흥, 이건 정말 토종이로구나" 하고 느끼어지는 사람이 만에 하나쯤은, 아니 적어도 10만에 하나쯤은 반드시 있다.

유사 이전에, 그러니까 지금 우리들의 형체와는 판이하게 다른 사람들이, 텅 비인 산골짜기에서 땅강아지나 오랑캐꽃들을 벗으로 칡뿌리나 뒤져 먹고 살고 있었던 것이라고 생각할 수는 없을까. 척 한 번 보아서 어쩐지 그렇게만 느껴지는 사람이 어찌다간 있다. (이건 혹 나의 감관의 오해일는지도 모르겠으나.)

신 장수 소 생원도 웬일인지 그렇게만 보이는 사람 중의 하나이었다. (물론 이것은 후에 우연히 그렇게 생각해 본 것이고, 소 생원을 늘 면접하던 나의 소년 시절에는 그저 이상하여서 말할 수 없는 일종의 신비감만을 느꼈을 뿐이었으나.)

중 줄에도 이르지 못하는 작달막한 키에 후리후리한 몸집이 언뜻 보면은 없는 것 같으나 균형은 째여 있고, 노오란 수염을 가슴 우에까지 땋아 늘였으나 숱이 많지도 못하고, 젊어서도 늙어서도 나이는 한 사십으로만 보이는, 꼬집어 주면 아프다고는 할 것 같으나 한번 울어 본 일도 없는 것 같은 면모—졸한 필치로는 도모지 설명할 길이 없으나 하잘것없는 것이 수壽는 할 것 같은, 소 생원이었다.

소 생원은 또 무슨 혈맥의 부름으로 그의 안해와 같은 안해를 찾아낸 것인지. 역시 작은 키에 후리후리한 몸집, 솜솜이 얽은 얼굴에 벙그러진 이빨, 무슨 돌멩이 가루를 먹은 듯한 음성이 나는 것이, 봄에도 화롯가에만 앉아 있었다.

그들에게는 소동蘇童이라는 아들이 단 하나 있을 따름이었다.

소 생원은 밤이나 낮이나 신만 삼았다. 실낱같이 자는 시간과, 크으다란 대롱에 입담배를 피우는 시간 외에는 언제나 신만 삼았다. 아니 소 생원에게도 밖에 나오는 시간이 전혀 없는 건 아니었으나 그건 있다가 이야기하겠다.

질마재 70호 남녀노소의 신발을 한결같이 만들어 신기는 것만으로도 소 생원은 충분히 훌륭하였다. 엽전 열다섯 닢씩만 주면은 누구의 신발이건 삼아서 골 박아서 만들어 주는 것이었다.

추석 명절이 이삼일쯤 남아서, 새 신발을 맞추러 가는 게 내겐 어찌 그리도 즐거웠던 것인지. 아버지에게 승낙을 얻어서 소 생원네 집에 내려가면은, 먼저 반가이 맞아 주는 건 털이 노오란 누렁이였

다. 키와 몸뚱이에 비해서는 유난히도 큰 꼬리를 흔들면서, 나의 돈
반(3전)을 미리 들고 온 손을 마구 핥아 주었다.

소 생원네 집 창문을 열고 들어가면, 먼저 보이는 건 방 한가운데
천정을 떠받고 섰는 과히 적지 않은 기둥이었다. 집이 서쪽으로 기
울어지는 것을 막으려는 것으로, 그러니까 외양으로 보면 소 생원네
집은 약간 옆으로 자라난 버섯 같았다. 아닌 게 아니라 지붕 위에는
가느다란 버섯도 많이 나 자랐다.

"꽃신을 삼어 주레?" 하고 소 생원이 골을 박던 손을 잠깐 멈추고
내게 물으면, "왕골 꽃신을 삼어 주레?" 하고 소 생원네(마누라)가
역시 그 석분을 마신 듯한 목소리로 화롯가에서 내게 재차 묻는 양
은, 부부라고 하기보다는 어디 머언 청국淸國 뽕나무정이 같은 데에
(거기를 그때 나는 제일 먼 곳이라 들었으므로) 나란히 자란 무슨
버섯 같은 식물 비슷하였었다.

소 생원에게는 또 하나 이상한 버릇이 있어서, 가끔 허리띠의 회
색 주머니 속에서 까맣게 때에 절은 생(생강)을 꺼내어서는 청승으
로 질근질근 씹어 먹었다. 그 먹는 시간으로 따져 보면, 하로에 아
마 스무 번쯤은 그렇게 하는 것이었다. 이걸 보고 있노라면, 마을에
가끔 오는 백발이 허이옇던 생 장수 노총각이 연상되었으나, 생긴
품이 소 생원은 생 장수와도 아조 다른 사람이었다.

이러한 소 생원네 방에 한참만 그대로 앉아 있으면 어데선지 물컥
물컥 노린내가 나고, 벽에 걸려 있는 메투리, 육날메투리, 신골 망태,
바가지짝, 거미집 이런 것들이 모다 구역만 나 보이고 죽었으면 죽

었지 나는 이런 버섯 속 같은 방에서는 한시도 살 수 없다 생각하였다. 겨드랑에서 나는 것인지 아랫두리에서 나는 것인지 이상한 노린내가 소 생원에게서는 어찌도 풍기던지. 역시 나는, 뭐니 뭐니 해도 우리 아버지나 아저씨들처럼 밖에 나가서 밭도 갈고 김도 매고 베짱이 소리도 듣고 사는 것이 좋다고 생각하였다.

밖에 나오면 벌써 소 생원의 하늘은 아니었다. (이것도 후에 생각하면 나의 오해였던 모양이나.)

집집이 대추나무엔 풋대추가 붉게 붉게 물들여져 있고, 돌무데기 풀섶에서는 베짱이가 툭툭 뒷발로 무엔지 차고 날아 다니면서 찍찍 찍찍 머언 하늘나라에서처럼 울어 대는 것이었다.

하로는(추석도 지나간 후의 어느 날), 고욤다래에 있는 할아버지 산소에 아버지를 따라서 성묘를 갔었다. 성묘하는 절이 다아 끝난 후에 똥이 마려워서, 혼자 외진 골째기로 빠져나와 어느 바위 밑에서 쭈그리고 앉아 있으려니까, 어데서 어떻게 알고 온 것인지 소 생원네집 누렁이가 식식거리고 내 옆에 와서는, 떡갈나무 잎사귀를 한 옹큼 쥐고 있는 내 손등을 핥으러 뎀비었다.

일어서서 나는 사면을 살피었다. 누렁이가 왔음에는 소 생원네 집에서 누가 반드시 그 근처에 와 있음에 틀림없다고 생각이 든 까닭이었다. 어쩌면 기특하게도 소동이가 명감이나 산포도를 따러 와 있는 것인지도 모른다고 생각한 까닭이었다. 그러나 소동이가 온 것은 아니었다.

선운사라는 절로 가는 길의 낭떠러지 선바위 아래 일어섰다가는 엎드리어 절을 하고, 절을 하고는 다시 일어서고, 이러한 즛을 쉬지 않고 되풀이하는 사람이 있는 것이 소나무 사이로 희끗희끗 보이어서, 가 보니까 그게 소 생원이었다.

먼빛으로 볼 때에는 소 생원에게도 무슨 절할 못등이 다 있어서 우리처럼 성묘를 왔는가 생각했더니, 바짝 옆에 가서 보니까 못등이 있는 것이 아니라, 바로 그 선바위에다 대고 그렇게 지극히도 절을 해 쌓았다. 닭이 물을 마시듯 하늘 한 번 우러러보고는 절을 하고, 절을 하고 하는 것이었다. 누런 수염이 햇빛에 유체 누르게 보이었다.

무슨 원이 있었던 것인지, 혹은 별다른 원도 없이 절하는 우리와는 다른 특별한 습성이었던지 그건 알 수 없으나, 그 후에도 이삼 차 나는 이 선바위 아래 절을 하는 소 생원을 볼 수 있었다.

그러나 소 생원이 다른 일로 밖에 나오는 것을 나는 별로 본 기억이 없다.

선봉이네

선봉이네에게는 진한 꽃자주 저고리를 입혔으면 어울렸을 것이다. 그러나 항시 수수한 흰 저고리만 입고 다녔다.

사십이 다 된 선봉이네의 이쁜 곳을 똑 집어서 말하라면 나는 곧 대답할 수는 없다. 하여간 몸이나 키가 보통 여자보다는 큰 편이었다. 수족도 큰 편이었다. 퉁퉁한 살이 찐 게 아니라 향 맑고 굵은 뼉다귀 우에 오히려 간단히 붙어 있었다.

잘된 남자를 생각게 하는 대문이 있는 여인이었다. 늘 든든히 땅을 디디고 뚜벅뚜벅 걸어가는 걸 보면, 정말보다는 훨씬 커 보이었다.

이빨은 유난히도 가지런히―그러나 조금도 잘지 않은 것이, 얇고 좀 큰 편인 입술 속에서 어떤 때에만 보이는 것이었다. 항용은 굳이 닫혀 있었다. 희기보다는 푸른 이빨이었다.

푸른빛은, 또 너무나 숱이 짙은 머리 밑에 약간 넓어 보이는 이마와 얼굴에도 있었다. 굵다란 손가락의 손톱 끝에도 눈매에도 있었다.

눈썹이 그리 짙으지 않은 게 얼굴에 어울렸다. 기다란 속눈썹 밑에서 말할 때에도 생각은 머언 곳만을 바라보는, 눈에 어울렸다. 아무도 쉬이 가까이할 수 없었다.

어머니와 같이 우리 모두가 거기 가서 쉬일 수 있는 모습을 지니고 있었다. 어쩌다가 술구기는 쥐게 되었는지, 조끔도 술장수티라고는 없는 여인이었다.

이 여인의 이야기를 적을 수 있는 게 나는 기쁘다. 조용히 생각을 기울이면, 맨 먼저 떠오르는 건 3월의 양광 아래 동백꽃나무 밑에서 우두커어니 서 있던 꼴이다. 밖에 나타내지는 않으나, 머언 바다를 바라보며 아마 속으로는 어찌했으면 좋을지를 모르던 모양이다.

나룻목으로 가는 언덕 아래 길가에 있던 선봉이네 술집엔 뒤뜰에 솔찬히 너른 경사진 풀밭이 있었고, 두 그문지 세 그루의 동백나무가 거기 있었다. 어느 3월이던지, 선봉이네 집 마당에서 아버지가 누구와 싸우다가 많이 맞았다고 하여서, 종형과 둘이 아버지를 찾으러 갔었다. 가 보니 아버지는 겨우 이빨이 두 개가 빠지셨을 뿐, 맞은 것은 오히려 저편이어서 종형은 아버지를 모시고 집으로 돌아가고, 나도 가려고 하니까 동백나무 밑에서 선봉이네가 "정주야" 하고 나를 불렀다. 싱거운 싸움이 무척은 심심하였던 모양이다.

어디서 사 왔는지 성성한 능금 두 개를 나에게 주며, 따뜻헌데 여기 앉아서 기다리다가 너이 오촌 배 들어오는 것이나 보고 가지 않겠느냐고 하였다.

동백나무 우에선 빠알간 동백꽃이 크으다란 여인이 머언 바다를 내어다 보며 눈을 끔적이는 사이만큼 사이를 두고 조용히 조용히 낙화하는 것이었다.

나는 무심코 돌아다니며 그것들을 줏어 모았다. 모아서는 선봉이네에게 갖다 주었다. 두 손으로 그득히 갖다 주어도 선봉이네의 손바닥으론 하나밖에 되지 않았다. 선봉이네는 조용히 앉아서 한 손을 벌리며 오래간만에 가느다란 입술을 벌려 웃어 보이었다. 아무 말도 없이 흰 치마에다 끄리었다. 선봉이네의 항시 쉬어 있는 두 손과 좀 넓은 듯한 손톱들이 오히려 나는 예쁘다고 생각하였다.

선봉이는 항시 낚시질만 다녔다. 아조 치운 겨울과 비 나리는 날만 제하고는 거의 매일과 같이 남령 낭떠러지 밑에 가서 살찐 숭어를 낚아 날랐다. 낚아다가는 회를 만들어 대개는 혼자서 술을 마시었다. 선봉이는 좀처럼 병이 나는 일이 없었다.

그전에 어디서 형리를 하였단 말도 있고, 동학 토벌대를 따라다녔다는 말도 있고, 하여간 마을에서 총 놀 줄 아는 사람은 선봉이뿐이라는 풍문이 있었다.

나이는 나의 기억에 남은 걸로는 45, 6세. 귀밑에서 붙어 보기 좋게 자라난 검고도 꺼칫꺼칫한 수염을 달고, 아직 피가 듣는 듯한 얼굴이 젊어서는 꽤 단단하였던 모양이었다.

선봉이 내외가 우리 마을에 들어오기는 아마 내가 떡아기 적이거나 그보담도 좀 먼저였을 것이다. 언제 들어왔는지는 본 기억이 안 나나, 본래 그들이 질마재 사람들은 아닌 까닭이다.

질마재에 들어올 때에는 소반 한 닢도 없이, 큰놈이라는 아들 하나만을 데불고 와서, 나중에 자기들이 술집을 하게 된 그 집에 유숙하고 며칠 동안은 세 사람의 밥을 사 먹었다는 것이다. 돈은 몇백 냥이나 가지고 왔던지, 나중에 그 집과 세간을 모조리 사 버렸다는 것이다.

선봉이네 내외가 남달리 의가 좋게 지낸다는 말도, 그렇다고 의가 틀려서 싸운다는 말도, 나는 한 번도 들어 본 일이 없다. 안해는 안해대로 술구기를 안 들 때는 머언 바다만 내어다 보고, 남편은 남편대로 낚시질만 다니었다.

도대체 밥 먹을 때 외에, 선봉이네 내외가 나란히 앉아 있는 것을 보기는 퍽 드문 일이었다. 절대로 한 번 겸상을 하여 보는 일도 없이 따로따로의 상 가에 앉아서 "국이 좀 승겁네" 하고 끓인 쑥국이 좀 싱겁다고 선봉이가 말하면, "간장을 드릴까요" 하고 처는 그저 간단히 받아넘길 뿐, 간장병을 손수 갖다 주는 일도 싱거운 쑥국에 그걸

쳐 주는 일도 절대로 없었다. 그렇다고 선봉이가 화를 내는 일도 절대로 없었다.

그러나 그렇지 않은 경우가 꼭 하나 있었다. 그건 좀처럼 아파서 누워 본 일이 없는 선봉이가 병이 날 때였다. 잘해야 1년에 한 번쯤, 선봉이가 앓던 병은 대개 무슨 형체도 모를 열병이었다. 흔히 그건 여름이었다.

그렇잖아도 붉은 얼굴이 유체 버얼겋게 달아 가지고, 엷은 홑이불을 쓰고 방 아랫목에서 선봉이가 앓고 있을 때는 안해는 평시와는 완연히 딴사람이 되었다. 웬일인지 자기의 얼굴도 약간 붉어져 가지고는 (이상한 일이나 선봉이가 병을 앓을 때에만 선봉이네의 얼굴에는 화기花氣가 돋았다) 마을 아는 집으로 돌아다니며 접시꽃 뿌리와 앵속각을 구해 오는 것이었다.

접시꽃 뿌리를 끓인 물을 사기대접으로 하나 그득히 들고 들어와서는 선봉이의 머리맡에 공손히 앉아서, 곱다고 하기보다는 차라리 훌륭한 그의 손으로 선봉이의 이마를 고요히 짚으며 가만히 소곤거렸다.

"좀 일어나서 잡수아 보시오 예" 손수 그릇을 들고 입에다가 마시어 주며, "어찌서 그러시오 예? 어찌서 그리라우?" 혼잣말처럼 물어 보면서, 역시 양 볼은 붉혀 가지고 선봉이가 완쾌하여 일어나기까지는 그 옆을 떠나지 아니하였다. 그것은 항용 우리들의 안해에 비겨 본다면 안해 이상의 성실이었다. 좀 자세히 볼 줄 아는 사람의 눈에는 일종의 의무와 같이 보일 수도 있는 것이었다.

그러나 선봉이가 아조 나으면 선봉이의 안해의 얼굴에서도 붉은 도홧빛이 스러졌다. 그러고는 여전의 상태로 돌아갔다.

이러한 부부 사이에 자녀는 어떻게 해 삼 남매나 둘 수 있었던지—이사 올 때 데불고 온 큰놈 외에도 딸 하나와 아들 하나를 질마재에 와서 낳았다. 역시 자녀들에게는 충실한 어머니였다.

선봉이네 내외에게는 대범 아래와 같은 일화가 있었다.

간단히 말하면 선봉이는 선봉이네의 본부本夫가 아니라는 것이다. 본부는 딴 곳에서 살고 있다는 것이다.

갑오년이라던가—을미년은 아닐 것이고, 아마 갑오년이라고 들은 것 같다. 시방, 선봉이네의 본부는 동학당이라던가 무에라던가 무슨 일을 했는지는 모르겠으나 그러한 하여간 좋지 못한 일단을 따라 다녔다고 한다. 들은 바에 의하면 한 20명쯤 지휘했다는 말도 있다.

그게 공교롭게도 그때 마침 청인들과 합세하여 동학을 토벌하러 나왔던 선봉이들의 분대에게 잡힌바 되어, 날만 밝으면 낭떠러지 아래에다 내세우고 총살의 형을 받게 되었다고 한다.

그날 밤이었다.

한 명의 소부少婦가 토벌대의 진지를 찾아왔다. 굳게 닫힌 입술가에는 결의가 보였다.

다아 술에 떨어져서 자고, 홀로 깨어 있는 선봉이에게 소부는 엎드리어 빌었다.

"갑돌이의 목숨을 구하여 주옵시오. 저를 대신 죽이시고 제 남편 갑돌이의 목숨을 구하여 주옵시오……"

청인들과 같이 얼근히 마신 술이 골수에 밴 선봉이의 눈에 먼저 보이는 건 범연치 않은 그의 미모였다.

이렇게 해서 본부를 살린 선봉이네는 선봉이를 따라서 질마재까지 왔던 것이었다.

해마닥 사노라면 나이는 또한 제대로 느는 것이어서, 나에게 능금 두 개를 주던 때에는 벌써 삼십이 훨씬 지났었고, 지금은 오십이 넘었을 연세일 텐데, 불행히 연전에 작고하였다.

(『신시대』 1942.8.)

엉겅퀴꽃

엉겅퀴는 꺼칫꺼칫한 가시가 달린 찢어진 이파리와 줄기 위에 면 도솔과 같은 약간 탁혈빛의 꽃이 피는 식물의 이름이다.

누우런 황토밭 변두리나 허물어진 절터 같은 데에 제법 완강히 뻗 대고 생기는 화초로서, 이만하면 오래 견딜 것이라고 믿을 수 있는 꽃이다.

순 한글 번역의 『신약성서』 가운데에도 이 꽃의 이름이 보이는 걸 로 보아, 엉겅퀴는 비단 동양의 화초만도 아닌 걸 알 수 있다. 『신약』 에는 예수가 보행하는 이스라엘의 주변에 군데군데 피어 있다. 가 보지 못한 이스라엘을 나는 대리석 같은 바윗돌들이 많은 곳으로 생 각하고 있는데, 내 상상이 틀리지 않다면 엉겅퀴는 또한 반드시 황 토 위에서만 피는 것도 아닌 모양이다.

어렸을 때 돌밭으로 어머니를 따라다니다가, 해 질 무렵에 돌무데기의 언덕길을 지나면 무더운 놀빛에 우연히 이 꽃이 보이어서 '항가퀴'라고 그때마다 어머니에게 이름을 배우고도 항상 잊어만 버리었던 그 꽃을, 성서에서 다시 보았을 땐 별 반가울 것이 없는 나도 솔찬히 반가운 듯하였다. 또 엉겅퀴라고 부르는 게 항가퀴라는 전라도 말보다는 훨씬 더 실감이 있어도 보였다.

고독—이건 무척 외롭단 말임에 틀림없으나, 세상엔 맵고 덥고 쓰거운 고독이라는 것도 있을 수 있을까. 누우런 흙에다가 얼굴을 비비면서 엉엉 울어 보고 싶은 심정이 있을 수 있다. 어떠한 구름으로도 눈을 가릴 수 없는—이건 벌써 고독도 아닐 거다. 여름에 엉겅퀴를 들여다보면 어쩐지 이런 생각이 들어 견딜 수 없다.

여기저기 방을 구해 다니다가, 내가 최근에 이사해 온 곳은 궁골이란 마을이다.

신촌역까지 걸어서 30분이 걸리는데, 내가 다니는 논길의 양옆엔 이 엉겅퀴가 또 일렬로 면도솔과 같이 피어 있다. 참 씩씩하게 피어 있다. 나는 우선 이것만으로도 궁골에 살게 된 걸 신명 앞에 감사해야 할 것이다.

거기다가 또 궁골엔 산이 많아 녹음과 조류엔 부족이 없다. 항용 나보다는 일찍 눈이 뜨이는 내 어린놈이, 푸르스름한 산그늘이 덮이는 문턱에 서서 뻐꾹새 소리를 흉내 내어 나의 아침잠을 깨우는 것도 내게는 없지 못할 재미다.

저녁에는 또 촛불을 켠다. 일부러 그러는 게 아니라 전기가 아직

통하지 않는 마을에선 이 비슷한 걸 쓸 수밖에 어쩔 수도 없는 것이다. 실상 처음엔 비용이 너무 많이 들 걸 걱정하여 해 뜨면 일어나고 해 지면 자는 생활을 해 보자고 아내와 둘이서 약속을 하였던 것이나, 아무리 어두운 데 드러누워 있어도 잠은 오지 않고 자꾸 일어나고만 싶은 기력이 생길 때에는 약속도 소용없는 것이다.

촛불을 켜고 앉아 있으면 어디선지 또 올빼미가 운다. 4, 5년 전에도 어느 산골에서 촛불을 밝히고 올빼미 소리를 밤마다 들었으나, 올빼미는 인제는 벌써 그때와는 아주 다른 음성으로 오히려 히히거리고 웃는 듯하다. 나도 곧 히히거리고 덩달아서 웃어 보고 싶을 만큼 잘도 세련된 음성이다. 이 4, 5년 동안에 올빼미가 그렇게 변하였을까, 내가 그렇게 변하였을까를 나는 가만히 속으로 생각해 본다. 아무래도 변한 건 나요, 올빼미는 아닐 것만 같다.

나는 다시 사람들에게 늘 한결같지 못했던 나와, 나에게 또한 한결같지 못하던 사람들의 정이라는 걸 생각해 본다. 인제 원고료 선금을 타면 꼭 너의 국방복을 전당포에서 찾아 주마고 약속해 두고는, 선금을 찾게 되자 그냥 슬며시 빠져나와 버린, 우선 요 근일의 자기라는 걸 생각해 본다. 겨드랑 밑이 약간 후끈거린다. 문득 혓바닥을 좀 보고 싶어서 거울을 찾았으나, 어디로 갔는지 거울이 안 보인다.

역시 폴 발레리의 말이 여기엔 타당할 것 같다. 기차의 한 정거장 사이도 같은 정신 상태를 계속하지 못하는 놈이 무슨 불변이며 영원한 것을 말한단 말이냐.

역시 변한 건 나요, 올빼미는 아닐 것이다.

시계가 없으므로 몇 시나 되었는지 알 수는 없으나, 미안한 촛불을 몇 자루째 갈아 대면서 이러고 앉아 있으면, "불 좀 붙여 주세요. 팥 좀 삶을라고 그러니……" 하고 주인집 며느리가 뚫어진 창구멍으로 담배꽁초를 들이밀면서 나한테 불을 청한다.

어디로 어디로 돌아다니다 왔는지, 머리털엔 보릿가시 같은 것을 수두룩이 묻혀 가지고, 담뱃불을 붙여 주면 고맙다는 말도 없이 숨을 헐떡거리며 다시 어둠 속으로 사라져 버린다. 새벽이 멀지 않은 캄캄한 오밤중을 어느 보리밭 구석에 나가서 호젓이 앉아 있을 작정인 모양이다.

물론 이것은 내 방에 불이 켜 있을 때의 일이요, 내가 피곤하여서 일찍부터 불을 꺼 버린 날 밤엔 절대로 그런 청을 하지는 않는다.

주인 할머니의 이야기를 들으면 친정아버지의 부고를 전화로 듣고는 자부가 바로 그렇게 실성한 것이라 하나, 그렇다면 참 미치기는 쉬운 모양이다.

미친 이는 가끔 대낮에도 두 활개를 벌려 춤을 추는 일이 있다. 주인 할머니는 또 미친 기가 난다고 하여 몽둥이를 휘두르며 이년, 이년, 한다. 내 처도 무섭다고 어느새인지 내 지팡이를 방에다 들여놓고 지낸다. 그러나 나는 그가 우리에게 해를 끼치지 않을 걸 안다. 웬일인지 눈동자가 그렇게 보여지는 것이다. 그렇게 보니 그러는지, 나에겐 한 번도 대드는 일이 없다. 이건 또 어쩌면 밤에 내가 담뱃불을 붙여 주는 까닭인지도 모르지만.

한번은 낮에 와서 돈을 가지고도 담배를 살 수 없으니 한 개만 빌려 달라고 해서, '홍아' 한 개를 넌지시 빼어 주었더니, 무얼 생각했음인지 옷고름에 매 두었던 1전짜리 세 닢을 방바닥에 던지고는 달아나는 것이었다. 아무리 도로 가져가라고 하여도 종시 못 들은 체하고는, 엉겅퀴가 키만큼씩 자란 뒤안 언덕길로 달아나는 것이었다.

들으면 정신이 괜찮을 때는 산 너머 마을에 가서 바느질품을 판다는 것이다. 본래 바느질 솜씨가 얌전하여서 시방도 일감 있는 집에 가면 과히 홀대는 하지 않는다는 것이다. 삯을 달라고 하지 않으니까 시키는 사람으로선 그럼직도 하지만, 어떻게 미쳤다는 여자가 바느질과 같은 치밀한 일을 할 수 있을까. 아무리 그것이 할머니의 말씀이라 해도, 처음엔 그대로 믿어지지가 않았다. 그러나 그것이 정말인 모양이다. 내게 준 3전도 바느질삯으로 얻은 것이라 한다.

나는 받은 3전을 갚으려는 것이 아니라 그저 미친 이가 올라간 뒤안 언덕으로 내 어린놈의 손을 이끌고 올라가 보았다. 꺼칫꺼칫한 엉겅퀴 잎에 무르팍이 쓸리는 걸 처음엔 꽤 아파하던 어린놈도 며칠 새 인제는 길이 든 모양인지 아무 말도 않는다.

산에 올라서 보아도, 미친 이는 어느 집으로 바느질을 하러 갔는지 보이지 않는다.

나는 소나무 밑에 엉거주춤하고 앉아서 어린놈에게 새로운 단어들을 가르친다. 소나무, 날개, 개미, 엉겅퀴…… 그러나 아무래도 '미친 여자'란 말이나 바로 옆에 있는 것이지만 '무덤'과 같은 말은 가르쳐지지가 않았다.

(『조광』 1942.9.)

바다

'바다'는 편집자가 준 제목이요, 내가 스스로 고른 것은 아니다. 이 렇게 세상에서도 제일 크고 넓은 것을 김동리 씨는 나더러 하룻밤 동안에 원고지 넉 장 안에다 적어 가지고 오라 한다. 그러나 나는 이 '바다'라는 수필을 써야 할 하룻밤을 책상 앞에 앉아 있지 아니하고 김광주, 박용덕 씨들과 같이 비를 맞고 장충단으로 한흑구 씨를 찾아가서 소주를 마셨다.

아침에 눈을 뜨긴 하였으나 저녁밥을 안 먹고 잔 머릿속은 어질어질한 것이 아무래도 능히 '바다'를 감당해 쓰지 못하겠다. 그래 세수도 않고 먼저 밥부터 한 사발 물에 말아 삼킨 뒤에 지금, 이 원고지 앞에 도사리고 앉긴 하였으나 벌써 10시 반이나 되었는데 언제 1천 6백 자를 채워서 정오 사이렌이 울기 전에 갖다 준단 말고.

8, 9년 전 만주에서 살다가 할 수 없이 되어 첫봄에 다시 조선으로 나오는 때였다. 경성(지금은 서울)까지의 차표를 사고 나니 돈이 20전밖에 남지 않아서 그걸로 계란빵을 사 먹었는데 완행차라 청진에 오니 벌써 시장기가 들었다. 벌써 밤이었으나 나는 청진이란 곳에 한 사람의 친구가 살고 있음을 생각해 내고 역에서 내렸다.

포항동 ××번지. 상당히 오랫동안 나는 그 친구의 집을 찾았으나 도모지 어두워서 알 수가 없었다. 나는 국제호텔이라던가 하는 큰 벽돌집 옆에서 다시 동쪽 골목을 더듬어 나갔다. 그러자 오래지 않아 내 귀에는 이상한 소리가 들리어 왔다. 나는 주춤하고 그 자리에 서 버렸다. 우― 우― 거한 물농우릿소리가 바로 발밑에서 나는 청진 해안에, 나는 어느새인지 와서 있었던 것이다.

여기서는 블라디보스토크의 들이 보인다고 하는 옛 친구의 말을 생각하고 나는 먼 동북쪽을 보았다. 그러나 흐린 탓인지 블라디보스토크의 들은 보이지 않았다. 내가 무엇 때문에 이 기억을 쓰고 있는지 모르겠다. 하여간 '바다'를 쓰자 하니 이날 밤의 파도 소리―아니 철썩이는 물결 소리가 아니라 바다 전체가 우는 것 같던 소리가 저절로 머릿속에 떠올랐음에 불과하다. 나는 여러 해 동안 바다가 없는 곳에서 살아왔던 것이다.

최근에 나는 부산이라는 곳에서 늘 바다와 상대하고 지내게 되었다. 해안통으로 어슬렁거리고 다니다가 생선묵을 사 들고는 동동주 집도 곧잘 찾아가는―일테면 팔자 좋은 사람쯤 되었다. 허나 그 청진이란 곳에서 그날 밤에 듣던 것 같은 절실한 바닷소리를, 나는 부산에서는 들을 수가 없었다.

그리고 역시 부산에서도 내가 가끔 바닷가에 나가 서성거리게 되는 것은 나 하나를 내가 어쩌지 못할 때―주로 그런 때임을 나는 안다.

(민중일보 1947.8.23.)

여름날의 꿈

어떤 밝고도 더운 여름날이었소.

벌써 여러 십 리의 팍팍한 황토와 모래밭 길을 미사와 나는 걸어
온 뒤였소. 우리들의 머릿박과 몸뚱이로부터는 젓국보담도 더 끈적
끈적한 진땀이 흘러내려 얼굴과 의복을 더럽게 적시었소.

그때 우리는 일본 병정들이 패전 뒤에 남기고 간 그 특특하고 누
우런 떨어진 겨울 군복과 찢어진 편리화를 신고 있었소마는, 물론
이것은 우리가 일본을 따라 이번 전쟁에 참가해서 얻은 것이 아니라
1945년 9, 10월경 이것들이 제일 쌌기 때문에 착용했음에 불과했
던 것이오.

그야 하여간, 드디어 우리는 한 산정에 도착하였소. 조류와 식물
이 상당히 풍성한 산이었던 듯하오마는, 우리는 그런 것에 별 주의

도 하지 않았던 것이 사실이오. 그 산에 올라서서 바라보다가 또 한 산이 눈앞에 침착하게 솟아 있는 산과 산 사이의 협곡으로 우리는 마침내 내려왔소.

협곡엔 웬일인지 물은 보이지 않았던 것 같소마는, 참으로 시원해 보이는 몇 그루의 큰 느티나무 그늘에는 인제 비로소 한번 누워 뒹굴고 싶은, 연하고도 보드라운 풀밭이 있었소.

미사와 나는 먼저 찢어진 편리화를 벗어 던지고 맨발로 이 너무나 좋은 풀밭에 서 보았소. 그러고는 그냥 그 자리에 번듯이 드러누워 버렸소.

이렇게 우리는 우리의 더러운 땀과 발바닥의 열을 씻고 있었던 것이오.

여러분. 그러자 이때 우연히도 내 눈은 우거져 늘어진 서쪽 느티나무 가지 새로 황폐한 한 채의 초가집을 발견하고 커다랗게 떠졌소. 인적이 끊어진 이 태고의 산골에서, 더구나 나무와 풀숲의 녹음만이 자욱이 덮친 곳에서 한 채의 쓰러져 가는 옛집을 본다는 것은 내게는 다시없는 기적과 같았소. 그러나 분명히 그 집은 거기 있었소. 키 높은 억새풀과 갈대밭이 서걱이는 속에, 인동과 느릅 넌출들로 외벽과 지붕의 한쪽이 얽힌 그 집은 벌써 몇천 년을 거기 있는 듯이 틀림없이 거기 있었소.

"미사!"

나는 나의 벗의 이름을 부르며 손을 들어 그쪽을 가리켰소.

여러분. 그러나 여러분. 드디어 우리는 여기 누워서 손가락질하며 그 집만을 바라보고 있을 마련은 아니었소.

우리가 무엇을 본 줄 아시겠소?

그것은 한 여인이었소. 서걱이는 갈대밭 넘어 서쪽으로 바삐 가고 있는 한 소복한 여인의 상반신을 우리는 똑똑히 본 것이오.

여인의 연령과 환경을 알아볼 수도 없을 만큼 여인은 빨리 가고 있었소. 허나 그때 우리는 틀림없이 그를 보았소. 멈춰 있는 정면에서가 아니라 비록 움직이는 측면이긴 하였지만, 그를 발견하자 미사와 나는 거의 동시에 자리를 일어섰던 것이오.

우리가 일어서자 벌써 그는 아무 데도 없었소.

그는 사라질 때 우리를 한번 보았던 것도 같고 어쩌면 또 영 안 보았던 것도 같소. 그러자니 자연 그의 눈이나 입이나 코나 귀가 어떻게 생겼던 것조차 뚜렷이 기억이 안 되오. 음성이나 마음씨는 더구나 그러오.

그렇지만 다만 한 가지 기억되는 점이 있소. 그것은 그의 모든 것이 시방 우리가 늘 보고 있는 여인네들의 아름다움보다는 훨씬 더 커 보이던 점이오.

우리 같은 복잡한 불평객도 그의 그늘 밑이라면 마음 놓고 포근히 쉴 수도 있을 것 같던 점이오. 일테면 저 모든 눈물을 모조리 이해하는 석굴암의 관음이나 옥경의 항아 같던 점이오.

바로 말하면, 그때도 미사와 내가 그를 찾아가는 길이던 바로 그 사람이었던 것이오.

허나 이것은 어느 초록이 짙은 공일날, 고추장에 상추쌈을 해 먹고 낮잠을 자다가 우연히 얻은 한 자리의 꿈에 불과하오.

우연히—그렇지만 꼭 '우연'이라고만도 할 수는 없는 일이오.

꿈에서 깨어 일어난 자리에도 역시 황톳길과 몇 가지의 녹음은 내 주위에 있었고, 또 여기는 확실히 관세음이나 월궁항아 등의 이야기가 얼마든지 있는 세상이니까.

(『이북통신』 1948. 여름)

나무 그늘

일전에 어느 좌담회에 나갔더니, 몇 가지 문학과 취미의 문제가 나온 끝에 이야기는 '첫사랑'을 고백하라는 데까지 번지었으나, 나는 아무리 기억을 짜내어 봐도 여기 대해서만은 이야기할 자료가 없는 것만 같아, "없다. 내게 여자라는 것들은 꼭 저 무성한 수풀의 나무 그늘 같은 것이었고 시방도 그럴 따름이다"라고 대답한 일이 있다. 그랬더니 동석한 몇몇 여류 작가들은 "뭐? 우리보고 나무 그늘이란다. 나무 그늘이래" 하며 서로 소곤거리는 걸 보았지만, 나의 이 소회는 내 딴에는 적으나마 진담이었다.

나무 그늘…… 저, 해마다 봄만 오면 움트고 봉오리 지고 꽃 피고 잎 피어서 여름을 지나 가을까지 우리를 에워싸고 우리를 위로하다가 찬바람과 함께 낙엽 지는 소슬한 나무 그늘…… 낙엽이 질 때에 보면, 인제는 좀처럼 다시 소생할 것 같지도 않다가는 또 봄만 오면 어김없이 움트고 우거지는 저 그리운 온 천지의 나무 그늘…… 우리들이 그 밑에서 장기도 두고 바둑도 두고 정담도 하고, 또 때로는 홀로 각자의 희비애락을 반추도 하고 호소도 하고 차탄도 하게 되는 뒤안의 꽃나무와 동구의 느티나무와 수풀의 모든 나무 그늘들…… 그 푸르고 생생하고 서늘한 것의 모두가 틀림없는 우리의 것 같으면서도 사실은 완전히 우리의 것은 아니기 때문에, 늘 그 너머 있는 하늘도 우리의 상념을 달리게 하고, 끝에 가서는 그곳을 못 견디게 그립게만 하는 저 빼어난 미인의 무한한 집단과 같은 나무 그늘들…… 모든 내 주위의 여인이란 내게는 참으로 모든 내 주위의 수풀의 나무 그늘과 마찬가지다.

내 일찍이 발가숭이의 몸이 부끄럽지 않던 5, 6세의 어린 철, 어머니의 품에 안겨 마을의 아주머니네들과 고모, 이모, 누님네 들에게 둘러싸여 있을 때도, 그들은 내게는 소슬하고 선선한 나무 그늘과 같았다. 그들 중의 한 분이 내 빨가벗은 몸뚱이에 부채질을 해 주며 "아이, 애기 꼬치 좀 보아. 거기서도 온통 땀이 흐르네" 하던 것 같은 기억은 아직도 암암히 내 머릿속에 남아 있거니와, 이러한 때엔 더욱이 그러하였다.

어머니의 품 밖을 벗어나서 뒤안길로 들길로 혼자서 돌아다니며 종다리 소리도 아는 나이쯤 되었을 때, 우연히도 보리밭 둑에서 나물 캐는 소녀들의 일단에 에워싸인다거나 어느 돌담 밑에서 인형 각시를 만들기 위해 각시풀을 뜯는 그들의 틈에 한몫 끼이게 되었을 때에도, 그들은 내게는 그러하였다.

내 나이 열두서너 살 되었을 때, 머릿박에 새로 벼슬이 생기기 비롯한 연계 수탉만 한 나이가 되었을 때, 날마다 우리 집을 찾아오던 곽郭이라는 아름다운 처녀도 그러하였다. 다정한 얼굴로 웃으며, 희고도 고운 손끝에 연필과 크레용을 번갈아 쥐고 내게 여러 가지 꽃들을 그려 보여 줄 때도 그러하였고, 그 윤기가 질질 흐르는 삼단 같은 머리채를 출렁거리며 내가 탄 그넷줄을 밀어 줄 때에도 그러하였다. 소학 시절의 담임 여선생들과 모든 동창의 여자 학우들, 중학 때 한 하숙의 여학생들과 주인의 큰딸과 작은딸, 그들의 친구와 또 그 친구의 친구들은 모두 그러하였다.

내 나이 드디어 세상의 물정을 겨우 짐작할 만한 이십대쯤에 이르렀을 때, 저 찬란하고도 후끈한 주위의 모든 꽃수풀 속에서 유난히도 눈을 끄는 한 그루의 꽃나무가 있어 그 앞에 머물러 오랫동안 떠날 줄을 모르듯이, 많은 처녀들 속의 한 처녀가 내게 와서 나를 황홀하게 하고 나를 기쁘게 하고 또는 나를 슬프게 했기 때문에 오랫동안 그 앞을 떠나지 못했다고 하자. 이를테면 여러분의 누구에게나 있었던 '순'이나 '숙'이의 한 사람이 내게도 있었다고 하자. 그 모습과 음성과 사랑의 아름다움 때문에, 그 밖의 모든 모습과 음성과 사랑의 아름다움이 있는 것을 한동안 잊어버릴 만큼 그 여인의 존재는 우리에게는 큰 것이었다 하자.

우리를 도취하게 하는 자로서 그 여인의 존재가 크면 클수록 이 도취의 상태를 해소해 버리기에 적당한 딴 한 개의 수數, 물적 쟁투와 정복의 상태를 마련하지 않는 한 그 여인은 결국 딴 사람의 것이다. 마침내 우리와 같은 미적 흥분가요 미적 관조자의 앞에 남는 것은, 우리에게 불을 붙였던 그러한 한 여인까지도 흡수 포함해 버린 의미의 범여성의 울창한 삼림이 있을 따름인 것이다. 그리고 분명히 이 수풀은 나와 가깝던 한 여인이 거기에 잠재해 버려서 한층 더 고움은 물론이다.

그렇다. 우리의 애인이 딴 사람의 아내가 되었다거나 또는 사망했다고 해서 저 '범여성의 수풀'에 대한 흥미와 그리움이 우리에게서 떠나는 것은 결코 아니다. 오히려 그러한 경우일수록 여성 일반에 대한 회포는 한층 더 절실하고 심각해질 따름이다.

가령 여기에서 문득 자네의 최애의 애인이 자네가 그 사람을 아끼고 사랑하던 만큼 자네를 아끼고 사랑하다가 애통히도 사거死去하였다 하자. 처음 한 달 혹은 두 달 혹은 1년 혹은 2년 혹은 10년, 자네의 가슴 아픔 때문에 주위를 안 볼 수는 있다. 그러나 결국 자네는 살아가는 동안 눈을 들어 볼 것을 보아야 한다. 일체 가치의 상실을 의미했던 그 허무하기만 해야 할 공간에 드디어 총생叢生하는 수없는 장미꽃과 같은 자네의 옛 애인의 무한한 분신을 봐야 한다.

또 자네를 버리되, 죽어 간 것이 아니라 딴 사내의 것이 되어 갔다 하여도 경우는 거의 마찬가지다. 하여간 얼마 동안만 이 상실을 슬퍼하거나 원망하거나 마음대로 하여 보아라. 끝끝내 자네가 이 일 때문에 죽지만 않는다면, 돌아올 곳으로 돌아와야 할 것만은—저 무조건 축복과 존경과 그리움이 있는 곳으로 돌아와야 할 것만은 전자의 경우와 꼭 마찬가지다.

이만큼 했으면 내가 하고 싶어 하는 말의 뜻이 무엇인지를 짐작하겠는가. 왜 '여성은 나무 그늘 같다'는지를 알겠는가.

저 밀짚 벙거지 하나 뒤집어쓰고 금강산으로 제주도로 가야산으로 헤매 다니던 이십대의 모색 시절, 산골에서 개울가에서 바닷가에서 들길에서 언뜻 눈으로 보았을 뿐인 몇몇 여인들의 모습은 아직도 웬일인지 내 기억 속에서 아주 사라지지 않고 지금도 가끔 소생하거니와, 그들은 모두가 백주의 보행자였던 나에게는 그리운 나무 그늘과 같았고 지금도 그렇다.

음악회나 연극 무대의 여가수나 여배우 들의 모습도 내게는 그러하였다. 심지어 어느 노변의 주막에서 막걸리를 만들어 파는 안주인이나 그 딸들의 모습도 내게는 모조리 그러하였다. 길거리에서 보는 많은 여인들의 모습도 물론 그러하였다.

이 감개는 무엇인가 나는 자세히 모른다. 그러나 하여간, 이 감개는 해마다 더해 갈 뿐이지 내게서 줄어드는 일은 없다. 그와 동시에 모든 여성에 대한 부끄럼과 존경도 내게는 여전할 따름이다.

그리고 그전엔 나는 나의 이러한 감정의 꼴을 '못났다'고 자조한 일도 있으나, 지금은 절대로 그렇게 생각지 않는다. 왜냐하면 이 '여성 수풀'의 의식과 감응은 내 빈약한 의식과 감응의 세계에서도 비교적 한 장관에 속하는 놈이기 때문이다.

(『민족문화』 1949.9.)

한 사발의 냉수

집지기

—박목월에게

집지기는 집을 지키는 사람이다. 한집안 식솔들 중에서도 직접 그 생활 운영의 제일선을 담당하는 장정들이 일터에 나가고 없는 동안이면 집에 흔히 아녀자들만이 남아서 집지기가 된다. 일이 원체 바쁜 때가 되어서 온 집안이 총출동을 해야 할 경우가 되면 집지기는 언제나 이들—후예의 아녀자들 중에서도 제일 연약한 자만이 혼자서 뽑히어 남아 있게 되는 것이다.

나는 소년 시절에 이 집지기 노릇을 가끔 하였다. 우리 집 식구는 그때 모두 다섯이었지만 아버지는 외지에 나가 취직하고 있었고, 집엔 할머니와 어머니와 고아가 된 종형 한 사람과 나까지 네 사람이 살고 있었는데, 우리는 두메산골에서 농사를 지었기 때문에 들일이 바쁜 때면 집 안엔 항용 내가 혼자 남아서 집지기가 되었다.

나는 긴긴 봄날에도 집지기를 해 보았고 여름 가을 겨울 할 것 없이 이 일을 맡아 보았지만, 세상에서도 심심하고 외롭고 무서운 것은 이 집지기의 직분이었다.

툇마루에 걸터앉아 두 발을 늘어뜨리고 있으면 늦은 봄날엔 뒷산에서 쑥국새 뻐꾹새들이 떼 지어 울었다. 그러면 흔히 나는 두 발을 시계추처럼 움직이고 앉아서 그 새들의 울음의 수효를 헤어 보는 걸로 한 과정을 삼았고 그것도 싫증이 나면 마당에 내려 까닭 없이 집을 두 바퀴씩 돌았다. 그러고는 다시 마루에 올라서 싸늘한 다듬잇돌을 베고 늘편히 자빠져 보기도 하고 때로는 바람벽의 흙을 떼어 혀끝에 대어 보기도 하였다.

한여름이면 뒤 보리밭에서 문둥이가 잡아먹으러 오지 않을까 하여 혹독한 무섬증에 고슴도치처럼 웅크리고 앉아 온몸에 그뜩히 서리를 돋우고 있기, 겨울이면 화로의 숯 부스러기로 흙벽에 까만 동그래미와 작대기를 긋기, 나의 집지기의 과정이란 그 하나하나가 모두 너무나 심심하고도 못난 것들이었다.

'어머니와 할머니, 형님이 나란히 모여 있는 들은 얼마나 재미있고 기쁠까! 그들이 시방 하는 일은 보리를 낫으로 베서 집으로 들여오는 일일까? 나도 같이 데불고 가서 조끔씩이라도 그 일을 하게 하면 좋지 않을까. 언제나 나도 이 무서운 집지기를 면하고 저 참 좋은 들에 가서 같이 일할 수 있을까……'

이런 것 저런 것을 곰곰이 생각하면 문득 울음이 솟구쳐서 소리 내어 엉엉 울기도 하였다.

그러나 어머니는 이 집지기의 일이 얼마나 무서운 것임을 영 모르는지 늘 웃으면서 이 일은 항시 내게다만 맡겼다. 그리하여 해가 설풋이 어스름이 될 무렵 인제는 기진맥진하여 문간에 나가 섰으면 그들은 비로소 들곡식을 거두어 지고 이고 들어오며 서러움도 외로움도 무서움도 조금도 모르고 지낸 낯으로 내게 빨간 들딸기나 푸른 쥐감 같은 것을 가끔 선사할 따름이었다.

집지기의 이야기가 났으니 말이지만 일생을 한낱 집지기로만 늙은 수많은 이 나라의 여인네들을 나는 안다. 정호 어머니는 시집오자 바로 집지기가 되어 머리털에 흰 것이 섞이도록 홀로 있었다. 그의 바깥양반은 참으로 훌륭한 사람이었으나 정호 어머니에게 한 약질의 어린것을 갖게 하고는 곧 외국의 뜨내기가 되어 수십 년을 그대로 돌아오지 않았고 집안 어른들도 이 여인만은 한개 집지기로 그냥 그 넓은 네 칸 장방長房에 그대로 내버려 두었던 것을 나는 안다. 그이는 젊음이 가실 무렵부터 눈빛이 유난히도 날카로워져서 항용 거울 앞에 우두커니 꿇어 있기만 하더니 어느새인지 머리털이 희어지는 것을 나는 보았다. 마을 사람들은 그를 가리켜서 '그 집의 업'이라고 하였다. 그리고 이 '업'은 말하자면 그 집을 지키는 혼령 단지 같은 걸로 이 '업'이 떠나면 그 집은 망하는 것이라 하였다.

집지기……

일전에 나는 시인 박목월을 만나 그의 근작 초고를 구경한 일이 있다. 역시 여전히 아무런 외래 사상의 흔적도 허영도 격렬성도 없는 이 나라의 분위기와 같이 심심하고 외롭고 서럽기만 한 시였다.

"형, 나는 이것이 나의 천품이기 때문에 달리 하려고 해도 되지는 않습니다. 무력하고 소극적이긴 하지만 나는 이것을 지키고 갈 수밖에 없겠습니다."

그는 말하였다.

그러나 나는 심심하고 외롭고 분위기가 소극적이라고만은 생각되지 않았고 또 문득 내 소년 시절의 '집지기'의 경험이 추상追想되었기 때문에 다음과 같이 대답하였다.

"소월의 시만 보더라도 거기엔 당대의 뚜렷한 읽거리가 눈에 뜨이지 않기 때문에 사람들은 그를 주의하지 않고 내버려 두었지만 집지기로야 둘째가라면 섭섭하게 생각할 만한 사람이었지! 집을 나갔던 탕자들도 뒤에는 한 번씩은 모두 이 집지기에게로 돌아오는 것이니까…… 목월도 그러한 집지기로 생각하면 그만이겠지……"

목월은 이 말에 무슨 대응은 없었으나 그에게도 일찍이 집지기의 경험은 있는 듯한 눈치였다.

1948년

(자유신문 1957.11.17.)

오해에 대한 변명

얼마 전 「천 자 인물평」 필자인 K·B·A씨의 내게 관한 기록 중 몇 개 착오가 보이기에 아래에 몇 가지 변해해 둔다.

1) '서정주는 젊었을 때 남의 여편네를 탐내는 정신적 간음자'라고 했는데, 이건 아마 1940년 발표의 졸문 「나의 방랑기」를 잘못 읽어 본 소이인 듯하다. 「나의 방랑기」에는 제주도에서 한여름을 지냈을 때 내 마음의 내부에 일시 지나간 잠재의식 상황의 고백이 쓰여 있었을 뿐이니까.

2) 또 '팔도를 제멋대로 굴러다니던 걸인'이라고 했으나, 이것도 사실의 내 생애엔 없던 일이다. 이것도 또 「나의 방랑기」란 글을 잘못 읽은 게 아닌가? 내 나이 아직 마흔셋밖에 안 되니 국중國中에 현

존한 내 지인들이 다 잘 알고 있을 일이다.

3) 또 '누구든지 만나면 그 징그러운 몸놀림에 눈살을 찌푸리고 도망치게 마련이었던 그러한 한 시기의 산물인 『화사집』' 운운해 주셨으나, 내 기억으로는 이런 사실도 생각이 안 난다. 혹 내 자는 동안에나 그런 일이 있었나? 나는 원래 사람을 많이 친하진 못했어도, 친하게 된 이들은 별로 도망가지 않고 있다. 이것은 「화사」 등의 졸작품을 잘못 읽어 가지고 내 과거 생활의 실제와 혼동한 데서 그렇게 써 놓은 것이 아닌가 싶다.

4) '점잖은 주정꾼으로 바뀌어졌다.'

5) '술 취한 지팡이가 가끔 행인에게 실례를 해도' 운운이라 내 근행에 대해 말씀하셨으나 이것도 당치 않은 말씀이다. 술이 가끔 취하기도 한다마는 특별히 점잖을 필요는 내게는 없으며, 지팡이를 짚는 건 사실이나 행인에게 실례한 일은 한 번도 없기 때문이다.

이상 밝혀, 내 귀한 공학共學 여러분들에게 오해 없기를 바랄 따름이다.

그리고 이 기회에 또 한 가지 첨가해 말씀해 두고자 하는 것은 백철이라는 이가 『조선 신문학 사조사』에서 말한 —'서정주가 그 시 속에서 상놈을 자랑하는 것은 작시의 논리와는 아무 관계가 없는 것이라고 김종한이 시단 시평(『문장』 1941.1.)에서 지적했지만, 실제는 결코 무관계한 것이 아닐 것이다. 논리 대신에 하나의 생리生理가 거기서 왔다. '애비는 종이었다. …… 흙으로 바람벽한 호롱불 밑에 손톱이 깜한 에미의 아들'(「자화상」)로 태어난 서정주는 나면서부터 특수한 혈족이었다. 이 시인이 즐겨 그 배암과 문둥이의 세계에서 취재한 것, 그 징그러운 작품의 세계는 이 시인이 그러한 혈통과 환경 속에서 자라난 데서 온 특수한 생리적인 표시였다' 운운한 내용에 대해서다.

원래 나는 많은 오해와 오독 속에 사는 데 길들어, 아직 이런 일들에 대해서도 한마디 본인, 석명釋明도 해 오진 않았으나, 나이 탓인지 요즈음은 그것도 또 친절하지 못한 노릇인 것같이도 느끼어져, 이런 유의 자기 설명이 나온 김에 기억에 떠올랐으므로 부기해 두려는 것이다.

이것도 모두 1940년 『인문평론』지 소재의 졸문 「나의 방랑기」와 졸시 「자화상」을 잘못 읽은 데 연유하는 것으로, 「자화상」을 다시 잘 읽어 보시면 알겠지만 '애비는 종이었다. …… 흙으로 바람벽한 호롱불 밑에 손톱이 깜한 에미의 아들'이라는 구절은 당시 일정하의 농촌 태생의 내 위치를 비유적, 상징적으로 표현한 것일 뿐 아무 특수 혈족의 사실도 그 시 속에는 없는 것이요, 또 '상놈' 운운의 기록도 「나의 방랑기」를 잘 읽어 보시면 알겠지만, 일정 치하에 오히려 반명班名과 이조 말기로 이어지는 세도를 완치하지 못한 듯이 보였던 일부 동포에 대한 구토감의 표현이 그때(그러니까 혈압이 좀 높던 때)의 내 글이었는데, 엉뚱한 해석들을 해 오신 것이다.

이후, 이런 기록들은 좀 더 자세하고 신중해졌으면 좋겠다. 문인의 생애라고 해서 별나게 착색되어 굿거리가 될 필요는 없는 것이다.

아 참, 그리고 또 한 가지 기억나는 것이 있는데, 그건 졸문 「나의 방랑기」라는 것을 1940년 3, 4월 호 『인문평론』에 발표했을 때의 편집후기의 내용—즉 '조선의 비용 운운'하였던 것이다. 이것도 맞지 않다. 프랑수아 비용은 문예부흥기의 프랑스 시 수립에 큰 공로를 가진 분의 하나이어니와, 그의 시와 생애는 둘 다 시를 했다는 사실 외에 나하고는 하등의 공통점도 없는 것이다.

20년이나 지나서 인제야 본인, 보주補註를 붙이느냐고 말씀하시겠는가? 사실은 좀 더 지나서 내 개인에 관한 모든 논의는 합해서 답하려 한 것이 좀 일러졌다. 허나 이것도 내가 여러분에게 좀 더 가까워지려는 의도 외엔 딴것이 없다.

(『현대문학』1958.5.)

나의 일급비밀

도스토옙스키의 『백치』라는 소설을 보면, 미모 진실의 여주인공 나스타샤가 어느 눈 내리는 밤 자기한테 반해 따라다니는 사내들에게 일급비밀을 공개하라 하여 이것들을 듣고 불만족해하는 장면이 있다. 왜냐하면 사내들이 사실은 한 사람도 일급비밀을 말하지 않고 삼급 사급도 못 되는 비밀만 얘기하고 앉았는 것이 빤했기 때문이다.

나도 할 수 없이 나스타샤의 고백자들의 한 사람같이밖엔 이 글을 쓸 수가 없겠다. 혹 어디서 내 나스타샤가 나와 단둘이서만 이야기하자거나 한다면 또 모를 일이거니와……

자, 그러니 무얼 이야기한다?

옛날 신라의 어떤 왕은 산수유꽃한테다 비밀을 말했더니, 산수유꽃이 또 그걸 사운거리며 발설해 대 질색이었다 하거니와, 나로 말하면 그 왕보다도 사실은 더 소심해서 산수유꽃은 그만두고, 아무 사운거림도 없이 가만히만 있는 먼 산 바윗돌보고도 그러지 못하는 자이다.

나는 내 비밀의 수심을 아무도 몰래 때로 굽어다 보고 지내는 걸로 족하다.

나는 내가 원치 않는 때 누구의 살이 내 몸에 와 닿는 게 딱 질색이다. 이건 세잔 옹도 그랬었지만 나는 이 성벽 때문에 어려서부터 여럿이 몸이 맞닿는 데서 자는 것이 아주 싫었다.

원치 않는 살이 와 닿으면, 더구나 등 뒤 척수신경 있는 데 와 닿으면 나는 자꾸자꾸 바람벽 쪽으로 자기 몸을 좁혀 가면서, 닿는 데에 전기가 급템포로 일고 있는 것 같은 느낌에 밤잠을 오래 자지 못하기가 일쑤였다. 그걸 잊기 위해서 나는 술을 마신 일이 많다.

이런 것도 비밀이라면 비밀일까. 나스타샤는 또 하품하지 않을까.

(경향신문 1962.3.5.)

찔레 향기는 또다시 뇌쇄하건만

내 생일은 음력 5월 18일이니 천지가 그 잎사귀와 꽃들을 감추는 때가 아니라 1년 중에서도 제일 아름답게 드러내는 철임엔 틀림없다. 들으면 어머니가 나를 배실 때 할머니가 꾸신 태몽엔 상투에 꽂는 은동곳이 빛나 보였다니 천지 좋은 때 생명을 주시며 사내 구실 톡톡히 하라고 내보낸 건 틀림없겠는데, 이것 흐리멍텅 어줍잖이 살아 놓고 보니 들어 보일 낯이 없다.

심미하는 버릇을 들여 어언 몇십 년 되었으니 인제쯤은 잘 정리하고 좋이 맑혀 견신見神보다 못할 양이면 신神 담긴 공기라도 찾아 살 나이쯤도 되었건만, 오한에 기겁에 타협에 에누리에 싸구려에 소안일小安逸에 이것 소심미小審美의 알쏭달쏭한 넝마나 한 짐 줏어 지고 어이 길을 찾아갈거나.

올해도 5월이 와 찔레꽃 덤불은 또 없던 데서 나와서 뇌쇄하는 향기를 퍼뜨린다만, 나는 여기 임의 집 문전에 서서 문 열면 쏠리는 것이 벼락일까 저어하여 감히 문 열 엄두도 내지 못하고 오도도도 학질같이 떨고만 있도다. 만일에 임의 얼굴이 벼락인 날에는 전신이 가루로 바스라질 게 두려워……

그러니 별수 없이 또 어느 목로방이나 찾아가서 이, 벼룩이나 서로 옮기면서 허리 오그리고 누웠다 일었다 할거나. 피 아직 있으니 이, 벼룩에 꽃자줏빛 피 옮기는 일 고행쯤 삼아서……

아버지가 계셨으면 이 으스스한 학질의 오한, 부작이라도 똑똑히 등에 써 붙여 주시라 해야겠고, 어디 대공포大恐怖의 네 갈림길 돌다리 위에라도 가서 한 백주白晝쯤 톡톡히 경치고 앉았어야 할 일이다.

쑥국, 쑥국, 쑥국, 쑥국, 쑥국새가 운다. 쑥국새는 하늘나라 색시를 도둑질해 살다가 쑥국 맛에 팔려 그걸 또 잃고 저렇게 치사하게는 울어 대는 거라 한다. 저 쑥국새가 울면서 가루가 되는 어느 대공포의 네 갈림길의 돌다리 위에 나는 한 백주 톡톡히 경치고 앉았어야 한다.

(『여원』 1962.5.)

『돌아온 날개』를 읽는 감회

　최정희 여사께서 오랜만에 편지와 아울러 무슨 책자가 든 소포를 부쳐 왔기에 소설집이려니 하고 뜯어 본 것이, 뜻밖에도 파인巴人 김동환의 시집이어서 감개 적지 않았다. 왜냐면 북에 가 있는 인사의 책은 납치된 경우라도 자유당 시절까지엔 문자화하지 못하게 했던 것으로 기억되는데 이제는 피납치자면 되게 된 것과, 또 하나는 이 시인은 벌써 십수 년을 북에 가 갇혀 있고 부인 되는 이가 남에 남아서 아이들을 길러 내며 가장의 책을 이렇게 오랜만에도 찍어 내는 것을 보는 감회다. 무슨 '애끊는 피리 소리'가 들어 있는 옛날이야기를 듣는 느낌이다.

　책을 펴 보니, 우리가 소년 때 읽던 청년 시인 파인의 모습이 되살아 나와 객지에서 혼자 가다 고향의 연장年長이나 우연히 만난 듯한 마음이다. 그래 옛날 그리는 마음에 이 시집 뒤켠에 있는 구시편들을 들춰 보니, 그 속엔 내가 지금도 잊지 않고 가끔 주석에서 드뇌이는 저 「웃은 죄」도 끼어 있어 더욱 반갑게 하였다.

지름길 묻길래 대답했지요.
물 한 모금 달라기에 샘물 떠 주고,
그리고는 인사하기 웃고 받았지요.

평양성에 해 안 뜬대두
난 모르오,

웃은 죄밖에.

이 글을 애송하고 자란 소년은 나뿐만이 아닐 줄 안다. 그러니만치 이 책의 뒤켠은 우리 연배의 사람들에겐 먼저 앞서 말한 '고향의 연장'을 만난 것 같은 반가움이 될 것이다.
이 책의 3분지 2쯤은 그의 미발표 신작들로 되어 있다. 그중 아무 것이나 한 편을 읽어 봤더니 「옥수수」라는 제목인데

이 뒷날 식물이 말하는 철 오면
나는 옥수수한테 먼저 수작하여 보리
보행하는 철 와도 그와 함께 여행을 떠나리

이런 구절이 영롱한 시골 사람이 병 안 든 감각의 말을 하며 바짝바 짝 다가서고 있어, 여기에서도 이 선배의 안 본 동안의 일들을 별로 걱정할 필요는 없었다.

여기선 길게 쓸 수 없는 데라 이만 줄일밖에 없거니와 벌써 북방 에 잡혀간 지 10여 년이 되는 이 나라의 한 상징적 혼신—시단 선배 의 시집을 읽는 것은 충분히 반가운 일이 될 줄 안다.

(『현대문학』1962.8.)

쇄하鎖夏를 위해

복숭아나무의 젊음이여	桃之夭夭
잎사귀도 푸지게 짙어 있구나	其葉蓁蓁
이 처녀 시집가면	之子于歸
손아랫사람에게도 시원스러리	宜其家人

　이것은 『시경』 「도요편」의 마지막 절로, 한 신부가 미와 덕과 능能이 있을 때 손아랫사람들까지 그 그늘에서 시원스럽게 지내게 된다는 뜻을 말한 것이다.

　여름이 되면 모두 더워서 나무 그늘을 찾고 바다를 찾고 바람을 찾아 시원함을 힘입고자 하게 되지만, 별스럽게 시원한 나무 그늘, 바닷바람 속에서도 거기 있는 사람 시원치 못하면 다 허사인 것이다.

「도요편」의 신부 아니더라도 시원한 사람 있고야 비로소 모든 시원함은 있는 것이다. 나는 어렸을 때 여름낮이 아주 더우면 우리 집에서 아랫마을에 있는 외할머니네 집 뒤안 툇마루를 늘 찾아다녔다. 마을에서 더 많이 시원한 그늘과 바람이 있는 데를 찾자면 당산나무 밑이라든지 나루터라든지 딴 데가 얼마든지 있었지만, 그런 데로 가지 않고 외할머니네 뒤안 툇마루를 골라서 찾아다닌 것은 다름 아니라 외할머니의 시원스럼 때문이었던 것이다.

뒤안 툇마루에서 보면, 장독대 옆에는 몇 그루의 뽕나무가 진보라의 오디들을 달고 볕에 눈부시게 반사하며 서 있을 뿐, 툇마루라야 좁디좁아서 반나마 볕을 늘 받고 있는 것이었으나, 나는 여기에 오면 볕마저도 그늘과 아울러 싫지 않은 것으로 느끼게 되었다. 날마다 할머니의 손이 여러 십 년을 닦아 윤낸 번지르르한 밤빛의 그 툇마루는, 지금 생각해도 역시 제일 아늑히 고요하고도 시원스런 곳의 하나로 느껴진다.

그러므로 나는 마흔여덟의 이 여름에도 내 어린 때나 다름없이 시원스런 바다, 시원스런 나무 그늘, 시원스런 바람을 찾기에 앞서 시원스런 사람을 달가이 찾고자 하려는 자이다. 그래서 더운 햇볕이 덥지 않고 달가운 것이 되게 하려는 자이다. 우리의 인간 세상에서 특히 선선한 나무 그늘 같은 시원함을 많이 빚어내야 할 것은 여성들이라고 생각한다.

불타는 염천 밑의 진땀 나는 노력에 시달린 남편이나 아버지 또는 오빠를 위해 아내나 딸, 누이들까지가 바가지 긁기나 장기로 하고 화나 부채질하는 꼴골이고 보면, 염천은 정말 견디기 어려운 것이 되고 말 것이다. 독한 소주를 지나치게 마시고 악이나 쓰는 남편에게 바가지 긁기 전에, 주부들은 먼저 스스로를 잘 돌봐서 자기에게 남편을 마음 시원하게 하는 것이 있나 없나를 속으로 물어봐야 할 것이다.

괴테의 『빌헬름 마이스터의 편력시대』를 보면 '마카리에'라는 이름을 가진, 온 마을의 인간 고민을 씻어 시원스럽게 하던 할머니가 나온다. 여자 하나 참 시원스럽다면 그 혜택이 어찌 한 마을에만 미칠 뿐이리오. 온 하늘 밑이 다 시원스럽게 할 수도 있을 것이다.

1963년 7월.

녹음 한일 綠陰閑日

녹음 속에는 무슨 노다지거나 아니면 루비 같은 뇌쇄가 살리라 생각해서 깃들여 보면, 항용 거기서 나오는 건 그게 아니라 할 수 없는 백치인 경우가 많다.

28년 전엔가 29년 전엔가 소설가 김 군과 내가 어느 절에서 한여름의 녹음을 같이 지낼 때 별도리는 안 생기고, 거기 문득 나타나곤 하던 바보 태평이만이 두드러져 있었던 것인데, 그 뒤에도 두고 보면 이 나라의 녹음 속엔 아직도 노다지나 루비의 뇌쇄는 극히 드물고 바보가 나오는 게 고작인가 보아.

그때에도 아무 일 없이 한가한 날이면, 반드시 이 녹음 속엔 절 동구의 바보 소년 김태평이가 나타나서 "문 안 갔다 오셨어요? 나두 모랫말을 가야 할 텐데……" 해서 "꽉꽉하게 모랫말은 가서 뭣해? 낮

잠이나 자지" 하면 "헤헤헤헤" 웃곤 하였던 것인데, 벌써 한 30년이나 지났어도 문득문득 녹음 속의 한가한 날에 나오는 것은 이 김태평이적인 것이다.

오늘 생긴 얘기를 일석一席 할 테니 들어 보려나?

학교에서 오전 수업을 마치고 집에 오니 아내가 귓병을 보러 병원엘 가자고 한다. 돈이 얼마나 남았느냐 물으니 30원이 남았으니 병원 가기 전에 방송국에 가서 약속한 녹음을 뜨면 돈이 나오지 않겠느냐는 것이다.

그래 그 30원에서 1원을 주고 담배용 작은 성냥을 한 갑 사고, 합승을 타고 방송국에 가서 녹음을 떴다. 문학 강연이었다. 거기까진 좋았다. 그러나 그 뒤가 바보 김태평이 판이 되고 만 것이다. 꼭 되리라 기대했던 방송료는 잠깐 사정으로 지불을 내일로 미룬다는 것이었다. 아내와 나의 호주머니에 남은 것은 합계 9원뿐, 그래 우리는 전찻길까지 걸어 나와서 아내를 전차에 태워 집으로 되돌려 보내면서 "재미있지? 이런 데에 잘 길들어야 돼" 했다.

다음 노다지는 ××학교 10주년 '문학의 밤'.

남은 돈 6원을 호주머니 속으로 손을 넣어 만지면서, 그 학교가 있다는 ××동행 버스가 멎는다는 청계천 가도로 걸어 나갔다. 이 문학의 밤에 나는 안安 소설가와 또 28, 9년 전 그 김태평이를 같이 겪은 김 소설가와 같이 낭독 작품들의 강평가로서 5시 반부터 초청되어 있었으니, 솔직히 고백이거니와 속구구로는 소불하 일금 천 원은 사례를 받으리라 예정하고서 말이다. 언젠가 내 후배 시인 모한

156 한 사발의 냉수

테서 들으니 이 학교는 이런 날의 사례론 2천 원까지도 내서 받았다 했고, 또 같이 만나게 될 김 소설가에게서도 작년엔가 천 원인가를 받았다고 하는 걸 들었기 때문이다. 그렇지 않다면야 아무리 속으롤 망정 그런 구구까지야 안 하고 갔겠지만······

나는 거기가 초행이기 때문에 거리를 잘 몰라 30분쯤 일찌감치 대어져서, 점잖은 교장과 졸업생 상황으로 이 학교 출신 가운데는 일본 제국의 대신도 나와 있다는 것 등에 대해 소감을 주고받고 하다가 30분 늦게 '코리안 타임'으로 시작된 공석公席에 참석했다. 그래서는 9시까지의 세 시간 동안을 앉은자리에 그림같이 놓여서 낭독 작품집 프린트를 펼쳐 들고, 끝난 뒤의 강평거리를 만들기 위해 읽어 대는 걸 하나도 안 놓치려 신경을 모아 댔다. "사례가 나올 것을 그사이에도 생각했겠지? 거짓말 말고 말해 봐" 하겠는가? 물론 공개할 것이야 없는 일이지만, 속으로는 한두 차례 그것도 떠올리면서······

"요샌 연재가 없지?"

눈이, 다시 만나 볼수록 점점 더 휑해 가는 듯한 안 소설가 쪽을 보고, '저녁 굶고 들으시기 시장하시겠는데······' 속으로 이런 말도 건네면서······

그러고 나서 제때가 되어, 나는 피곤에 겨워 잘 나와지지 않는 음성을 쥐어짜, 말하려고 생각해 두었던 강평을 상당 시간 말씀하였다. 끝내고 내려오니 안 소설가가 "잘했어" 하여, 나도 빙긋 웃어 보였다.

그러나 여기까지는 괜찮았으나 그 뒤는 역시 '나두 모랫말을 가야할 텐데······'의 김태평이 판이었다. 연이어 좌담회를 한다 하여 가서 또 앉았더니, 시간도 모자라고 시장도 하실 것이고 하니 딴 데로 가자 하여 또 따라가서 어느 중국 요리점에 가 교사 10여 명과 같이 앉았더니, 누구를 표준하는 저녁 식사인지 잡채에 잡탕에 뎀뿌라에 불러 대 놓고는 "표준을 따로 안 정합니다"라고 그중 누가 말하고는 먼저 연거푸 들여오는 독한 빼갈병이다.

나는 요즘 좀 위장이 좋지 못하여 금주하고 있고 음식도 굳은 건 잘 먹지 못하므로 쉬엄쉬엄 파흥이 안 될 정도로 젓갈을 놀리고 있었더니 "왜 서 선생 얼굴이 요새 좋은데 그러시오?" 한다.

많이 피곤하여 "먼저 좀 가겠소" 하고 일어서니 "아이, 여 왜 이러시오? 여기는 동양식이올시다" 하며 곧 식사가 나오니 꼭 기다려야 된다고 하여, 먹기도 싫은 우동 한 그릇을 기다려 받아 놓고, 그 식사가 다 끝나기를 바라다 보니 벌써 11시.

밖으로 나와 택시를 잡겠으니 서 있으라 하는 것을, 합승으로 서울역까지 나가자고 내가 안을 내어 역 앞에 당도했다.

그래 나는 주최자더러 "나는 택시 기다리기 싫으니 합승으로 가겠소. 여기서 헤어집시다" 했다. 물론 이 말이 끝나면 왕복의 거마비를 포함한 소불하 천 원쯤의 사례금은 내 손에 전해지리라 기대하면서······

그러나 또 이 마당도 김태평이 판으로 그만인 것이었다.

"예 그러십니까? 여기 있습니다" 하고, 내 호주머니 속을 향해 큼직이 누르면서 넣어 놓는 것을 꺼내 보니, 그것은 꼭 가는 건 그래도 택시라야 한다는 것이리라, 일금 1백 원짜리의 꾸겨진 지폐 한 장이었다.

나는 이걸로 택시를 안 타고, 만리동을 거쳐 마포형무소 앞에서 내려 10분쯤 걸어가게 마련인 합승 코스를 택했다. 속셈에, 한 잔인가 안 받을 수 없어 입에 댄 빼갈이 아무래도 주체를 또 일으키지 않을까 염려스러워 백 원에서 합승을 타고 남은 돈으로 약을 사기 위해서이다.

약을 사 가지고 집으로, 깊어 오는 밤길을 점잖스레 걸어가며 나는 웬일인지 자꾸 속으로 폭소가 솟아올라 자제를 해야 했다.

오래전 내 벗 김 소설가와 어느 절간에 있을 때, 녹음 밑 한일閑日을 별도리가 없으면 나타나던 김태평이와 "문 안 갔다 오셨어요? 나두 모랫말을 가야 할 텐데……" 하여, "꽉꽉하게 모랫말은 가서 뭣해?" 하며 우리가 너털거리고 대꾸해 웃던 일이 생각났기 때문이다. 아하하하 끝도 없는 바보.

영랑의 고향 강진

어떤 사람 옆에 가면 메말라 붙은 느낌 때문에 자기가 가진 수분이 그리로 흡수되어 가는 것 같고, 또 어떤 사람 옆에 가면 (이런 사람은 드물지만) 도리어 저쪽 수분이 자기의 고갈을 축이는 것을 느끼게 된다.

시인 김영랑은 어느 편이냐 하면 후자에 속하는 사람이다.

혹자는 그가 부유한 지주였기 때문이라고 할는지 모르겠고, 혹자는 또 그가 한 선배 의관자儀觀者인 연고니라 할는지도 모르겠다. 그러나 나는 그렇게 생각하지 않고, 그것을 영랑만이 희귀하게 보이는—사적인 안목으로 본다 해도 매우 희귀하게 보이는, '정신의 좋은 경영자'였기 때문이라고 생각한다.

과거 반세기여의 우리 신시문학사에서도 이 풍윤성은 아마 그가 제일 많이 가지고 있지 않았나 회고된다. 내가 말하는 풍윤성이란 그의 시에 담겨 있는 정서의 풍윤성 말이다. 김소월이 절실하기는 하였다. 그러나 그 정서의 수분은 영랑을 따르지 못한다. 만해의 『님의 침묵』의 작품들이 입명처는 확실히 세워져 있다. 그러나 감정의 젊은 풍윤성은 영랑을 당하지 못한다.

이렇게 보면, 저 36년인가의 민족적 대한사투에 영랑이 지니고 있던 풍윤성은 한 지주나 한 선배인 이유만으로 된 것이라고는 생각되지 않는다. 소작보다도 더 메마른 감정이 되어 버린 지주, 후배에게서 수혈받아야 할 느낌만을 주는 선배도 적지 않기 때문이다. 한 민족이 정신의 장점을 유지해 가려면 무엇보다도 먼저 '인정'의 고갈을 막고서라야 된다는 걸 생각할 때, 별걸 다 알고 있어도 인정이 마르면 끝내 서로 할퀴기만 한다는 작금의 세태에 견주어 볼 때, 정서의 풍윤성이란 굉장히 큰 것이다.

그와 방불한 시인을 그 이전에서 찾는다면 고산 윤선도가 아마 그 중 가까울 것이다.

같은 이조의 시인으로 정송강이 많이 청승맞았던 데 비해서, 윤고산에게서는 햇빛 바르게 받은 양명함과 칠칠한 느낌을 받거니와, 김소월을 송강계의 시인이라 한다면 영랑에게서는 고산류의 칠칠함을 보게 된다.

고산의 「어부사시사」와 영랑의 「끝없는 강물이 흐르네」를, 이 두 시인의 고향이 바로 이웃 간이었던 것을 머릿속에 두고 대조해 보는 것은 재미가 있다.

우는 것이 뻐꾸긴가 푸른 것이 버들숲가
이어라 이어라
어촌 두어 집이 내 속에 나락들락
지국총 지국총 어사와
맑아한 깊은 소에 온갖 고기 뛰노는다.

—춘春 4

마름잎에 바람 나니 봉창篷窓이 서늘코야
돛 달아라 돛 달아라
여름 바람 정할소냐 가는 대로 배 맡겨라
지국총 지국총 어사와
북쪽 개와 남쪽 강 어디 아니 좋겠는가.

—하夏 3

내 마음의 어딘 듯 한편에 끝없는
강물이 흐르네.
돋쳐 오르는 아침 날빛이 빤질한
은결을 돋우네.
가슴엔 듯 눈엔 듯 또 핏줄엔 듯
마음이 도른도른 숨어 있는 곳
내 마음의 어딘 듯 한편에 끝없는
강물이 흐르네.

두 시인이 시간으로 약 4세기를 격해 있었고, 또 시정신을 키운 토대가 동서양으로 갈려 있으면서도 고산은 해남에, 영랑은 강진에 바로 이웃해, 햇빛을 가장 칠칠하게 잘 받는 동백나무와 같이 건전하고도 풍윤한 감정으로 나란히 서 있음을 보는 것은 재미있다.

여기에서 나는 아무래도 풍토의 일치라는 것을 생각 안 할 수는 없다.

해남, 강진은 남해변. 우리나라 토양이 예부터 생산해 온 꽃 중에서는 가장 기름기 많고 풍윤한 꽃이 제일 많이 피는 곳이고, 기름 덩어리의 알맹이 과실 호두나무도 잘 자라는 곳이고, 또 해안에 자라는 나무 넌출들도 이는 바람에 충분히 사람의 신바람을 일으킬 정도로 길게 너울거려 춤추는 데고, 새 울음들도 기름기가 번지르르한 데고, 날아다니는 풍뎅이 같은 것도 새파랗게 반 뼘씩은 되는 게 많이 사는 데고—그렇게 모든 것이 잘 신전伸展해 살 만큼 따뜻하고 비옥하고 물풍物豐한 데다. 그러니 자연 거기 맞춰 예부터 사람들의 풍류도 억지 없이 잘되어 올 수 있던 데다. 음식 맛도 여러 가지로 내 먹을 줄도 알 수 있는 데이어니와, 또 육자배기의 음색도 빈약지 않게 마련해 가질 수 있는 데다.

이런 풍토를 생각해 보면 고산과 영랑의 풍윤성의 일치는 이유가 없지는 않은 것 같다. 물론 해남, 강진 사람이라고 다 고산이나 영랑이 되는 건 아니니, 결국은 개인의 그릇이 크고 실한 데 돌려야 할 것이지만.

하여간 나는 우리 지난날의 시인들 가운데서 영랑처럼 숨을 때 고스란히 잘 숨고, 나타나 춤출 만할 때를 잘 가려 춤추고 간 사람을 육안으론 더 보지 못하였다.

일정 때 그는 그러려고만 하였다면 서울뿐 아니라 일본의 어느 별장 지대에 가서라도 좀 날리고 살 만한 재물은 있었다. 일본의 대학에서 공부도 한 사람이니 하려면 그만큼 한 취직도 할 수 있었고, 서울살이나 그보다 더한 호화도 할 수 있었지만, 그걸 아예 처음부터 딱 포기해 버리고 향리 강진의 대숲 속에 은신하였다. 시인의 처신이라는 걸 이만큼 가려 한 사람도 드물다.

그러고는 감상이 아니라 해남, 강진 언저리에 아직 메마르지 않은 우리 전통적 정서 세계에 가장 건전한 참여를 했던 것이다. 그는 아주 고품의 음악회가 서울에서 열리는 때 외엔 거의 서울에 나타나는 일이 없이 거기 묻혀 고전적 음악과 시의 표현에 골몰하였다.

아는 사람은 다 아는 일이지만, 그는 우리 북을 치는 데는 전문가로서도 훌륭한 경지에 이르렀던 것이다.

1945년 해방이 되자 그는 재향 문인 중 제일착으로 서울로 날다시피 올라왔다. 그래서는 문단에서뿐 아니라 정계에까지 나가, 미군정 동안에는 좌익의 사태 속에서 '대한독립촉성국민회'라는 우익의 일익을 맡아 그의 춤을 추기 시작했다. 그때 같이 다녀 본 사람들은 그의 '북'과 그가 늘 베풀던 술좌석과 아울러서 정치도 그의 처음 보이는 춤이었던 것을 잘 기억할 것이다.

우리 새 정부가 자리를 잡았을 때 그는 정부의 한 국장직을 마다 않고 말았다. 그러고는 어느 날 저녁 특별히 나를 신당동 그의 집으로 초대했다. 그의 시선詩選을 나보고 선정해서 발跋을 붙여 달라는 게 용건이었으나, 역시 속은 춤을 나하고도 한번 추어 보자는 것이었다.

밥상에 반찬들은 모두가 해남, 강진식이었다. '강굴젓'이라 해서, '어리굴젓'이 아니라 소금에만 절여 2, 3년씩 묵혀 먹는 것, 김치라도 전라북도 것과는 달리 멸치젓을 넣어서 특수한 맛을 내어 먹는 것—그런 것들을 밥상에 여러 가지 모아 놓고, 장판 방바닥에는 우리 옛 노래들을 넣은 소리판과 축음기를 놓고 그는 육자배기의 이야기를 맨 먼저 꺼냈다.

"같은 형제의 소리지만 형 화중선이 소리보다는 아우 중선이 소리가 훨씬 촉기가 더하단 말이여. 그것 참 이상하거든…… 잘 들어 봐, 들어 봐."

'촉기'란 말은 남도 사람인 내게는 쉬 알 수 있는 말이었다. "그 사람은 늙었어도 아직 눈의 촉기 보니 50년은 더 살겠네" 하는 식으로 쓰는 말로서 '산 기운', '산 윤기' 그런 뜻의 말인 것이다.

아닌 게 아니라 들어 보니, 두 형제의 소리의 구분은 이때 영랑의 덕으로 나는 처음 해 보게 된 것이지만, 형 화중선 소리의 설움이 자욱한 이끼 낀 음색인 데 비해 아우 중선의 소리엔 건전한 처녀성의 싱그러움이 배어 나오고 있었다.

나는 빙그레 웃었다. 왜냐하면 이 촉기야말로 중선의 소리에뿐만 아니라 영랑의 시정신의 좋은 특질이라고 생각되었기 때문이다.

시인을, 풍토를 두고 말하자면 해남, 강진의 비옥과 무성은 고산 윤선도 이후 처음으로 영랑을 거기 알맞게 맞춰서 낳은 것이라고 할 수 있다.

(『사상계』 1963.12.)

춘천의 눈

나는 매주 수요일마다 춘천에 올 일이 있어, 벌써 2년 가까이 한 주일에 하루씩 또박또박 춘천을 겪고 지내 왔다.

그래 춘천의 머리는 어디고 손발은 어디고 화장실은 어디고—그런 것들을 두루 요량하게 되었다. 그런데 묘하게도 아직껏 영 잘 안 보이는 것은 춘천의 눈이다. 그 눈은 어디에 놓여 숨어 있기에 이렇게도 잘 안 보이는가? 아라비아의 미인처럼 너무 두꺼운 면사포를 쓰고 있어서 안 보이는 것인가?

나는 가끔 소양강에 나가 '어죽'과 강 물고기 '뎀뿌라'를 음미하며, 춘천의 눈은 소양강 물속에 혹 있는 것은 아닌가 하여 들여다보기도 한다. 그러나 거기에서도 잘 보이는 것 같지 않다. 또 가끔 성심여자대학 뒤의 봉의산에서 우는 품질 좋은 산꾀꼬리 소리를 들으며 내 앞에 나열되는 산맥의 눈 그림자가 아른거리는 듯하여 거긴가 눈여겨보기도 한다. 그러나 거기에도 뚜렷이 있는 것 같진 않다.

　도청 앞의 한길에서도 정거장 앞의 한길에서도 그것은 잘 보이지 않는다. 어느 아주머니, 아저씨가 어느 뒷방 구석의 면사포 속에 숨겨 놓았기에 이렇게도 안 보이는 것인가. 이것은 무척 수줍은 옛 새색시 같아서 이렇게도 안 나타나는 것인가.

　하여간 이것은 춘천을 매주 한 번씩 2년을 드나든 지금도 내게는 수수께끼 그대로다.

　이것은 혹 강원일보 같은 신문이나 토착의 형안炯眼들이나 두루 나서면 찾아질 일일까. 춘천의 눈이 보이게 된다는 것—그것은 우리 같은 외래의 객에게는 참으로 기다려지는 일이다.

한 사발의 냉수

　내가 제일 좋아하는 그림 가운데 하나인 미켈란젤로의 〈예레미아〉에는 해 질 무렵 성 변두리에 혼자 쭈그리고 앉아 있는 늙은 애국자 예레미아 노인의 끝없는 수심과, 그의 등 뒤에서 물동이에 맑은 우물물을 길어 들고 돌아가는 마을 여인들의 모양이 보인다.

　예레미아 노인의 배경이 이러하듯이, 내 마음속에 간직하고 있는 여러 영상들 속에서도 맑은 물을 물동이에 길어 머리에 이고 가는 우리 여인의 상은 내게는 귀한 것 중의 하나다.

　언젠가 시로 쓴 일이 있지만 맑은 물동이를 엎지르지 않고 조심조심 여 나르는 우리 여인에 대한 미더움으로 나는 인생의 아주 딱한 때들을 많이 달래어 살아온 셈이다.

　나는 이십대부터 술을 좋아해 실수가 적지 않고, 이런 나를 위해 내 아내는 큰 실수나 않도록 신명께 비는 것이라고 벌써 여러 해를 깊은 밤마다 냉수를 사발에 담아 그녀의 제단—장독대에 올려놓고 지낸다. 나는 한동안 "거, 밤마다 귀찮게 그럴 것 뭐 있느냐"고 핀잔을 주어 왔지만, 요즘은 새벽에 변소에 가는 길에 문득 이 하얀 냉수 그릇을 별빛에 눈여겨보고 보고 하는 동안, 어느새인지 나도 이걸 믿지 않을 수 없는 방향으로 기울어져 가고 있다.

"여보. 한국인이 아이들을 깨끗하게 길러 내는 건 아무래도 당신들 여자들이 더 깨끗한 덕은 덕인가 보오. 그것, 당신을 믿소."

어쩌고, 내가 아내에게 뇌까려 대는 것도 바로 그 냉수 사발 때문이다. 이렇게 되니, 불가불 냉수는 내게 어떤 때에는 일종의 신 붙은 것이 아닐 수 없다. 공구귀도 선생 말씀하신 "물건마다 신 안 붙은 것이 없느니……" 한 것도 그럴듯하게 느껴지기도 한다. 그렇다면 냉수는 물건 가운데서도 신이 쉬이 붙을 수 있는 물건인 셈인가?

가만히 좀 생각해 보자.

다섯 살 때던가? 여섯 살 때던가? 우리 집은 두메의 농가여서, 온 집안 식구가 들로 일을 나간 뒤면 카랑카랑한 빈집을 나는 혼자 지키다가 너무 외롭고 무서우면 집 앞 개울가로 나와서 개울의 냉수, 네 속을 들여다보고 섰는 것이 마지막 위안이었다. 어린 송아지 못 물 들여다보듯 들여다보고 섰는 것이 마지막 위안이었다.

그 뒤 나는 문학청년이 되어서 셰익스피어의 시를 읽다가 '우리 방 벽의 흙은 선조의 살이 섞인 것이다'라는 뜻의 대문을 보고, 그럼

'냉수, 너는 우리 선조의 피가 섞인 것이다'라고 유추하며 기막혀 했었다. 양귀비나 클레오파트라나 우리 아버지 어머니나 애인의 피도 죽어서 증발하면 속절없는 구름이고, 그 구름이 비 되어 내린 것이 물이로구나, 그것을 우리는 우산 받고 가며 맞고 있구나—유추해 보곤 기막혀 했었다. 나는 이런 생각 저런 생각들을 불교의 윤회설에서 풀어 볼 수 있을 것만 같아 부모 몰래 절간으로 도망갔었다.

그리하여 겨우 우리 육신의 부분으로서 하늘을 영원히 날아다닐 수 있는 것은 우리 피의 제일 원료 너뿐이라는 것을 알기는 알았다마는, 냉수야, 알고 보니 너는 육신의 것으로선 너무 맑고 어질머리 나서 견디기 어렵구나!

나는 자주 진펄같이 술에 취하기를 소원한다. 내 중학 은사였던 사학자 권덕규 선생의 말씀 그대로, 안 취하곤 세상이 너무 빤히 마주 들여다보고 있어 못 견디게 될 때가 많기 때문이다.

그러나 너를 한동안 잊고 술에 곤죽이 되어 쓰러져도, 새벽 술 깬 뒤의 갈증을 통해 너는 잊지 않고 꼬박꼬박 나를 다시 찾아오는구나.

시를 도피해 아무리 술이고 말려 해도 시와 술의 중간의 교량 위에 새벽이면 결석하는 일 없이 언제나 맨 먼저 나타나는 냉수—제일 허물없고도 또 무서운 친구, 너를 마실 때는 나는 참 이상한 꼴의 묵도를 하고 마는 버릇이 어느새인지 생겼다.

(『여원』 1965.9.)

모교 중앙과 나

이 교우지에 기념사를 써 달라는 편집자의 부탁이나, 붓을 들려 하니 연설은 도무지 어색하고 해서 위에 붙인 것과 같은 제목 밑에 모교 중앙이 내게 물려준 것 중 가장 큰 것에 대해서나 몇 마디 말한다.

곰곰이 생각해 보니, 틀림없이 '내가 조선 사람이라는 자각'을 내 속에 심어 준 것은 모교 중앙이었다.

나는 열다섯에 중앙고등보통학교라 부르던 이 학교에 입학해 여러분들이 쓴 것과 똑같은—무궁화의 꽃 테두리 인에 '가운데 중中' 자가 들어 있는 교표를 단 모자를 썼지만, 두루마기를 입고 와서 입학시험을 치르면서도 여기에 오기까지는 아무에게도 '내가 조선 사람이라는 자각'을 교육받지 못하였다.

소학생 나는 말하자면 오히려 친일파였다. 내 선친은 자녀들의 일생을 위해서는 이런 '자각'은 안 가르치는 것이 현명하다고 생각하신 분이었는 데다가, 소학교에서도 이런 것은 이미 아무도 말하지도 표시하지도 않았을 뿐 아니라, 일본 사람들의 이때 교육은 상당히 원만해서 어린 조선 사람 나를 거의 완전에 가까울 만큼 그들의 날개 밑에 잘 두고 있었기 때문이다.

성적이 좋았던 까닭도 있긴 있겠으나, 소학 3학년 때 담임이었던 요시무라라 부르던 여선생 하나는 나를 완전히 정신적 부하를 만들어 1년을 가르치곤 고향으로 가 버렸음에도 불구하고, 중학 입학 후 한동안까지도 연애편지 흡사한 만리장서의 긴 편지들을 내게 해 놓고 있었던 것이다. 그것이 이 고집 센 교표를 달게 됨으로써 고쳐졌다.

내게 이 교표의 설명을 해 준 것은 공개의 식장도 아니었고 또 선생님들도 아니었다.

"이게 뭔 줄 아니?"

1학년 봄이었던가 여름이었던가, 체조의 어떤 것을 싫어했기 때문에 그 시간을 슬그머니 빠져 교사 뒤 솔밭 그늘에서 동급생 김진후(별명은 채플린) 군과 같이 달걀빵 같은 걸 행상들한테 사 먹고 숨어 있는 판인데, 김 군이 그걸 만지며 나직이 말해 주어서야 겨우 내게도 그 뜻이 알려져 왔다. 딴 학생들도 대부분은 모두 이와 비슷이 알게 되었으리라.

그래 나는 이때부터 이 공통의 묵약에 피동적으로나마 가입하게 되었다. 그러나 이때까지도 그저 상당히 신비할 뿐 능동적인 자각은 있지 않았다.

어린 내게 민족의식을 울림 있이 일깨워 준 이는 그때 우리 역사를 가르치고 계셨던 애류 권덕규 선생이다. 알따란 『조선유기략』 한 권과, 그걸 갖고 타던 애류 선생의 정이 내 어린 느낌을 불 켜 비로소 교표 무궁화 테를 실감 있는 걸로 만들었다.

김진후 군은 장난꾸러기라 권 선생이 가끔 어느 만큼 술기운을 띠고 교단에 서는 걸 별명해 '권 모주'라 했으나, 선생의 고질인 그 술, 그 해장에도 불구하고 속에서 타 나오는 불은 우리들 속에도 전파해 오기에 충분한 힘을 가졌었다.

내 과거의 은사 중 이분과 석전 박한영 스님은 상당히 닮은 데가 있다고 생각하거니와, 석전 선생 모양으로 이분의 교육정신에도 참으로 묘한 데가 있었다. 그것은 딴게 아니라 배우는 자에게 가르칠 것을 가르칠 뿐이 아니라, 배우는 자들의 결함을 부로父老의 마음으로 항시 속 아파하던 점이다. 이런 이들은 드물다.

1934년이던가 한 해 석전 스님의 문하에서 불경을 읽을 때 한번은 뒷방에서 담배를 몰래 피우다가 들켜 그분의 꾸중을 들은 일이 있는데, 그 꾸지람은 그냥 꾸지람이 아니라 결함 가진 본인보다도 몇 갑절을 더 아파하는 소리로 울려 나오던 것이 시방도 귀와 폐부에 쟁쟁하거니와, 애류 선생의 가르치는 어떤 소리들도 이와 많이 같았던 것이다.

이렇게 해, 내 모교 중앙은 어린 조선 사람 나를 다시 일깨워 세웠다. 모교 중앙 만세!

3월이 오면

3월이 오면 아무래도 먼저 고무장화를 가족 수대로 한 켤레씩 사서 신어야겠다. 또 토머스 하디의 소설 『테스』의 여주인공 테스처럼 신발 보자기를 하나씩 만들어서, 마른 데 신을 신발은 싸 들고 진창길을 걸어가다가 진창길이 끝나면 비로소 마른신을 꺼내어 신고, 고무장화는 그 어디 길가의 가겟집 같은 데 퇴근해 돌아올 때까지 맡겨 두는 교섭도 해 두어야겠다.

지난해 9월부터 겨우내 추위도 잊고 사당동이라는 데 됫박만 한 집을 한 채 가까스로 꾸려 놓고 인제 3월을 바라보자니, 우기엔 버스에서 내리자 이내 15분쯤의 진창길을 걸어야 할 이곳의 주민으로선 어쩔 수 없이 맨 먼저 머리에 떠오르는 것이 고무장화다. 공덕동의 집을 팔아 줄여서 이주하여 남는 돈의 덕을 좀 보자는 게, 내가 이십대의 며칠 밤을 밝혀 읽은 그 시골 처녀 테스를 다시 한 번 곰곰이 두고두고 기억하고 살아야 할, 또 한 인연을 자초한 것이다.

그러나 나는 물론 마른신은 싸 들고 진신발로 진흙밭을 헤매어 가던 우리 웨섹스의 순진한 처녀 테스 같은 형편에 놓일 것을 테스와 나와 내 가족들을 함께 생각해 보곤 아무래도 기뻐해야겠다.

「정읍사」속 행상인의 아내는 전주 장에 간 남편을 기다리면서 '아으 즌 데를 디디올세라' 잘 말라 꼬독꼬독한 데만을 골라서 밟고 오시라고 달밤에 달 밑에서 빌었지만, 이 진창을 밟고 다니는 것도 사실은 마음 나름으로 좋게 거기 맛을 붙여 버리기로 한다면 그것도 또 한 재미 따로 볼 수 있는 일이기도 하니 말이다.

아이들한텐 고무장화 신은 진창길의 보행이란 그 자체가 신바람만 나는 것이니까 내 막내와 손자 아이의 통학을 위해서는 걱정할 건 전연 없고, 다만 내 아내는 긴 거들 치마뿐이어서 이 아래에 장화를 신는 게 테스의 양복 스커트의 경우보담도 좀 치렁치렁하고 또 외관상 좀 무엇하긴 하겠지만 이것은 또 아직 양장이란 것을 한 번도 못 해 본 이 시골뜨기에게는 처음으로 해 볼 기회를 주게 되어서 아마 틀림없이 한 신바람의 계기가 됨 직하고, 나야 누구나 짐작하다시피 마른 데와 진 데의 맛을 두루 다 짐작할 만큼은 짐작하니 말이다.

나는 내 집이 있는 마을의 이웃에서 감나무와 대추나무, 벚나무, 이쁜 홍도 한 주씩을 사 놓았고 이걸 또 일간 내 좁은 뜰에 옮겨 심으려 한다. 그러곤 비 오는 날을 기다려 고무장화를 신고 마른신은 싸 들고, 그 차지게는 달라붙는 속정과 꼭 같은 진창길의 진흙밭을 우리 웨섹스의 테스와 또 그와 같은 많은 동서양의 남녀 친구들을 생각하며 둥우리로 돌아오는 길엔 진창을 걸러 놓은 듯한 막걸리를 한잔 그 어디 진창가의 주막집에서 반드시 들이키고 퍽 좋아서 한번 씩 웃어 보려 한다.

그리고 우리 둥우리 친 데 당도해선 3월인가 4월에 봉오리 지는 뜰의 젊은 홍도 꽃 피는 걸 기다리려 한다. 홍도 꽃잎에 비치는 산과 하늘, 그 하늘 속에 있는 전생과 현생과 내생, 그 밑에 진신발로 걸어가다 막걸리를 한 사발 사 마시고 퍽 웃는 삼세의 숱한 친구들을 또 한 번 다시 들여다보려 한다. 그러곤 나도 그 앞에서 또 한 번 다시 퍽 웃어 보려 한다.

(『법륜』1970.3.)

내 마음의 사진 한 장

지상에까지 공개하는 게 좀 무엇하긴 하지만 내 마음의 깊은 곳에는 다음과 같은 고향의 화면이 한 폭 들어서 살고 있다. 나는 영 무에 모두 답답하거나 내가 더러워져 가는 것같이 느껴져 못 견딜 때에는 이것을 꺼내어 보고 기운을 돌린다.

추석 무렵의 달밤인데, 달빛은 추상파의 그림은 아니지만 눈에 부신 풀 빛깔이다. 아니 풋콩 냄새 넘쳐 나는 그 풋콩밭 빛깔이다. 노루가 한 마리 어디 산기슭 밑 밭머리에서 애해해해핵 울고 있고, 나하고 다섯 살 때부터의 친구인 열일곱 살짜리 정조 더럽혀지지 않은 소녀 하나가 우물물을 동이에 길어 머리에 이고 오다가 멈춰 서 있다. 멈춰 서서 내가 무엇을 생각하고 무엇을 하는가를 지켜보고 있다.

인제 한두 해 안에는 시집을 가서 몇 해만 더 살다간 죽기로 되어 있지만, 죽어서는 기어이 안 없어지는 사진 한 장—그 눈썹과 눈의 사진 한 장을 내 마음속 제일 깊은 곳에 남겨 놓을 마련으로 거기 멈춰 서서 지켜보고 있다. 사랑? 글쎄 그것은 다섯 살 때부터 아는 친구의 눈이고, 인제 겨우 열일곱 살의 눈과 눈썹이니 이성을 아는 사랑보다도 훨씬 먼저 것이다.

나는 이 그림 한 장을 마음속에 가지고 산 지 오래다. 내가 시원찮은 짓을 하고 와서 밤잠을 못 자는 저녁이면, 이 그림의 눈은 나를 나무라며 곧 외면을 하고 흐릿하게 스러져 가고, 내가 그래도 무엇을 견디어 엎지르지 않고 온 날에는 선명하게 미소하는 하늘 속 텔레비전으로 비치어 온다.

아마 나를 뭉개어 바위 속에 집어넣어 둔 대로 내게 마음만 남아 있다면, 이 텔레비전의 화면은 언제나 살아날 것이다.

운객韻客 네 분

　나는 이 세상에 나서 네 명의 가야금 타는 사람과 가야금 소리를
좋아하였다.

　첫째는 내 중학의 선배 배미사와 그 가야금 소리였는데, 그는 내
가 이 세상에 나서 본 모든 사내들 가운데서 제일 예쁜 눈썹과 눈을
가진 사람이었고, 가야금 소리도 역시 그 눈썹과 눈과 같았다. 그는
그 눈썹과 눈으로 내 시를 누구보다도 제일 잘 이해하였고 또 세상
에서 제일 재미나는 곳이 어딘가를 나보다 훨씬 더 잘 알고 있었다.
상궁의 후원, 고승의 독방, 경마의 현혹, 제일 맛있는 술, 맛있는 안
주―이런 것들을 나는 두루 그를 따라다니며 배워 냈다. 그리고 점
점 신묘해지는 그의 농현의 미를 듣기를 즐겼다.

둘째는 신쭐거리라는 성명을 가진 전라도 시골 사람의 그것이었는데, 이분은 일정 치하의 그때까지도 '재인'이라는 하천한 신분을 가졌다 하여 두루 하대를 했지만, 나는 그를 끝까지 선배로서 예대했기 때문에 특별히 나를 그리워해 주었다. 그는 5리나 되는 길을 멀다 않고, 일쑤 가야금을 들고 우리 집을 찾아와서는 한 푼의 사례도 안 나오는 공가야금을 열성껏 잘 타 주었다. 뿐만 아니라 조그마한 막걸릿집을 생계로 하고 있던 그는 내게 무한정 외상술까지 주고 단 한 번도 조르는 일도 없었다. 그리하여 우리는 우리 두 사람 외에 또 한 친구를 더 보태 가졌었는데, 그 사람은 일정 때 순사를 잠깐 하다 쫓겨난 뒤로 웬일인지 온 고을 사람의 눈 밖에 나서 아무도 상대해 주지 않는 사람이었다. 우리 둘이는 한동안 늘 그 신쭐거리 댁의 막걸릿집에 앉아서 신쭐거리 씨와 그 가야금의 너그러움에 흥건히 젖어 있었다.

셋째 것은 한국의 가야금꾼이면 대개는 그 이름을 짐작할 이행진 씨의 그것이었는데, 이 유랑의 가야금 고수와 내가 만난 것은 1942년이던가의 으스스한 때 정읍에서였다. 이곳 기생학교의 가야금 강사로 잠깐 와 있게 되었단 말을 듣고 그의 하숙을 찾았더니, 오후 3시쯤인데 그는 아직도 초저녁처럼 목침을 베고 누워서 자며 잠깐 눈두덩을 열어서 나를 알아보고는 다시 감으면서, "여기 같이 누워서 좀 쉬자"는 것이었다. 들어 보니 그 음조는 조금도 나를 멀리하려는 눈치가 없는, 너무나 육친적인 것이어서 나도 더 아무 말 없이 그 옆에 그만 눕고 말았다. 그리고 자연히 내 오랜 피곤도 그 옆에 그냥 풀어져서 한 식경 동안 나는 거기에 잠이 들어 있었다.

그 마지막 것은 내 선고의 죽마고우 김득후 노인의 풍류곡이었는데, 이걸 배우는 건 1951년의 전주 피란 때, 한동안 내 날마다의 일과였다.

"나 있는 동안에 이거나 하나 잘 배워 두어라."

선생께선 이렇게 타이르시며, 내 농현이 시원치 않으면 뜰에 내려 새빨간 한련 꽃밭에서 한련 열매를 한두 알 따다가 먹여 주셨다.

"매큼하니 괜찮지? 옛날은 저 꽃으로 김치도 많이 담갔지만, 요새야 어디 그렇다고?……"

그러나 내 농현은 여전히 엉터리였다. 시방도 그를 흠모하고 있을 뿐 매한가지 엉터리이다.

광주학생사건과 나

　사람은 자기의 일생에서 가장 중요한 일들을 먼저 말해야 할 것이지만 사실은 그렇게 안 되는 수가 많다. 내가 그 한 주모자로 1929년부터 1931년까지 3년 동안에 걸쳐서 치른 광주학생사건의 경험 같은 것도 내 생애에서 중요하지 않은 건 아니니 내게 관심을 갖는 이들이 잘 알 수 있을 만큼 벌써 어디선가 말했어야 할 것을 어쩌다 보니 여직껏 그걸 접어 두고 있었다. 그래 여기가 내 지난 이야기를 적어도 또 무방한 지면이니 오늘은 좀 자세히 말해 두려 한다.

　1929년 4월에 나는 전북 줄포의 소학교를 졸업하고 서울의 중앙고등보통학교(지금의 중앙중고교)에 입학이 되긴 되었지만 그건 좀 창피한 조건으로였다. 소학교 시절에는 수석도 꽤나 많이 하던 어린애로 그 때문에 5, 6학년을 한 해 동안에 합해서 공부해 내고 그러고도 우등생으로 졸업을 했는데 중앙의 입학시험에선 그만 미끄러져 낙제가 된 걸 내 아버님이 이 학교의 교주한테 사정사정해서 겨우 보결생의 자격으로 한자리를 얻어 끼어들었기 때문이었다. 시험 치른 점수를 조사해 보니 그 자격은 되리라고 위로해 주었지만 어린 내게 이것은 창피한 일이었다. 그것도 중앙의 교주인 동복 영감으로 말하자면 내 아버지와는 동등한 신분의 인물이 아니라, 아버지는 대지주인 동복 영감 비서인 한 농감에 지나지 않았던 만큼 어린 내 마음이 느끼는 창피는 한결 더할밖에 없었다.

아버지가 동복 영감 댁과 상의해서 정해 준 하숙은 계동의 그 영감 댁 바로 옆집으로, 지금의 한글학자 김선기 씨의 아버지 김철중 선생 댁이었다. 이 댁 주인은 이때엔 동아일보사 서무부장인가 자리에 있었고, 그 둘째 아들인 김선기 씨는 연희전문학교(지금의 연세대) 영문과 학생이었다. 동복 영감 댁과는 본이 같은 울산 김씨라고 했다. 전남 동복 고을에서 이조 말의 현감을 지낸 까닭으로 동복 영감이라 불리던 김기중 노인은 물론 아는 이들은 두루 다 잘 알고 있는 것처럼 바로 인촌 김성수 선생의 양부가 되는 분이다.

이런 환경 속에 하숙해 자리 잡아 앉아서 아주 마음 편안하게 만족하는 아이가 되었더라면 좋았을 것을 나는 그게 못 되고 창피를 느끼는 아이였던 게 첫째 사고다. 학교 성적도 1학년 1학기에 겨우 13등인가가 되어서 국민학교 때와 비교해 보곤 할 수 없이 열등의식에 사로잡혀 가고 있었다.

그러자 2학기가 되고 11월이 되어 전남 광주에서 광주고등보통학교의 학생 하나가 일본인 학생에게 희롱당한 누이의 치욕을 씻기 위해 덤빈 데서 발단했다는 광주의 조선인 대 일본인 학생들의 난투에서 시작된 세칭 '광주학생사건'이 일어나 서울의 학교들까지가 와 일어서게 되자, 이건 아직 만 열네 살밖에 안 되는 소년인 내게는 단순한 민족 감정에서뿐만이 아니라 여러모로 답답하던 마음의 한 뭉클한 돌출구가 되었다. 자기 열등의식의 한 돌출구도 된 것이다.

우물쭈물 눈치나 살살 살피며 변변치 못하던 아이. 내가 무슨 운동선수라도 하나 되었더라면 오죽이나 좋았을까. 그러나 나는 소학교 때에도 체육 점수는 영 형편이 없는 '영감'이란 별명으로 통하는 아이라, 체육 시간에도 불안만을 일삼아 어떤 체육 시간은 몇몇 아이들과 함께 고의로 빠져서 학교 뒤 수풀을 헤매며 빵 행상의 5전짜리 빵이나 사 먹기도 하던 터라 여러 가지 내 마음속 열등의식의 좋은 돌출구였다.

광주학생사건이 우리 중앙에서도 불붙어 일어나서 학생들이 모두 공부를 접어 두고 책가방은 어깨에 걸치고 운동장으로 몰려가서 "일본 제국의 식민지 노예 교육을 반대한다! 우리 조선 독립 만세!" 하고 누구 상급생이 교장 선생의 단에 올라 외치자 "만세! 만세!" 하고 합창해 호응하는 거기 끼이는 것은 내겐 참 시원한 살맛이 있었다.

우리들은 학교 뒤의 취운정 솔수풀 사잇길로 삼청동을 지나 조선총독부의 동쪽 담을 에워싸고 몰려가서 "조선 독립 만세! 만세!"를 목청이 찢어져라고 거듭거듭 외치고, 일본 경찰의 많은 기마대들은 우리들을 미국 텍사스 언저리의 벌판에서 소 떼를 몰고 달리는 카우 보이들같이, 아니 모양은 비슷했지만 경우에 따라서는 우리들 모두 그 많은 말발굽으로 밟아 뭉개 버릴 기세로 에워싸고 달리며 말채찍을 휘날려 우리들을 몰고 갔다.

지금의 신신백화점, 음식점 한일관 본점이 있는 언저리, 여기가 종로경찰서라는 이름으로 일본 경찰관들이 떼 지어 살고 있던 덴데 이곳의 연무장인가, 아주 널찍한 방에 주모자가 아닌 우리 하급생들은 수용되어 모조리 웃통을 벗기우고 하나씩 하나씩 따로따로 이끌려 가서 가죽 채찍으로 몇 대씩을 되게 후려갈겨 맞았다.

"이 새끼! 또 한 번 만세를 불러 봐! 그때에는 그대로 두지 않는다!"

그 소리와 함께 그것은 내겐 재미가 있었다. 웬일인지 무섭다기보단 가뭄의 피마자가 소나기를 맞는 것 같은 후두두둑한 반가운 재미를 맛보게 했다.

그런데 이승만 대통령의 자유당 정부 때 같으면 모두가 창피하다고 쉬쉬하는 바람에 바로 회고도 제대로 못 했었지만, 연 3년 이 땅에서 일어났던 광주학생사건의 주모자들은 특히 서울의 경우에는 거의가 사회주의에 물든 소년들이었다. 그건 사실이다. 사회주의에 물든 소년들? 글쎄 그러나 그게 얼마만큼이나 사회주의자들이었는가. 그것이 문제라면 문제가 될 것이다.

나도 이 3년의 광주학생사건 동안에는 한 사회주의 소년이 되긴 되었지만 내 경우 그전과 달라진 갑작스런 열등의식에 소년적 감상과 연민심, 그런 것들의 합성이었던 것 같다.

나하고 한 하숙방에 있던 세 학생 중의 하나인 중동학교 특과의 강희옥이란 학생이 있다. 학생 신분으론 우리와 같지만 나이도 벌써 스무 살이 넘었고, 이미 광주학생사건 첫해인 1929년엔 함북 성흥고보 주모자의 하나로 퇴학 처분되어 이런 사람들만이 주로 몰려들게 된 문호인 중동학교의 교장 최규동 선생 문하의 그 특별과라는 데 적을 두고 있었는데, 나보단야 나이가 나이인지라 아주 점잖게 굴어 나 같은 건 어린애 취급을 할 뿐 아니라 밤 깊도록 웅성거리고, 책상머리에 앉아 읽고 있는 책도 내가 읽는 것들보단 활자 호수가 훨씬 작고, 페이지 수가 두두룩하게 많고, 표지도 두툼한데 책의 등때기 가죽 속에는 금빛 문자가 박혀 있는 그런 것이었다.

그는 그것을 밤에도 꽤 오래오래 읽고 앉아서 코로 가끔 코똥이라는 것도 뀌고 있었는데, 내게는 아주 그럴싸해 보이고 또 궁금한 일이어서 물으니, 그 책의 제목은 사회주의의 원조 마르크스의 주저 『자본론』의 일본어 번역판이었다. 일본인 무슨 교수 번역의 그 왜 초콜릿빛의, 꽤나 독일 왕조적 권위 냄새를 풍기는 딱딱한 표지의 다섯 권의 책 말이다.

잠깐 빌려 달래서 표지를 젖히고 보니 거기 바로 마르크스의 사진—그것은 강희옥의 책상 위 벽에 그가 이 방에 오면서부터 걸었던 그 사진판 초상화의 주인인 것도 알게 되었다. "읽어 볼까? 나도 좀……" 내가 말하니, "너 가지곤 아직 이르지. 레닌이 쓴 것부터 읽어 봐. 계림서점이라고 안국동에서 왼쪽으로 종로를 향해 가다 보면 이런 책만 파는 데가 있어. 너도 이젠 거길 드나들어 봐" 그게 강희옥이의 가르침이었다. 나는 그 뒤 그에게 지지 않으려고 바로 계림서점을 드나들고, 레닌의 『러시아 혁명의 거울로서의 레오 톨스토이』라는 책과 일본인 사회주의자 누군가의 『제2빈곤론』 따위 책들을 강희옥 그와 계림서점 주인의 권고를 따라 사서는 세월이 어찌 가는 줄도 모르고 거기 몰입하고 있을 마련이 되었다.

그러다가 1930년 첫여름이 되었을 때 나는 호화하다면 호화했던 김철중 선생 댁의 하숙방을 걷어치우고 아현동(그때 이 일대는 전염병과 이가 득시글득시글하는 하층민들이 사는 곳이었다)의 납작한 초가집의 빈대 피가 벽에 그뜩한 방으로 철저히 자원해서 옮기어 갔다. 폭싹 내려앉아 가는 여러 해 그대로인 초가집 이엉 사이에선 노내기가 한정 없이 쏟아져 내려와 방 속을 기고, 빈대는 아마 수백 마리씩 너 잘 왔다는 듯이 밤마다 내 살의 피를 빨아대 물론 잠도 제대로 못 잤지만 웬일인지 여긴 내게는 마음이 편안해서 찾아들어 온 것이다.

나는 신고 다니던 쇠가죽 구두를 벗어서 마루 밑 깊숙이 집어넣어 버리고, 지까다비라고 부르던 싸고도 허술한 노동자용 신발을 사서 신고 아마 거의 전차라는 것도 오감하여 계동의 학교에서 아현동까지의 꽤나 먼 거리를 도보로 통학하며, 허주레하고 부지런키만 한 우리 아저씨들이 인력거에 돈 있는 사람을 태우고 땀 흘리며 끌고 달리는 것을 보고는 걸으면서도 마음은 항용 울고 있었다.

그러다가 나는 전염병에 걸려 거꾸러지고 말았다. 손톱마다 눈물

나는 때와 함께 무슨 병도 간직하고 있음 직했던 하숙의 안주인이 준 식사 때문이었던가, 아니면 계동서 아현동까지의 눈물나는 그 지까다비의 계속된 보행에서였는가, 하여간 나는 5월 어느 날부터 자리에 누워서는 영 일어날 능력을 잃어버리고 말았다.

전보가 고향으로 가고, 상경한 아버지가 내 옆에서 울고 있는 소리가 들리고 어쩌고 하더니 나는 거의 의식을 갖지 못한 속에서 내가 소학교를 마친 전북 줄포의 집으로 후송돼 버리고 말았다. 비로소 일본인 공의公醫가 와서 진찰을 해 보고, 악성 장티푸스라고 진단하여 나는 집에도 있지를 못하고 멀리 도깨비들이 나와서 논다는 서촌 끝 황토 언덕의 '폐병원癈病院'이란 이름이 붙은 곳으로 쫓겨나고 말았다. 폐병원이란 물론 고칠 것을 이미 폐지해 버린 그런 자들만이 가는 곳이라는 뜻이다.

아버지 광한 선생은 내 임종을 장식해 주라고 조그만 꽃상여를 당부하고 집을 떠나고, 어머니만이 이 도깨비골의 황토 무덤들 밑 수용소의 한구석에 처박힌 장자長子를 따라와서 밤에도 잠도 없이 기도만 하고 있었다. 마침 지독한 가뭄이어서 논가의 말라 들어가는 물속에서 몰려 뛰고 있는 피라미 같은 물고기들을 그네는 나날이 아직도 물이 안 마른 못물에 방생하곤 자기 자식을 살려 달라고 새벽마다 빌고 있었다는 것이다.

나는 장티푸스의 고열 속에서 하늘과 땅의 산천들을 참 많이는 날아다니며 소요하고 지냈다. 어떤 때는 좋아서 날며, 어떤 때는 나를 해치려는 악귀들을 만나 죽을 뻔 죽을 뻔하면서……

그러다가 나는 어떻게 소생한 것이다. 중노릇을 간다던 아버지가 마지막으로 장자莊子도 꽤나 아는 소년 시절 친구의 한약국을 찾아가 하루 저녁 자다가 둘이 모의해 지은 돼지고기를 넣은 무슨 약을 끓여 마시고 나는 다시 살아났다는 것이다.

그래 머리가 다 빠진 해골 같은 머릿박으로 중앙고보 제2학년 3학기를 수학하러 다시 서울로 9월 말인가 중순쯤 올라와서, 그로부터 오래지 않은 11월―광주학생사건 제2년의 기념일이 되었을 때 나는 그만 그 주모자의 하나가 되고 말았다. 위의 어디에서 내가 말한 그런 것들 때문인 것보단 그냥 할 수 없는 열병이었던 것 같다.

서울로 다시 올라오자 나는 계동이 그리워져서 김선기 형님 댁으로 옮겼다. 사회주의자로 이미 소문난 학생인 내게는 늘 따르는 사람들이 있었고, 하숙도 어찌 된 영문인지 누구누구가 자꾸 지분거리어 불가불 가회동의 무슨 이조 초시네집 비슷한 그런 데로 또 옮기게 되었다. 그런데 소년 시절에는 또한 난색難色이 있다. 내 얼굴은 지금과는 달리 그때는 어떻게나 생겼었는지 나와 한방에 있는 사회주의 선배란 녀석이 밤이면 밤마다 뭐라고 오래오래 지껄이다간 나를 끌어안고 그 남색男色이라는 것을 하자고 하고 나보고는 그 밑이 되라는 것이다.

(『세대』1973.9.)

낙향 전후기

나는 내게 남색의 밑이 되기를 집요하게 권하는 그 사회주의 선배의 소원에는 공감할 만한 것을 전연 아무것도 발견할 수가 없어서 완강히 거절하고, 그러자니 또 자연 그런 사람과 한방이나 한 하숙집엔 더 있을 수 없어 다시 사정해서 계동의 김철중 선생 댁으로 돌아와 머물게 되었다.

영국의 시인 오스카 와일드니 프랑스의 소설가 앙드레 지드 같은 사람들이 이 남색에서 무슨 심미審美의 쾌감을 찾았던 걸 알고 있지만, 나는 지금이나 그때나 이런 심미는 아무래도 이해할 수가 없다.

나는 이 무렵 중앙고보 학생들로 이루어진 사회주의 서적 독서회의 한 멤버였던 걸로 기억한다. 우리의 수는 열 사람도 채 안 되었지만, 서로 읽은 책을 교환해서 돌려 보며 또 읽은 소감들을 삼청동 뒤

수풀 같은 으슥한 곳을 찾아서 일정한 시간에 모여 서로 이야기하고 비판하고 권장하고 지냈는데, 이게 영 탄로나지 않은 것은 참 용한 일이었다. 일본 경찰이 대단하면서도 사실은 또 그만큼 엉터리기도 했던 것 아닌가 생각한다.

그리고 여기 비해 정말로 단단했던 것은 그때 비밀을 끝까지 잘 다무는 우리 학생들의 그 무거운 입이었다.

여기에 또 한 가지 대단했던 것은 우리가 꾸민 독서회나 광주학생 사건의 지도참모처가 어딘지, 멤버이고 주모자들인 우리에게도 전연 알려지지 않고 진행된 일이다. 이 독서회 속 누군가 하나는 틀림없이 지도처 기구 속 누군가와 연락하고 있었을 것이고, 연간의 광주학생사건도 물론 지도처의 지령을 받아 옮겨 오고 있었을 텐데 그게 우리들 각 학교 단위의 일반 주모자들에겐 전연 알려지지 않은 채로 실행된 일이다.

그렇기 때문에 1930년 11월의 광주학생사건 제1회 기념일에 나는 주동자의 하나로 중앙고보 전 학생의 선두에 서기는 했지만, 뒤에 체포되어 주모자들의 얼굴을 서로 마주 대하게 될 때까지 누구누구가 주모자였던가도 잘 모르고 있었다.

우리는 이 사건의 2차 연도에는 '일본 제국주의 식민지 정책의 노예 교육을 반대한다' 등의 슬로건 제창과 조선 독립 만세를 합창한 외에 또 첨가해서 학교 기물의 일부를 쳐부수는 등의, 해서는 안 될 폭행을 하게 되었다. 어디쯤의 지도부에서 이 명령이 누구를 통해 내려졌는지 나는 아직도 모르지만, 더구나 일본인 학교도 아닌 우리 민족주의 지도자가 세운 학교의 유리창까지 때려 부순 학생들의 이 무정견 울분의 폭행은 서글픈 일이다. 고백이거니와 모두 그렇게들 하고 있어서 나도 그 시늉을 내는 체하긴 했지만 이 짓만은 저지르면서도 마음속엔 걸렸다. 죄를 느끼며 이 짓을 따르며 나는 또 많은 눈물로 엉엉 울고 있는 감상 소년이었던 것이다.

그리고 나는 쉰일곱 명이던가의 학생들과 함께 퇴학 처분을 당하고, 아직도 교복과 교모를 그대로 착용한 채 그때 우리 집이 있던 전북 줄포로 내려갔다. 집에 당도한 것은 저녁밥 때였는데 내 아버지 석오 서광한 선생은 벌써 퇴학당한 걸 다 알고 있었던 터라, 무효가 된 교모를 벗고 엎드려 절을 하자 마침 받고 있던 밥상의 밥그릇에서 숟갈을 옮기며 나를 힐끗 한번 거들떠보시곤, 저절론 듯 숟갈을 방바닥에 뎅그랑 떨어뜨렸다. 자호인 석오石塢 그대로 이런 곤란한 때일수록 더 말이 없는 아버지여서 깊은 한 무더기의 한숨밖에 아무 말도 없긴 했지만, 자손지계만이 단 한 가지 보람이었던 그에게 이 건 치명적인 타격이었을 것이다.

며칠인가를 겨우 지내자 나는 주모자로 다시 줄포경찰서에 검거되어 "이놈이 그놈이냐 에잇! 짐승 같은 놈의 새끼! 짐승 같은 놈의 새끼! 실컨 두들겨 주어라!" 하는 순사부장의 되게 노한 구둣발길에 한정 없이 차이고 또 멍멍하도록 두들겨 맞은 뒤에 하룻밤을 똥통 냄새 물씬한 유치장 신세를 지고 하얀 솜옷 바지저고리에 학생 오버만을 걸친 꼴로 포승으로 단단히 동여 묶이어 서울로 압송되었다. 나를 압송해 가던 순사부장은 내 묶인 손에다가 총 맞아 죽은 이쁜 털의 장끼 두 마리를 들리고 갔는데 이 기억은 지금도 역시 선명키만 하다.

"사람들이 보는 게 창피할 테지? 앙? 그렇건 그 장끼로다가 손 묶인 데를 적당히 가려라."

줄포에서 정읍으로 가는 자동차 합승을 타려고 기다리고 있을 때 일본 순사가 요만큼 아량을 베풀어 일본 말로 지껄이고 두 줄의 이빨을 보이며 웃던 것과 아울러……

세상의 그 많은 눈치 가운데서도 역시 가장 빠른 것은 경찰관의 눈치다. 그가 눈치채서 말한 것은 그대로 맞았으니 말이다. 나는 이렇게 손 묶여 가기가 무엇보다 먼저 창피했다. 그러니 이렇게 늘 묶이는 것을 영광으로 여기는 정치 운동가가 될 소질도 결국 내게는 없었던 것이지.

서울 종로경찰서에서 다시 서대문감옥의 미결감 독방으로 옮겨지고, 내 푸른 내리닫이의 수의에는 1838호라는 죄수번호가 붙더니, 이튿날인가 약주 술독 속에 처박아 두는 그 용수라는 것과 비슷한 버드나무 가는 가지로 만든 용수를 머리에서 모가지까지 눌러쓰고 세상에서 들여다볼 수 없는 수인차에 실리어 미우라라는 이름의 젊은 일본인 검사 앞에 서게 되었다.

뒤에 알았지만 미우라는 동경대학을 나온 지 얼마 안 되는 수재의 젊은 검사로 이 무렵 우리 사상범들은 주로 이 젊은 청년의 판단력에 맡겨져 있었다. 핼쑥하게 창백하고 이쁘장한 갸름한 얼굴에 근시인 듯한 안경을 쓰고 언제부터 그렇게 되었는지 영 본심의 웃음이 웃어지지 않는 듯한, 이십대 초년기쯤의 나이로 보이는 단정한 양복 차림의 넥타이도 맨 이 청년은 내가 얼굴을 가렸던 용수를 벗고 간수가 하라는 대로 그의 의자 앞에 꿇어앉자 일어서 내 옆으로 가까이 오더니 내 머릿박을 손으로 싸악 한 바퀴 쓰다듬어 만지고 나서 "응, 너, 머리통이 꽤나 짱구로구나" 하고 꽤나 여성적인 소리로 내 눈 속만을 파고드는 눈초리로 바라보며 말했다. 그러고는 "서정주……" 하고 국민학교의 어떤 마음 좋은 여선생이 나를 부르듯 하는 그런 음질로 나를 부르고는 "너, 어머니가 보고 싶겠지?" 했다. 그러고는 더 아무 말도 없이 내 동정만 살피고 있었다.

"웃기지 마라" 어쩌고 했어야 제법 정치범다웠을 텐데 나는 나이가 겨우 만으로 열다섯 살밖에는 안 되는 아직은 어린애여서 그랬던지, 그 여성적인 검사의 어머니란 한 마디에 마음이 복받쳐 올라 나도 몰래 그만 눈물을 터뜨리고 말았다.

그러자 미우라는 바로 "음, 좋아, 좋아. 염려 마라. 엄마가 그렇게 보고 싶다면, 가만있자, 언제쯤 내보내 줄까? 가만있자, 언제쯤 내보내 줄까……" 그렇게 혼잣말처럼 중얼거리며 내 눈 속을 또 뚫어져라 들여다보기 시작했다. 그리고 내 두 눈에서 눈물이 더 많이 흘러내리고 흑흑 느끼는 소리가 내 어린 목에서 나는 것을 듣자 "음, 좋아, 좋아, 알겠다. 오늘 밤이 새기 전에 꼭 내보내 줄 테니 어머님을 다시 뵙게 되면 너 효행을 잘해야 한다. 알겠지?" 했다.

　주모자답지도 못해서 그 뒤 가끔 미안했지만 이렇게 되어 간단히 나는 미우라의 판단에는 기소유예밖에는 안 되는 소년 형무소감이라 보여져서 곧 출감되고 만 것이다. 나하고 같이 수감된 중앙고보의 학생들—이동정, 조경인은 나이가 나보다 꽤나 더 많아서 상당한 동안을 기결수로 서대문형무소에 복역했고, 또 한 사람—생김새 때문에 간다라는 별명이 붙었던 한용필은 체포 안 당하고 재빨리 뺑소니를 쳐서 어디론지 사라져 버린 속에서 나만이 미우라의 눈에 보인 그 눈물 때문에 그렇게 관대하게 풀려나온 건 두고두고 미안했고 지금도 역시 미안한 일이지만, 이건 미우라의 판단력이지 내 판단력은 아니니 이 점 그리 알기 바란다.

　그리고 위에서 표현한 이외의 언행은 더 아무것도, 미우라와 나사이엔 없었다. 인제 돌이켜 생각해 보자면 미우라는 역시 재주 있는 젊은 일본인 검사였다고나 할까.

　나는 미우라 검사의 기소유예 처분을 받고 다시 줄포의 부모 곁으로 돌아왔지만 그 동경대학 출신의 젊은 수재 검사의 근시가 내다본 것같이만은 되지 않았다. 미우라의 근시는 꽤는 꽤였지만, 나를 역시 잘못 본 데도 있는 것이다.

　줄포에 돌아오니 같은 해에 전주고등보통학교의 주모자로 퇴학 당한 국민학교 동기생인 조남준 군이 고향으로 돌아와서 나를 기다리고 있고 벌써 그가 신청해서 받은 거라며, 일본 공산당 기관지『전기『戰旗』의 맹원이 된 표시로 붉은 별 한 개가 새빨갛게 그려져 있는 은제의 맹원 배지를 아무도 안 볼 때 내게 가만히 보여 주었다. 그리고 "너도 신청해 줄 테니 하나 받아 가지고 저고리 속에다 몰래 차고 다녀 봐!" 했다. 그 이름은 아까호시[赤星]라는 거라고 했다.

나도 물론 그걸 신청해서 오래잖아서 무슨 비밀 부적이나 되는 것처럼 저고리 안쪽에 남몰래 달고 눈을 깔고 걸어 다녔지만, 이게 만일 1950년에서 한 2, 3년간쯤의 한국의 그 좌익적인 것 모조리 색줄기였더라면 어쨌을까 하고, 가끔 지금도 생각해 보는 일이 있다.

그랬더라면 내 철부지 가슴은 한 개의 총탄으로 꿰뚫린 채 숨넘어간 지 오래여서 지금 이런 글을 쓸 나위도 영 될 수는 없지 않았을까?

소년들은 역시 소년들이고, 그들은 무슨 정견도 아직 아닌 기분들인 것이니 자녀 갖고 사는 이들 우리 소년 다루기에 좀 더, 좀 더 큰 이해의 눈을 가지기만을 당부한다. 6·25 사변 직후나 그 뒤의 경남 거창사건 같은 때였더라면 이 철없고 아직 주의일 것도 없던 소년 나도, 저고리 안의 괜한 짓거리 부린 아까호시 하나만으로도 넉넉히 총살되고 말았을 것이니 말이다. 이렇게 되어 있는 중학 중퇴생인 머리털만 더부룩히 자란 나를 아버지는 어느 날 마지못해 안방 아랫목의 고착해 앉은 자리 앞에 불렀다.

"정주야, 말해 봐라. 네가 무엇이 억울해서 그러는지 나도 알아야 할 것 아니냐? 내가 김성수 씨네 집 농감 노릇 하는 것이 창피해서지? 아니냐? 말해 봐. 그렇다면 나는 당장에 네 말대로 다 치워 버리겠다. 명년에는 고창으로 이사 가서 너를 거기 고창고등보통학교에 넣게 해 볼 테니 공부해 볼래?"

그러고는 그날 밤에는 내가 좋아하는 음식만을 어머니한테 골고루 고르게 해서 나를 위로하고 격려하는 마음을 나타내 보였다.

그렇지만 아버지의 그런 이익 있는 자리에서의 용퇴나, 그 딴딴한 고창 산골에의 은거나, 자식밖에는 아무것도 더는 안 보던 그 자식 사랑하는 애정으로도 무언지 모든 것은 아무래도 시원치가 않아 나는 다시 또 그의 신뢰를 저버려야만 했다.

나는 그의 우선 소원대로 고창고등보통학교에 어떻게 어떻게 간신히 편입도 되었고, 또 아버지는 이건 자연이라야 할 걸 생각하셨던지 꽤나 널찍한 대수풀이 쫘악 둘려 있는 속에 혼자 공부할 초당까지 달린 집도 골라 마련했지만, 내 마음은 그런 데에 안착할 수도 없었다.

아버지가 성질 때문에 생전 단 한 번도 내게 말한 일이 없는 그의 어렸을 때의 경력을, 그의 어머님인 내 할머니가 어느 때 문득 말씀하신 걸 들으면 아버지가 내게 거는 촉망이 사는 보람의 전부였던 것도 짐작이 되기는 되는 데가 있다.

그는 어려서 서당에 다닐 때는 신동이라는 평판을 듣던 재주도 있고 덕망도 높던 소년으로 이조 말의 과거에 응시해서 무어 한번 되어 보려 했지만, 불행히도 그 과거제도라는 것도 그의 때에 와서 그만 폐지되고 거기다가 도박으로 재산을 다 없이하고 빚만 꽤나 걸머

진 아버지의 죽음을 당했었다 한다.

그런 속에서도 과거에 무척은 미련을 가졌던지 아직 지방의 현들에는 남아 있던 백일장이라도 한번 치러 본다고 그의 고향 무장현의 그것에 나가 장원을 한 번 해 보기는 해 봤다던가.

"너의 아범 나이는 그때 열세 살이었는데 말을 타고 동헌으로 들어가던 모양이 지금도 눈에 선하다. 원님으로 그때 우리 집 일가 되는 이가 와서 있었는데 어찌나 반가워해 주었는지 버선발로 쫓아 나와서 너의 아버지를 맞이해 주었지……"

이것은 내가 어렸을 때 할머니가 기회만 있으면 가끔가끔 자랑으로 되풀이하신 말씀이다. 그것이 서상경이라던가 하는 현감이 옮겨 가고 딴 사람이 그 자리를 맡아 오자, 아버지는 내 조부가 도박으로 지고 간 빚 때문에 다시 그 동헌의 같은 자리에 끌려가서 열다섯인가밖에 안 되는 어린 나이로 팔이 비뚤어져 한동안 제대로 펴지 못할 만큼 주릿대를 틀리고, 남은 가재라곤 거의 다 팔아 그 빚을 겨우 어떻게 씻어 넘겼다던가.

그러고서 열일곱 살의 소년 총각으로 타관의 서당 훈장살이를 온 곳이 내가 출생한 고창 부안면의 선운리라는 마을. 여기서 바다의 폭풍에 빠져 죽은 어부의 과부의 딸과 결혼을 하게 되고, 내 형 요절하고 나도 낳았는데 가난이라는 게 원수여서 갑부 지주 동복 영감 댁의 서생도 되고 뒤엔 또 농감의 하나도 되어 악착같이 푼돈을 모으기 시작했지만 그 본심의 제일 목적은 배금주의가 아니라 자손지계에 있었던 건 위에서 우리가 본 것과 같다.

그는 물론 일본인 세상에 사는 것을 말도 없이 서러워하던 우리들의 그 많은 부모들 — 어떻게든 자녀들만은 그래도 덜 짓밟히고 배고프지나 않고 타고난 목숨이나 제대로 다 살며 끈질기게 그 씨앗들이 나 이어 길러 나가기만을 바라던 그 많은 부모들의 하나였을 뿐이다.

그러나 그만큼 한 체념도 아직 잘 만들 줄을 몰랐던 소년 나는 고창고보에 편입한 뒤에도 여전히 태도를 고치지 못하고 나와 한때 한 사건으로 전국 각지에서 퇴학당하고 이곳으로 옮겨 들어온 학생들, 여기서 우리를 기다려 환영하는 동지의 학생들과 다시 어울려 광주학생사건 제3년을 치러 갔을 뿐이다.

전주고보에서 퇴학 맞고 온, 왜, 저 이승만 박사의 정권 시절 전라북도 도지사로 한동안 지낸 박정근 씨의 큰아들 박병기 군과 고창고보의 토종으로 우리를 먼저 찾아 환영해 준, 뒤에 인촌 김성수 선생의 큰사위가 된 유일석 군 등이 이해의 고창고보의 지도 멤버들로, 우리는 먼저 독서회를 감쪽같이 발각도 안 되게 비밀로 조직해 계속해 나가다 좀 무력하겐 됐던 것이지만, 이해의 유행이었던 그 백지동맹 운동을 또 꾸준하게 비밀리에 선동해 나갔다.

식민지 노예 교육의 시험은 봐서 무엇하느냐? 그런 감정이었지만, 여기에는 시험공부를 제대로 못 한 학생들의 편승도 물론 있고 하여 나는 이걸 살살 부탁하긴 하면서도 마음속으론 편승을 느끼는 열등의식도 아울러 가지긴 가져야 했다.

벌써 타계한 지 오래되는 나대순 군! 군한테는 정말로 지금도 미안하다. 키만 먼정다리같이 컸지 속이 영 유치원생이어서 공부가 하기 싫어 내 권고에 빠졌다가 그만 학교를 집어치워 버려야 했던 군 같은 사람들에게는 정말 지금도 미안하다.

고창고보에 들어온 지 한 학기도 채 다 끝나기 전에 학교는 나를 불러 "할 수 없이 너를 퇴학 처분 해야겠지만, 네 전정前程을 위해서 또 할 수 없이 자퇴를 권하는 것이니 여기를 떠나거라. 학교는 그래도 어떻게든 해야 할 것 아니냐? 부디 잘되기만 바란다"고 했다.

지금 돌이켜 생각해 봐도 이건 눈물이 날 만큼 고마운 우리 사립학교 동족 선생님들의 배려다. 이 이상으로도 이 이하로도 그분들은 어떻게 할 수도 없었을 것이니 말이다.

1945년의 해방 덕으로 나는 지금 너그러이 이해되어 서울의 중앙학교와 이 고창학교 두 모교의 명예 교우까지도 되어 이제는 그분들도 마음이 놓였겠지만, 정말 그때는 딱한 심경이었을 것이다.

아버지가 집에 들면 나는 도망쳐 나가고 아버지가 출타할 때만 겨우 어머니 옆으로 잠깐씩 깃드는 숨바꼭질 속에서 한동안 지내 봤지만, 그것도 오래는 못 할 일이었다. 나는 고창고보를 물러난 1931년 그해 겨울에 아버지와 어머니가 다 안방을 잠시 비운 사이를 틈타서 앞닫이 속의 돈 3백 원을 훔쳐 내는 데 성공해서 추격을 염려해 그 길로 인력거를 타고 줄포 쪽으로 우회해 서울로 뺑소니를 쳐 올라와 버렸다. 동복 영감 댁에서 땅 사 달라고 맡겨 놓은 돈이 아마 만 원 넘게 앞닫이 속에 있었는데 그걸 눈치챈 나는 그래도 내 부모의 앞

길을 염려해서 그중 3백 원만을 빼내어 달아난 것이다.

　나는 그와 같이 중앙고보의 주모였던 '간디' 한용필이가 안 붙잡히고 도망쳐 간 곳이 만주나 소련이나 중국 본토의 상해 같은 데가 아닐까 생각하며 나도 그런 데 어디로나 가야겠다고 마음먹었다. 그런 데로 가면 우리 독립군들이 말을 타고 달리면서 모여 지내고 있다는 것쯤도 물론 들어서 알고 있었기 때문이다.

　그런데 인연이란 것이 있어 그건 꼭 본인의 예정대로만 진행되는 건 아니다. 나는 서울에 와서 길거리를 우선 쏘아다니다가 중앙의 동기 동창인 경북 안동의 유대웅을 문득 어느 거리에서 만나 짜장면을 한 사발씩 같이 먹게 되었는데 "야! 정주야. 너, 나 있는 데 좀 가보지 않을래?" 해서 따라가 본 것이 그만 시베리아 쪽도 만주 쪽도 상해 쪽도 다 치워 버리고 서울에 한동안 주저앉고 만 결과를 낳고 말았으니 말이다.

　유대웅이가 묵고 있는 집은 이조 왕궁의 잔존인 최 상궁이라는 한 상궁 할머니의 집인데, 그 양자인 배상기는 중앙고보를 막 졸업한 선배로 서로 인사를 하고 보니, 내 고향의 바로 이웃인 영광 사람인데다 또 내 아버지 석오 선생은 영초라는 서당 선생 밑의 그의 대선배이기도 하다는 것이다.

　만학인 그는 벌써 스물 하고도 서너 살쯤이 되어 있었는데, 가야금이란 우리 악기를 즐겨 그때에도 타다가 나왔고, 나와서 인사를 주고받다 내가 누구라는 걸 알고 또 왜 이렇게 도망쳐 나왔는가를 들어 요량하게 되자 "염려 말고 싫지 않으면 여기 한동안 있거라, 아버지한테 이르진 않겠다"고 또 매우 믿음직한 미소를 주는 것이었다.

머리통이 내가 이 세상에서 본 것 중에 제일로 컸던 것, 일찍 벗겨지기 시작하는 이마를 가려 하동河童 머리로 두고 눈썹 바로 위까지 가리려 하고 있는 것도 어쩐지 마음에 들었다. 우선 이 인물과 꼭 좀 사귀고 싶었던 것—그것이 나를 여기 주저앉히고 말았다.

우리 불쌍한 동숙의 동기 동창 유대웅이는 나같이 퇴학 처분도 안 받았지만, 학교에 넣을 돈이 없어 놀지 않을 수 없는 동안을 신문배달부 노릇으로 하숙비를 내면서 종로의 도서관 분관에 드나들며 무슨 문학책들을 열심히 읽어 가고 있었는데, 나보고도 언젠가부터는 같이 가자고 해서 따라다니며 그의 권대로 처음 눈을 댄 소설들이 소련 초기 사회주의 원로 작가의 전집이다.

읽어 보니 딱딱한 이론책보다도 이건 이야기도 있고 어느 만큼 재미도 있어, 나는 막심 고리키의 일역판 전집을 주욱쭉 거의 다 읽는 데 이르렀다. 『어머니』, 『40년』, 『배반자』 등의 장편소설들과 자서전, 『아메리카 기행』 등의 여행기, 단편들에까지 눈을 연달아서 붙이고 있었던 건 물론 내가 아직도 사회주의 소년이었기 때문이다.

그것이, 고리키의 어떤 단편소설을 대하게 되자, 묘하게도 거기 마음을 답보하며 그해 내내 머뭇거리고만 있게 되었다. 지금 제목은 잊어버렸지만 공장 노동자를 상대로 하는 지도자들의 이야긴데, 남자 수뇌급 지도자는 머리와 의지력은 대단하지만 불행히도 한 다리를 저는 절름발이고, 그 밑의 지도자인 젊은 여성 하나는 꽤나 미모요 사회주의 이념이나 행동으로는 절름발이 상급 지도자의 심복이지만, 연정의 경우라면 그를 그리워하는 마음이 조금도 부족하지 않은데, 그 절름발이인즉 본심을 다해서 그녀를 사랑하지만 차마 말도 못 하고 머뭇거리고만 있다. 그래 그는 상급 지도자의 꼴까지도 이 애정 상승의 경우에만은 깡그리 잊어버리고 이미 낙엽 지는 가을 공원의 아무도 없는 빈 벤치에 폭삭 주저앉아 어찌할 바를 모르는— 이것이 막심 고리키 단편소설의 대강의 줄거리다.

사회주의 정치 승리의 소련 최고 원로작가의 단편소설 하나가 아직도 소년이었던 나를 사회주의에서 떠나게 할 줄은 막심 고리키도 예상 못 했겠지만, 이 소품 하나가 내 정신의 발걸음을 돌리게 한 원동력이다.

사회주의 행동의 세계가 결국 이 이상일 수 없는 것이라면, 인생의 그 여러 감정들이 필요한 문제들을 어떻게 잘 풀어 해결해 줄 수 있겠느냐는 의문이 일어나서 내 마음을 붙들고 놓아주지 않았기 때문이다.

그래 나는 그날 도서관에서 돌아온 밤에 이 집 주인 배상기를 보고 이 말을 했던 듯하다. 그는 마침 동석한 유대웅이와 그의 형 유면희 양쪽을 번갈아 보며, "왜, 면희가 좋아하던 같은 러시아 소설가 투르게네프의 『그 전날 밤』 이야기나 좀 들려주지그래" 했다.

유면희에게서 들은 게 이반 투르게네프의 소설 『그 전날 밤』의 불

가리아 청년 인사로프와 러시아 처녀 엘레나의 서로 끝까지 사랑하는 애정 이야기고, 나는 그다음 날 도서관이 열리기가 바쁘게 그걸 읽기 시작하고 거기 파묻히고 또 홀딱 반하고, 이건 이렇게 되도록 해야 한다고 나를 자각시켰다.

한 사회주의 소년 나는, 막심 고리키의 단편소설과 투르게네프의 『그 전날 밤』의 두 인생을 대조해 보고, 전자를 포기하고 후자를 따르지 않을 수 없다고 생각했다.

이렇게 나는 사회주의를 버리면서 문학을 하는 소년이 되었다.

(『세대』1973.10.)

봉산산방 시화

봉산산방이란 내가 시방 살고 있는 집의 택호다.
쑥과 마늘은 우리 겨레의 시조이신 단군 할아버지의
어머님께서 아직 곰밖에 되지 못하였을 때, 이 두 가지
만을 잘 참아 자시고서 비로소 사람이 되셨다고 하니,
나도 그것을 본받아 쑥같이 쓴 일들과 마늘같이 매운
일들을 두루 잘 참아 이왕이면 사람다운 사람이 되어
보고자 하는 속셈에서 이렇게 붙여 본 것이다.
그리고 여기는 또 마침 관악산의 북쪽 산자락이므로
'봉산蓬蒜'에 달아서 '산방山房'이라 한 것이다.

봉산산방의 의미

나는 어려서부터 쑥을 좋아한다. 씁쓸한 대로 비위에 맞는 냄새를 맡으며 이것을 보고 있으면 따분한 마음도 잘 가라앉기 때문이다. 나는 여섯 살부터 고향 마을의 한문 서당엘 다녔지만 거기 있는 동안에 제일로 좋았던 일은, 여름에 서당 마당의 모깃불가에서 "아미산월가라, 아미산월이 반륜추하니 영입평강강수류를……" 어쩌고 하는 당시唐詩를 낭송하며 쑥을 많이 덮어 피운 그 쑥모깃불을 에워싸고 맴돌던 일이니, 이때에도 쑥은 내게 가까운 것이었지만 내가 「내 영원은」이라는 시에서 말한

가다 가단
후미진 굴헝이 있어,

소학교 때 내 여선생님의
키만큼 한 굴형이 있어,
이쁜 여선생님의 키만큼 한 굴형이 있어,

내려가선 혼자 호젓이 앉아
이마에 솟은 땀도 들이는

그 굴형을 돌이켜 생각할 때에도 맨 먼저 솟아오르는 것은 거기 오
부룩히 돋아 있던 쑥의 모양, 쑥의 냄새이고, 내가 이곳의 시단 사람
이 된 뒤 살길이 없어 1940년인가 만주 벌판에 가 한동안을 헤매던
때도 그 질펀키만 한 딱한 땅에 찰싹 다가붙는 절망을 마지막으로
위로해 주던 것은 그래도 거기도 오부룩한 그 하잘 나위 없는 쑥밭
들이었다.
　아버님이 약도 신통치 않은 일정 말기에 오랜 위장병을 앓고 계실
때 주로 많이 잡수시다가 돌아가신 것도 쑥이었고, 또 역사책에 보
이는 것같이 우리 시조 단군의 어머님이 곰의 몸으로 잡숫고 사람이
되게 한 것도 이 쑥이었으니, 한국인이요 시인인 내가 쑥을 좋아하
는 것은 거의 숙명적인 일만 같다.
　못났지만 밉지는 않은 친구들을 서울 사람들은 "이 쑥아", "이 쑥
자식아"라고 부른다. 경상도 사람들이 "이 문둥아 어디 갔다 인제사
왔노?" 하고 딱한 형편 속의 상봉을 반겨 말하는 느낌이나 거의 같
다. 그래 서울 친구들한테 꽤나 많이 '쑥아'로 불리어 온 나는 이 푼

수와 정분으로도 쑥을 불가불 안 좋아할 수는 없다.

그래서 나는 지금 내가 살고 있는 관악산 밑 내 집 택호 봉산산방蓬蒜山房의 첫 글자로 '쑥 봉蓬' 자를 붙이게 된 것이다. 어떤 이 있어 "쑥대밭이 된다는 건 망국을 뜻하는데, 거 망국민의 느낌 아니냐?" 어쩌고 할는지도 혹 모르지만, 그게 아닌 걸 아셨을 줄 안다.

일정 치하에 첫 시집 『화사집』을 내던 무렵의 자호 '궁발窮髮'은 물론 『장자』 외편에 보이는 '풀도 차마 못 나는 곳不毛之地'의 그 궁발의 뜻이었다. 그러나 해방되며 바로 나는 옛 호 궁발을 땅에 묻고 그 대신 그 자리에 '늘 소년이려는 마음'이 되어 '미당未堂'이라는 새 호를 만들어 놓았다. 새 풀싹이나 보자는 것이었다. 그래서 고른 게 쑥이라는 풀인데 그게 어찌 망국의 정일 수 있겠는가? 아무도 돌보아 주지 않아도 어디에서나 흙만 있으면 무성히 잘 자라는 수수하고 끈질기고 또 약도 되는 풀—그게 좋아 이 쑥을 여기 골랐을 따름인 것이다.

단군신화를 보면 하느님의 아들 환웅이 우리나라가 좋아 백두산 자락에 내려올 때는 아직 총각이었는데, 그 언저리의 암곰 한 마리가 거기 시집 들 생각으로 골똘히 들어앉아 쑥하고 마늘만을 먹으면서 기도를 잘 드린 덕으로 암사람이 되어 환웅의 부인이 되시고, 또 이어 우리 단군 시조를 낳으신 것이라는 이야기가 재미나게 쓰여 있다.

그래 나는 그 재미에 맞추어 쑥과 마늘을 택호로 작정키는 했지만, 물론 쑥을 개인 취미로 좋아해 온 것은 위에 말한 바와 같고, 또 마늘도 단군신화를 알기 훨씬 전 어릴 때부터 정들여 즐겨 온 것이기 때문이다. 우리 겨레가 늘 많이 먹어 온 것으로 쌀과 보리, 콩, 배추, 무, 고추, 마늘 일곱 가지쯤을 들 수 있겠는데, 그중에서 가장 우리의 골수에 끈끈히 배어 들어 있는 것은 마늘이 아닐까 한다. 고추도 비교적 마늘에 가까운 것이긴 하지만 이건 하아, 하아, 날아 나가는 발산성을 많이 띤 것 같고, 속으로 뼈다귀 구석구석까지 끈덕지게 파고들어 찰싹 달라붙는 매움은 마늘이 으뜸이기 때문에 우리가 흘리는 진땀—저고리의 흰 깃을 적시는 그 누르스름한 진땀에서도 마늘은 제일 중요한 성분인 것만 같다.

그래서 나는 내 택호 '봉산'의 둘째 글자로 '마늘 산蒜' 자를 골랐다. 고추보다도 더 끈덕지게 매워 보자는 느낌을 쑥의 수수한 쓰거움 옆에 더해 보려는 생각인 것이다.

여기에 이런 택호로 좌정하려다가 보니, 내 행동은 주로 나무를 심고 나무를 심다 보니 그 옆에 바위 같은 걸 적당히 배치하는 데 기울어지게 되었다. 1970년 3월, 24평 건평에 70평쯤의 뜰을 가진 신거新居로 이사해 온 뒤의 4년 동안 내가 주력해 온 것은 이 뜰에 나무 심는 일과 그 나무들 사이에 바위들을 적당하게 놓는 일이었다.

땅을 넓게 가진 부자들은 웃을 일이다마는 나는 70평에 나무와 바위를 채우는 데도 꼬박 4년이 걸렸다. 한 달 8만 원도 채 다 안 되는 대학교수 월급에서 나는 아내의 살림살이와 입씨름을 해 가며 그래도 4년 동안 아마 백몇십 그루쯤의 나무와 열 트럭쯤의 바윗돌들을 이 70평의 땅에 연달아서 옮겨다 심고, 놓고, 지내 왔다. 나무는 고목高木 밑에 중목中木을, 중목 밑에 저목低木을, 저목 밑에 국화 같은 초목과 식물을—이렇게 층거리로 심고, 돌도 그와 같이 놓아 와서 인제 더는 쬐그만 나무 한 그루 심을 자리도 없고, 마지막 놓은 바위 옆에 콤마를 찍어 둔 채 달리는 바위 하나 더 배치할 자리가 없는 막바지까지 그 일에 제일로 열중해 왔다.

왜 그랬는가? 나무와 꽃과 돌을 친하게 보고 지내는 것이 그래도 한국의 현시점에 살고 있는 내게는 직관으로 생각기에 그중 달가웠기 때문이다. 정치 하는 것들이나, 경제 하는 것들이나, 사회 하는 것들이나, 교육 하는 것들이나, 그 밖에 인간관계를, 다 그래도 나대로는 관여해 봤지만 그것들보다는 이런 짓이라도 하는 것이 웬일인지 그래도 그중 제일 달가웠기 때문인 것이다.

그래서 내가 심은 다섯 그루의 소나무 가운데 한 나무는 창만 열면 올겨울도 청청히 내 눈앞에 다가서서 푸른 잎새들을 사운거리며 하늘과 영원의 상징인 천뢰 소리를 내며, 4년 만에 이제는 제법 수풀을 이룬 시누대나무들은 싸그락싸그락 항시 18세 같은 처녀성의 빛과 소리를 내게 보내고 있다. 그 사이의 돌들도 그 빛과 선과 형태로 그래도 이 사회의 하염없음 위에 솟아서 긴 세월의 선미善美의 쪽을 지시하고 있는 것이다.

이 속에서 4년을 주력해 가꾸다가, 나는 최근 내 고향 전북 고창 선운리로 돌아갈까 하는 생각을 내어 그곳 어느 구석에 땅을 몇천 평 마련해 두라는 부탁을 내 누이에게 냈다. 조부모와 부모의 묘지를 가지런히 내 옆에 모시고, 초막이나 하나 치고, 여생은 거기서 보내며, 내가 이 서울에서 땅이 모자라 채 다 심지 못한 나무들을 거기다 심어 보자는 생각에서다.

나야 인제 육십이 다 되었으니까, 그래 봤댔자 과히 오래 보고 지낼 수 없는 것도 잘 알기는 아는 터이니, 나만의 용鏞이 아니라 어쩌면 이것은 내 자녀들이나 제자들이나 후배들에게도 그래도 눈과 귀와 입에 제일 좋은 것이 되지 않을까 싶어서다.

어느 촉박한 공산당이 또 와서 늙은 나와 아내를 꺼내어 문초를 하고 감옥소엘 보내고 총살을 할는지 거기까지 생각해 보면, 이것도 안심찮은 일이긴 하지만 지금으로서는 이 나라의 한 시인인 내가 지혜를 다해서 생각해 봤다는 게 고작 이것이니 여기 말하지 않을 수 없다.

시를 지키기 위해서는, 단 45년이 아니라 일생 동안이라도 못된 인간 권력보다는 몇 그루의 나무와 몇 개의 돌을 보고 있는 게 훨씬 자양이 될 줄 안다.

(『현대시학』 1974.2.)

내 시와 사건들

　내 뜰의 매화 꽃봉오리가 녹두만큼씩 부풀어 오르고 첫봄 눈이 사
무치게 내리는 2월 하순 무렵이면 나는 아내에게서 한 천 원쯤의 용
돈을 타 가지고 가출이라는 걸 해 보는 꽤 오래된 누습이 있다.
　그래 발바닥에 서걱이는 눈길을 밟고 다다르는 곳은 가령 남성
동 종점이라든지 대개 그런 따위의 변방 언저리. 어디로 가는 것이
건 시외버스를 만나면 그것을 타고 차창가의 손잡이에 매달려 서서
창밖에 내리는 눈발 속에 산과 들과 오고 가는 남녀노소의 사람들을
유심히 내려다보는 것이 내 재미―아니 재미라기보다도 내 시인적
인 행동이다.
　산자락의 소나무들 모양이라든지 산골의 호젓한 맛이라든지 내
마음을 이끄는 데가 눈에 띄면 가까운 정류장에서 내리지만, 그런

데가 안 보이면 버스가 가는 대로 무작정 가서 마지막 종점—안양이니 동두천이니 또 무엇이니 그런 싱거운 데에서 불가불 내린다.

밥때가 되었으면 그 싱거운 거리의 어드메 너절한 중국 음식점에서 삼선짜장면이나 한 그릇 바보같이 사 먹는다. '내 아내나 아들은 아직도 2백 원짜리 삼선짜장면도 못 사 먹지. 그냥 80원짜리지, 안 되었다' 어쩌고 그런 생각이나 속으로 하면서 한 그릇 집어세고는 다시 우리 서울 집으로 되돌아오는 버스를 타는 것이다.

되돌아오는 때도 차창 밖에는 눈이나 여전히 내리고 있다면 나는 대개는 그저 무던한 곳에 왕대폿집 간판을 눈여겨서 또 내리는 습관이 있다. 아무래도 그냥 거저는 돌아가고 싶지가 않은 것이다.

왕대폿집의 안주 진열장을 유리창 너머 물색해 보면서 엉거주춤 서 있다가 거기 날오징어나 그런 따위 상하지 않은 게 보이면 한두 사발 막걸리만이 아쉬워 쓰윽 그 집 안으로 들어선다.

이런 날의 내 눈의 탓인지, 이런 왕대폿집에선 꽤나 이쁘장하고 점잖기도 해 보이는 아가씨의 환영을 받는 수가 있어, 그 겹친 경험의 기억도 나를 이런 집으로 이끌어 들이는 매력이 된다.

"여어 색시! 그런데 아, 이게 어찌 된 일이여? 무엇하러 하필이면 이런 날 이런 자리에서 어정거리고 섰지? 나야 사내니까 무방하지만……"

당연한 인사로 내가 이쯤 말하면, 그중에는 이만큼 한 말에도 잠깐이긴 하지만 곧 시무룩한 낯굿이 되는 그런 팬스럽게만 보이는 여자도 있다.

그런 중의 어떤 여자는 나를 따라 같이 막걸리를 두어 사발쯤 들이켜고는, 어디서 왔느냐고 물으면 잠실 어느 여자중학교에서 나왔다고도 하고, 공부는 잘했었냐면 "아니다. 내가 공부를 한 줄 아나? 적어도 선생님이었다"고 하기도 한다. 대학은 대구의 ○○대학교 국문과라고 하기도 한다. "그럼 느이 선생님이었을 텐데 시인인 김○○ 교수와는 친한 줄도 몰랐나" 하면 "안다. 돌아간 시인 청마의 시를 좋아한다"고까지도 해서, 내가 이름만 댄다면 어쩌면 내 시까지도 알고도 있음 직한 가까운 사람의 참 안쓰러운 꼴로 드러나 앉은 여인도 있다.

　'한 송이의 국화꽃을 피우기 위해 봄부터 솥작새는 그렇게 울었나 보다'로 시작되는 「국화 옆에서」라는 제목의 시를 내 이름을 대 주지 않아도 고스란히 목청을 돋우어 잘 외어 들려주는 여자도 이런 데엔 꽤나 있다. "댁에 전화를 걸고 한번 찾아가 뵙고 상의할 말씀이 있어요" 해서 마지못해 이름과 주소와 전화번호를 일러 주면, 깜짝, 제 잃었던 가족이나 만난 듯이 반가워하며, 아닌 게 아니라 집으로 돌아와 있으면 전화가 걸려 오고 약속한 날 약속한 시간에 영락없이 내 집을 찾아 다시 나타나기까지 한다.

　뜰의 매화 봉오리가 연분홍의 살결을 드러내며 눈을 맞고 있는 사건의 전염이 내게 이만큼 작용하고 발진해 나가기 비롯하는 것은 내 시라고 생각되기 때문에 나는 그런 내 친구를 향해 문호를 활짝 열 밖에 없다. 그래서 나는 시인으로서 겨우 사는 긍지를 느껴 본다.

　찾아와서 아내의 의아해하는 눈초리 속에 내 방에 머뭇머뭇 들어서는 그 전직 여중학교 국어교사였다는 젊은 여자는 "아무래도 발을 잘못 들여놓은 것 같아서 다시 전직하려고 하니 좀 도와주소" 해서, "그래 보자. 무얼 할 텐가? 시골에 어디 조용한 데로 다시 중학 선생이라도 계속하러 가 볼래?" 하면, "그건 죽어도 다시 할 순 없으니 택시 운전사라도 해 먹게 그 학원이나 다녀 면허증이나 하나 얻었으면 좋겠다" 그런 소원이다.

아마 중학교 선생 노릇을 할 때 어느 남자와의 사이에 못 견딜 마음의 상처나 입은 거겠지. 그래서 다시는 그 기억을 일으키는 일자리엔 서 있기가 싫은 게지. "알겠다. 그럼 운전 학원이나 한번 졸업해 봐라" 나는 아내 몰래 거기 동의하는 것도 내 시라고 생각하고, 속으로 궁리궁리해 본다. 학원에서 운전면허증을 얻는 데 약 ○○원. 그 동안의 자취비, 아주 절약해서 다달이 약 ○○원. 방 아주 싼 걸로 사글세 보증금 내는 데 약 ○○원…… 합계 약 ○○만 원. 가만있자, 이건 시니 하기는 해야지. 나는 자존심으로 이렇게 작정하고 소뿔은 단김에 빼더라고의 그 아주 빠른 알레그로(쾌속조)로 모두 다 내 사용 지출을 여기 모아 그 소원 성취의 편을 들어 나선다.

변방에서도 변방의 손님도 잘 안 드는 5류 여관 같은 데에 ○○원쯤의 사글세 보증금을 내고 그네를 이주시키고, 냄비니 풍로니 구멍탄이니 밥그릇이니 그런 것도 아주 싼 걸로만 골라서 사게 하고, 자동차 학원비를 아내 몰래 땀 빼며 마련해 주면서 아주 무슨 도스토옙스키의 『백치』 속 나스타샤의 연인이거나 빅토르 위고의 『레 미제라블』 속 어느 밤도 대문 두루 활짝 열어 놓고만 살아가는 미리엘 주교나 조금이긴 하지만 그런 걸 다 합쳐서 하는 것 같은 자기 만열滿悅의 심경 속에 들어선다.

주민등록증이 그럭저럭 옮겨 다니는 동안 말소되었다면 내가 잘 아는 시단 후배인 어느 경정을 괴롭혀 재교부도 받도록 부탁도 해 주고, 내가 아는 마을의 중국인 음식점엔 짜장면을 외상으로 주라는 당부도 하고, 모든 것은 알레그로 조로 알레그로 조로 휘몰아 내리치는 첫봄의 아닌 때의 눈발과 같이 한동안 아주 잘 휘몰아친다.

그러나 참 묘한 것은 내 발가락들 사이의 아무래도 안 빠지는 티눈인 듯이, 내가 내 시심의 실천이라고 생각해서 하는 일은 이거나 저거나 그저 두 눈깔만 멀룩멀룩하게 할 뿐 영 잘되지는 않고, 그저 매양 답답하고 신경을 쑤시고 안타깝고 섭섭게만 할 뿐인 것이다.

"여자가 자동차 학원을 열심히 다닙니까?"

내가 바빠서 달포씩 거기를 들르지 못하다가 문득 들를 겨를이 생겨서 여관의 안주인을 찾아 물으면, "운전 학원요? 호호호호호호호! 글쎄요. 선생님이니까 말씀입니다마는, 주의하세요. 아마 그렇지도 못할 거예요" 하고 내 귀에다가 입을 가까이 갖다 대며, "웬 사내들이 며칠씩 두고 번갈아서 찾아들어요" 하고 나직이 말했다.

나는 내 인생의 어느 때에나 섭섭한 게 주조였으니까 이쯤이야 괜찮기야 물론 괜찮고, 또 그네를 사실은 연인으로 할 생각이 있었던 것도 아니어서 늘 사내를 선택해 가질 것도 권해 온 터니, 며칠만큼씩에 사내를 번갈아 만난다는 소식이야 제대로만 된 거라면 오히려 내 쪽에서 기다리는 일이기도 했지만, 그게 전연 아니라 매음으로의 복귀고, 운전 학원 다닌다는 것도 멀쩡한 거짓말이라는 새 사실의 인증은 괜찮은 대로 내게는 한동안 애써 걸은 뒤 발가락 사이의 메스꺼운 티눈의 동통만큼은 또 한 번 뼈마디에 닿는다.

가을부터 여자는 아프니 약을 써야겠다고 나를 찾아왔다 가고는 영 소식이 없이 뜸하더니 지난봄의 어느 날인데 내가 잠시 오후의 낮잠에 들어 있노라니까, "여보. 여보. 일어나! 일어나! 당신 그러기여? 글쎄 그러기여?"

아내가 내 방으로 쫓아 들어와서 숨차고 눈 흰창이 붉어 오는 볼멘소리로 나를 되게 흔들며 외치는 바람에는, 겨우 깨난 어안이 그저 벙벙할밖에 없었다.

들어 보니 내가 사는 이 예술인촌과 ○○사우촌 일대에 소문이 났다는 건데, 그건 "시인이고 교수인 서정주가 감쪽같이 소실을 하나 ○○여관에다가 꾸려 놓고 지내 왔다는 것, 그 소실댁이 마을의 ○○미용원과 ○○다방 등에 와서 한 이야긴데, 서정주네 집을 집어먹으려면야 그까짓 건 문제도 아니다"라고 퍼뜨리고 다닌다는 것이다.

그것을 한마을에 사는 내 친척의 부인 하나가 딸이 다니는 유치원의 다른 학모學母한테 귓속말로 듣고 아내한테 주의하라고 옮겨 주었다는 것이다.

아직도 봉오리인 뜰의 매화 위에 때아니게 내리던 눈송이의 향수는 내게만 작용한 것인 줄 알았더니, 아내에게 친척에게 또 마을과 이웃 마을에까지 이렇게 한 해나 두고 그 묘한 여러 이야기들을 만들어 부풀게 하며 이어 오고 있는 것이다.

"에이 여보시오, 원. 학교와 회의에, 강의나 그런 것 하러 나가는 시간을 빼놓고는 한 번도 집을 비운 일 없이 살아온 내가 어느 틈에 소실을 따로 두고, 적금 월부 ○○원이면 내 수입의 거의 전분데 어떻게 딴 살림살이 하나를 무슨 재주로 언제 벌어서 했을 수가 있겠소?"

나는 아내에게 말했지만 아내를 이해시키는 데에는 이 말만으론 안 되고 훨씬 더한 말과 실증과 시인을 요했다.

그래 나는 언제까지나 또 그렇게 할 수 있는 것인지는 몰라도 인제는 매화가 아무리 부풀고 피더라도, 눈이 또 얼마나 기막히게 그 말 없는 가락을 타고 있더라도 다시는 가출까지는 않기로 하고, 순수히 가족이나 제자나 후배의 일 빼놓고는 길거리의 허튼 새 여자 친구는 절대로 안 만들기로 하고, 더 못 하는 나머지는 주로 나무와 꽃과 돌만을 상대하고 한가하기로 하고 있다.

그래 나는 태양의 신 아폴론이 머리에 화관으로 쓰기도 했던 월계수나무, 그 어디에도 삿됨이 없으려 했던 신도 머리에 얹었다는 로맨스의 화관 나무, 흐르는 강물 위를 늘 뺑소니쳐 달아나면서도 또 늘 햇빛의 열모와 가호 속에 있는 강물의 여신의 사랑과 도피의 상징이기도 한 나무, 내가 가지려 하면서 아직도 못 가진 그 월계수나무가 뚝섬의 어느 화원에 있다는 걸 탐문하고 아내와 함께 지난 6월 어느 날 그리로 택시를 몰았다.

가서 보니 그 나무는 뜻밖에도 내가 이미 올봄에 안양의 어떤 화원에 가서 '쥐똥나무'라는 이름과 함께 사다가 뜰에 옮겨 심은 그 나무의 구미 측 본명일 따름이었다.

쥐똥나무라는 우리말은 아마 첫여름에 노란빛의 봉오리에서 희게 피어나는 꽃의 모양들이 자잘한 게 꼭 쥐똥 같다고 해서 아직 시인도 못 된 생원 내외쯤이 쥐를 늘 가까이 사귀면서 붙인 이름이겠지.

그렇다면, 동서 구석구석의 감각까지를 합쳐서 한 꽃나무를 감상할 수도 있는 것이라면, 태양의 신 아폴론과 강물의 여신 다프네의 사랑 속에는 쥐도 살살살살 살살살살 늘 기고 있고 또 어쩔 수 없이 쥐가 누어 놓은 똥—그 쥐똥도 또 필연한 것이 되는가.

나는 욕심이 꽤 많은 사람이라서 아폴론의 로맨스의 화관 나무가 때로는 쥐똥일 수도 있다는 것을 안 것만으로는 흡족지가 않아 아무래도 빈손으론 돌아올 수가 없어서 화원을 샅샅이 살펴보니, 한쪽 한 50평쯤에 장미꽃들이 피어 있는 데가 보여 혹시 우리 뜰에 없는 빛깔이나 모양이라도 있는가 싶어 거길 또 물색하기 시작했다. 그래 나는 '마이 도터'라는 이름이 붙은, 우리 집에 없는 연산홋빛의 장미 하나를 비롯해 세 개의 화분을 새로 찾아냈다.

이것을 들고 와서 새로 목욕을 아주 잘 시켜 내가 잘 나가 앉는 뜰 한구석에 놓아두고 가끔 보고 지내는데, 이 정도의 정숙과 침묵도 변덕이 적어 좋긴 하지만 장마가 계속되는 요즘에 보니 이것도 곧 우중충하고 흉하게 시들고는 하염없는 빈자리만을 남겨 별 신용도 되진 않는다.

그래 나는 다시 돌한테로 눈을 옮기며 가능하면 여름 나무의 매미같이 그걸 믿고 거기 달라붙어 있어 보려 한다.

돌이나 바위는 꽃보다도 마음이 편하기라면야 물론 훨씬 더 마음 편하다. 바위 중에도 겨울에도 이끼가 파랗게 피는 바위―강감찬 장군의 턱수염이나 한일합병 동안의 여자 국창 이화중선의 그 짓이겨도 짓이겨도 더하는 힘과 서러운 몸짓의 흔적 같은 이끼 끼는 바위들은 순전한 바위만의 모양이 아니니 놓아두기로 하고, 순전한 바위만의 바위라면 아무래도 나무나 꽃보다는 더 마음 편한 것이다.

그런데 요 한 달쯤 전에 내가 아끼는 정담이란 이름의 해인사 젊은 스님 한 분이 내게 한 돌막을 가져왔는데, 들으니 이건 가야산 상왕봉에 있는 반석의 못물 속에 몇만 년을 숨어 있던 것으로 미당 당신이 이렇게 인연이 닿아서 이름이 우두봉牛頭峯이니까 그 물은 우두호, 그 속에 여러 만년 감추어져 녹아 온 이것은 여의주는 아니더라도 그만 못하지도 않은 기막힌 것임엔 틀림없지 않겠느냐는 것이다.

나는 우리 시인 정담이 내 앞에 있을 때 말하진 않았지만, 속으로는 정담보단 훨씬 더 전에 내 손으로 『현대문학』지에 추천한 시인으로 지금 성신여자사범대학의 교수로도 있는 이성교가 어느 때던가 나를 옛 공덕동 집으로 찾아왔을 때 무심결에 하던 이야기를 기억하고 감동에 젖어 있었다.

이성교는 말했었다.

"내 고향 강원도의 깊은 산골에서는 밤 12시가 한참 넘으면 외양간의 소가 울고 있으닙시오. 아무도 보는 사람이 없으니 말씀. 어허 허허허허허허 저는 어무니가 돌아가시어 어렸을 때 잠 못 자다가 제 눈으로 역력히 보았는걸요."

그래 이 돌을 보니, 까만 소누깔 동자와 같은 위층하며 그 아래 흐르고 흐르던 눈물이 응결해서 된 듯한 희끄무레한 아래층하며 마치 시인 이성교가 어머니를 잃고 잠도 못 자던 어린 날 밤 12시 넘어서 울던 소의 눈인 것만 같아, "좋다"고는 하면서도 그걸 미처 말로 옮길 겨를이 없었던 것이다.

소가 운다? 소가 한밤중에 아무도 안 보면 혼자 이 영원 속에서 누구한테 운다? 그 지지리는 성실하고, 아무 거짓도 모르고, 실컷 밭 갈고 논 갈고 우리를 도와 일만 하던 것. 그러다간 살도 가죽도 뼈다귀나 뿔까지도 썰리고 난도질당하고 끓여지고 구워지고 지져져서 죽어야만 하는 그것이 한밤중 혼자서 저 혼자서만 어디에다 대고 울고 있다? 그러다가 숨넘어간 어머니가 그리워 깊은 밤 잠 못 자는 아이의 눈에만 보이기도 겨우 한다? 이런 느낌들에 묻혀 있노라 미처 대답할 겨를이 없었던 것이다.

그 뒤 나는 이런 느낌과 생각들을 모아 정담 스님이 내게 인연이라고 인계한 우두호 속의 그 돌막 이름을 '우루석牛淚石'이라고 붙였다. 물론 소가 눈으로 울다가 화석한 돌이라는 뜻이다.

그러나 돌이나 바위만 주로 보고 지내면 될 것같이 느껴지던 내 도피는 결국 영 안 되는 것이 되고 말았다. 강감찬 장군의 수염도, 이

화중선의 정한의 이끼도 영 안 느끼게 해야 할 그 맨숭맨숭키만 한 가야산 상왕봉 우두호의 우루석도 역시 오전 오후 스물네 시간 동안에 언제나 눈물을 보이고 찌걱찌걱 우는 영상을 주는 건 아니지만, 한밤중 12시가 넘으면 어느 고독한 소년의 눈에도 보일 만큼 그것은 역시 있기 때문이다.

(『세대』 1973.8.)

종정문과 나

    1970년 여름이던가 대만에 와서 궁거窮居 중인 중국의 시인 종정
문鐘鼎文이 서울 관악산 밑 내 소굴을 찾아와서 창밖에 보이는 우리
관악산을 칭찬하기에 나는 "산을 그렇게도 좋아하는가? 그렇대도
산보단 더 나은 것은 불가불 사람일 것이니 사람은 그 푼수로는 언
제나 산의 형님뻘은 되는 게 아닌가. 그러니 저 관악을 좋아하신 기
념으로 산형山兄이라는 별호 하나를 드리겠다. 좋으시다면 가지시길
바란다" 했더니, 종정문은 "띵 하오" 하고 그걸 받아 기지겠다고 했
다. 그러고 내 나이를 가려, 내가 그보단 한 살이 밑인 걸 알고는 나
더러 "그렇다면 나도 그대에게 별호를 하나 답례로 주어야겠는데,
나보단 나이 한 살이 아래라니 아무래도 불가불 또 산제山弟라야만
되겠다. 어떤가? 싫지는 않은가?" 하기에 "예, 좋습니다. 형님, 그야

또 물론 그렇게 해야 합지요" 했었다.

그러고 그가 그만 가겠다고 하여 남성동 버스 종점까지 전송해 나가던 도중에 중국인 공동묘지가 있는 곳에 오자, 종은 이 묘지 양식이 어디서 많이 눈에 익은 것 같다고 하여, "예, 이건 바로 우리나라에 와서 살다 돌아간 그대의 동포들이 묻힌 무덤들이다"라고 했더니, 쏜살같이 후다닥 그 묘지 한 귀퉁이로 들어가서는 아주 상쾌하게 오줌을 좌악좌악 거기 대고 잘 누어 대면서 "허허, 오래 막혔던 오줌이 인제 이 무덤들 옆에 오니 비로소 솔솔 잘 나온다"고 했다.

내게도 그 풍경은 역시 선미하게만 보이는 것이어서 부지불식간에 그의 옆으로 바짝 가까이 따라 들어가, 그를 위로하고 또 그의 동족의 혼들도 위로해 줄 양으로, 내가 알고 있는 위로 문구들 가운데서는 최상의 것인 불교 진언 속의 저 '오방내외안위제신진언五方內外安慰諸神眞言'을 소리 내어 읊어 주었다. '나무 사만다 못다남 옴 도로 도로 지미 사바하' 하는 것으로, 이것은 내가 가끔 산 사람들을 두고나 죽은 사람들을 두고나 마음이 꾸무럭해질 때마다 문득 입으로 드뇌여 읊조리고는 스스로 위로하여 얇은 미소로 그 끝을 적셔 오던 것이었는데, 종도 내게서 그 설명을 듣고는 역시 피식 웃으며 "고맙다. 거 좋은 것이다"라고 했다.

그는 그 뒤 귀국하여 오래지 않아서 마침 서울에 기류하고 있던 그의 아들을 시켜 산형, 산제의 별호 교환을 기념하는 한 편의 시 작품과 함께 대만산의 좋은 대리석 재떨이 한 개를 내게 선물로 보내오더니 또 얼마 뒤에는 그와 나 공동의 가까운 후배인 중국 문학자

허세욱 편에 다섯 개 한 벌로 된 청동제의 이쁜 향로들을 보내 주었고, 이어서는 같은 허세욱 박사를 통해 나를 대만으로 초대한다는 뜻을 전하면서 '가난한 줄 잘 아니 올 생각만 알리면 비용은 다 대겠다'는 뜻도 알려 왔다. 그러고 또 지난해 11월 대만에서 그가 준비위원장이 되어 연 세계시인대회에도 나를 명예 회원의 자격으로 초청해 주었다.

그러나 나는 위에서 말한 그와의 초대면 때의 좋은 인상과 정분을 간직해 지녔을 뿐 어쩌다 보니 단 한 번의 편지 한 장도 전하지 못했고, 물심 두 형편이 다 여의치 못해서 두 번의 초청 중 하나도 따르지 못한 채로 있다. 모든 일에 무심해야만 살 수 있었기 때문에 애써 오래 두고 연습해서 인제는 잘 길들어 버린 내 철저한 대인 관계의 무심병, 그러나 그런대로의 자존심과 예모 감각과 아득한 감상—그런 것들이 범벅이 되어 이대로밖에는 달리 있을 수도 없고 만 것이다.

그렇기는 하지만 시인 종정문, 그와 내가 둘이서 1970년 여름에 우리 공통의 후배 시우詩友 허세욱의 통역으로 빚었던 두 개의 이야기는 지금도 내게는 꽤 중요한 것이었기에 여기 이렇게 중얼거리고 있다. 종정문 그에게도 그건 그랬기에 이렇게 무심한 자인 나를 최근까지도 아주 잊진 못하게 한 것 아닐까?

그것은 딴게 아니라 아마 지금 이 땅 위에선 자유중국과 우리나라의 전통적인 공부꾼들만이 실감으로 지닐 수 있는 것으로서, 말하자면 유교와 불교가 범벅되어 남아 있는 흔적으로 안다.

종정문과 내가 관악산을 앞에 두고 한 살의 나이 차이를 가려서 별호를 교환해 형제의 의를 맺은 것은 물론 유교의 흔적이 우리 두 사람의 마음속에 아직도 남아 있었던 것이고, 그러면서도 인사人事에 치중하지 않고 자연을 중심으로 해 숨을 쉬고 있었던 건 노장류의 선교仙教의 남은 자취고, 자연에 놓여서도 가시적인 인연 위에 솟아서 형제가 되는 데 합의한 의지와 이해는 불교적인 것이다.

그리고 이런 유불선교의 흔적의 종합을 지금도 마음속에 실감으로 지니고 있는 사람들은 세상에 많을 듯하면서도 사실은 그렇지가 못하고 지금 대만에 와서 묵고 있는 중화민국과 우리 한국의 일부 전통적인 교양인들 속에쯤 그것이 그래도 가장 많이 살아 있는 걸로 보인다. 그러니까 종 같은 자유중국의 시인과 나 같은 사람이 처음 만나서 몇 마디 말을 나누기 비롯하면 일은 벌써 위의 예처럼 되고 말기가 예사인 것이다.

그리고 내 경험으로는 자유중국인 종정문과 나 사이에 있었던 것 같은 이야기가 어느 딴 나라 사람들하고는 잘 되어지지 않았다. 세계에서 지금 한참 번영했다는 많은 나라 사람들과는 쉬이 잘 통하지 않는 이런 대인접물의 이야기는 지금 좀 쓸쓸한 대로 결코 우리의 결함이 된다고도 생각지는 않는다.

종정문이 막혔던 오줌을 아조 잘 누고 간 중국인들의 공동묘지 옆을 종, 그가 간 뒤에도 꽤 오래 두고 걸어서 왕래해야 했던 나는 가끔 그를 회고하며 그 언저리 과히 실례되지 않을 만한 자리를 골라 역시 한바탕씩 막혔던 오줌을 갈겨 보기도 했는데, 이건 형이상학이 아닐 수 없는 것까지가 곁들어서 그런지 꽤 쓸 만했다. 순수하고 뒷

걱정이 없는 쾌사로서 산야 속 옥외 방뇨처럼 좋은 것도 인생엔 드문 것인데 여기 형이상학적인 감칠맛까지가 첨가되니 그렇지 않겠는가.

그러나 이건 종 같은 중국인에게는 남의 묘지라는 실례감이 없어서 좋았겠지만 내게는 역시 아조 쾌적지는 못함은 사실이다.

역시 끝까지 안심되고 자유스러우며 또 동시에 형이상학도 있는 방뇨의 터전은 고향의 선인들의 무덤도 있는 어느 언저리가 좋겠다. 그래 꼭 종정문의 그때 그 방뇨가 부러워서 그런 것은 아니지만, 나도 내 고향인 전북 고창에 충분히 자유롭고 환히 트인 오줌을 누기에 적합한 5천 평쯤의 산변 땅을 지난해엔 구해 두었다.

내 선인 중 나와 가장 가까운 이들의 묘를 이곳으로 이장해서 높지막이 모신 밑에서 나는 내가 심은 나무 수풀의 가장 조용하고도 자유스러운 자리를 골라 때때로 좋은 방뇨를 하며, 못생겼다지만 사실은 못생길 것도 전혀 없는 자리를 재확인하면서 살아가 볼 생각이다.

(『현대시학』1974.3.)

난과 진사와 돌

　내 방과 아내 방에 지니고 있는 난초는 한 서른 분쯤 되지만, 그 모두
가 가격이 비싸지 못한 것들이라 잎사귀 수효도 넉넉지 못하고 3, 4년
씩 기다려도 아직 꽃 피울 생각도 낼 줄 모르는 것들뿐이다. 긴 겨울
은 난꽃 향기가 어느 때보다도 그리운 철이지만 시암是菴 배길기가 나
눠 준 광동 보세도 아직은 다섯 개 잎사귀만 달고 있는 그대로요, 작
년 새해 삼중당 서점 일력에 한 폭 자필의 자작시를 써넣어 주고 사
례로 얻은 일금 만 원짜리라던가의 제주 한란도 겨우 여중 2학년 정
도의 잎만 여남은 개 솟아 올린 채 꽃 필 날은 그저 아득하기만 하다.
　이런 나의 난화 부재의 긴 겨울 시간을 어느 날 여류 시인 김양식
이 내게 전화를 걸고 "야……" 무엇의 아름다움에 매우 감동한 듯한
소리를 먼저 전송해 보내기에, 그게 뭔데 그러느냐고 하니, "우리 집

난초꽃이 피었어요! 이번 세계시인대회에 갔다가 대만에서 구해 온 중국 춘란이 아주 썩 좋게 한 송이 피었어요!" 하는 것이다.

"거 좋겠소. 이웃 하나가 명주 바지를 입으면 여러 가호가 두루 따뜻하다는데, 나도 그 푼수는 그 푼수니 염려 말고 잘 만끽하시오" 대답했더니, 뜻밖에도 또 보내오는 그네의 말씀인즉 "당분간 좀 빌려 드릴까 한다"는 것이었다. 사실 그네는 가족들과 휴가를 장만했기 때문에 겨울 여행을 영남으로 떠나려는 판인데 모처럼 핀 난초꽃을 식모의 손에 맡겨 두고 가는 것은 아무래도 안심이 안 돼 그러니 미당이 그사이를 맡아 돌보아 주며 즐겨 보는 게 어떻겠느냐는 것이었다.

그래 비로소 나도 "야하!" 하고 한번 기막히게도 나직이 소리를 치지 않을 수 없었다. 소유하는 난초의 꽃을 보고 맡을 때도 "야!" 감탄은 빠질 수 없는 것이어늘 사정이 이쯤 되어 겨우 잠시 빌려 보게 되는 마당이니 제아무리 목석 같은 사람인들 어찌 그게 마음속에서 안 일어날 수가 있겠는가?

시의 감동이란 것도 내 생애에서는 항용 이런 식으로 일어났던 것을 회고해 본다. 나는 소유한 것에서보다는 소유하지 못한 것에서 더 간절한 감동으로 시를 쓴 적이 훨씬 더 많았던 걸 생각해 낸다. 소유한 것은 소유했기 때문에 감동한댔자, 그저 "야!"밖에 되지 않지만, 소유하지 못한 아름다움을 가까이하는 감동은 그 두 곱절 세 곱절의 곱빼기가 되어 "야하!"로 높은 도수가 될밖에 없었던 것도 생각해 낸다.

그래 김양식 여사가 한 달 동안 내게 맡기고 간 중국 춘란의 한 송이 꽃이 핀 난분을 제일 두터운 사전 한 권을 누인 위에 얹어서 책상 바로 옆에 놓아두고 보고 또 보고 지내는 동안, 나는 시의 구상의 호미好美한 질서나 조화라는 것도 소유에서보담은 소유 못 한 자리에 서라야만 훨씬 더 미묘하고 풍부하게 차려질 수 있는 것임을 새삼스레 느껴 알고 또 감동한다. 겨울에 명주 바지가 기막히기야 입은 사람보담도 못 입고 보기만 하는 이웃이 더할 것이니, '가난한 자여 복이 있도다'라고 한 그 죽을 수는 영 없었던 예수의 말씀은 시정신의 원리로도 역시 가장 유력한 것이 되겠다.

김양식 여사가 맡기고 간 난초꽃을 보고 앉아서 나는 1951년 1·4 후퇴 때 전주로 피란 가서 빌려 본 매화 무늬 화심에 핏빛 진사辰沙가 가슴 저리게 선연히 박혔던 이조 백자 필통의 기억을 불러일으킨다. 전주의 시인 이철균이 내 옷소매를 끌어 경기전 옆의 어느 참봉 미망인 할머니가 하는 막걸리 주막에 들렀다가, 뜻밖에 그 방 한구석에 처박혀 있던 필통의 매화 무늬 화심에 박혀 연연키만 하던 그 핏빛 진사. 얼마나 주면 팔겠느냐니까, 쌀 한 가마 값만 달래서 월급 때 그러기로 하고 외상으로 맡아, 내 우거로 안고 왔던 진사. 그러나 피란 중의 한개 고등학교 교사의 월급으로는 그 약속도 지킬 수가 없어 아내와의 논전 끝에 겨우 쌀 한 말인가를 덜어 주어, 그동안 빌려 본 값으로 사과하며 바치면서 섭섭하게도 만지작만지작 되돌려 주어야만 했던 그 진사 필통.

그걸 저절로 안 기억할 수 없어 기억하면서, 가만있어라, 이게 벌써 몇십 년 동안의 긴 시간의 빈 데를 소유 못 했기 때문에 불가불 간절하지 않을 수 없는 진사를 향한 그리움으로 그득히 채운다. 그러고서 마지막 남아 꿈틀거리는 내 지성은 또 헤아리는 것이다.

'이것이 어째서 내 시의 손해냐? 이익이라도 큰 이익이지 어째서 손해냐?'

그러자 내 이런 마음의 냄새를 어떻게 맡은 것인지 한동안 어느 구석에 가서 있는가조차 까마득하던 내 문하의 시 문학청년 하나가 며칠 전엔 불쑥 내 방문을 열고 들어와 앉으면서, 두리번두리번 내가 주워다 놓은 돌막들을 한바탕 보고 나서는 "선생님도 저나 마찬가지로 국민학교 아이들마냥 할 수 없이 돌막이나 주워 모으고 계시는군요" 하더니만, 바로 그 이튿날은 땀을 뻘뻘 흘리며 큼직한 상자에 그뜩 그동안 모은 돌막들을 담아 메다가는 내 앞에 와르르 쏟아 놓았다.

가을날 땅 위에 떨어져 누운 한 잎 낙엽 같지만 아직도 씽씽한 물기가 마르지도 않은 것같이 생긴 돌. 아프리카의 딱한 토인들이 꿈 많은 수풀 사이의 강을 오르락내리락하는 둥그런 카누의 배 모양 돌. 억울한 귀신 얼굴이 역력히 부조되어 박혀 있는 돌. 한 마리 두견새 모양을 한 돌. 옆에 그 두견새가 앉아서 울었으면 딱 안성맞춤일 막막한 한바탕의 절벽으로 되어 있는 돌. 그런가 하면 그래도 진골 입네 하고 희다 못해 푸르른 단단한 골격 속에 약간의 가무야한 구름도 띄우고 있는 돌.

그런 것들을 갖다가 와그르르 내 책상머리 방바닥에 쏟아 놓고는 하는 말이, "이것들은 제가 그동안 강원도 산골을 누비고 다니면서 제 인생에선 그래도 제일 좋아서 주워 모은 겁니다만 사실은 이걸 선생님만큼도 늘어놓고 볼 자리도 없어요. 어디 훈장 자리라도 취직을 해야겠는데, 그걸 하재도 몇십만 원은 있어야 한답지요? 그래 그것도 겨우 만들어 놓았으니 어디 한군데 뚫어 주십시오" 하는 것이다.

내 제자는 그의 인생에서 그래도 그중 좋은 이 돌막 줍기에만 골몰하노라고 그와 많이 비슷한 스승인 나까지도, 그래도 신문이라도 보아 잘 알고 있는 최근의 변화된 사실마저 까마득히 모르고 있는 것이다. '훈장도 관영의 시험을 치르지 않고는 절대로 될 수가 없다'는 그것도 아직 모르고만 있는 사람인 것이다.

그래 나는 그걸 그에게 알아듣게 설명해 주고, "시험을 보게. 한 1년 공부해서 시험을 보아. 자네가 둘 곳 없어 가져온 이 돌막들은 한 개도 없애지 않고 그동안 내가 맡아 둘 터이니. 시험 보아서 합격해 이것들을 가져다 놓을 자리를 마련하거든 그때 도로 다 갖다가 놓고 보게" 그렇게 타일러 그의 찬성을 얻었다.

그리고 가져온 돌들을 서로 대조도 하면서 다시 자세히 보니, 그가 낙엽이라고 했던 돌은 또 한 개의 다른 돌—아프리카 토인의 카누 배 같은 돌 위에 차악 고여 붙여 올려놓으면 낙엽이 아니라 한 범선의 돛일 수도 있다는 데 착안하고 그렇게 배치해 그의 눈앞에 보이며, "보게, 자네가 낙엽으로 봤던 돌은 이렇게 범선의 돛일 수도 있는 돌이네. 자네가 대학의 내 교실에서 나한테 귀에 못이 박히게 들었을 테지만 시는 말이기보단 먼저 그 구성 여하에 달린 것 아닌가?"

어쩌고 퍼부어 댔다.

이렇게 되어, 나는 위의 거저 빌린 난초꽃이나 쌀 한 말쯤 주고 빌렸던 진사 필통과는 또 다른 느낌과 의미로 제자의 돌막의 일단들을 내 시의 무소유의 원리 속에 또 빌려 맡아 가지고 있다.

그러나 이 제자의 돌막들을 맡은 경우도 내 시의 마음속의 지성은 머뭇거릴 것 없이 의젓하게 또 주장하는 것이다.

'소유 못 한다는 것—이게 어디 손해냐? 이익이지. 이익이지. 한정 없는 이익이지!'

(『현대시학』1974.4.)

영산홍 이야기

영산홍 꽃잎에는
산이 어리고

산자락에 낮잠 든
슬픈 소실댁

소실댁 툇마루에
놓인 놋요강

산 너머 바다는
보름사리 때

소금밭이 쓰려서

우는 갈매기

「영산홍」이라 제목한 이 시 작품을 쓴 것은 초고 노트를 보면 1966년 8월 11일로 되어 있지만, 이때까지도 나는 영산홍이라는 꽃을 정말로 알고 쓴 것이 아니라 사실은 서울에서 '아기씨꽃'이라고 부르는 그 붉은 산단꽃을 어려서부터 영산홍으로 잘못 알아 온 관계로, 산단꽃의 빨간 빛깔을 그리며 이걸 쓴 것이다.

웃긴다 하자면 웃기는 이야기가 아닐 수는 없지만, 이런 잘못은 내게는 세 보자면 꽃에서뿐이 아니라 딴걸 두고도 꽤나 많이 있었던 것 같고, 또 이런 잘못 안 대로의 실감도 못 쓸 것은 아니었던 걸 회고하자니 이것도 좀 묘한 일인 듯만 싶어, 여기 이렇게 쓰고 있다.

친부모가 아니라 가부모 덕분으로 자란 놈이 더 부모의 좋은 맛을 볼 수도 있고, 또 신부로 아무거나 하나 잘못인 양 골라서 사는 자가 오히려 더 뒤에는 아내 재미를 톡톡히 보는 따위의 일도 내 잘못 안 영산홍 재미 비슷한 것 아닐까.

그런데 가만히 곰곰 생각해 보자니, 내가 붉은 산단꽃을 영산홍으로 잘못 알게 된 것도 꽤나 오래전 일이긴 일이다. 내가 열네 살에 소학교 6학년일 때, 이조 말 승지의 소실 하나가 과부가 되어 아들 하나를 데리고 우리 줄포의 어떤 여관집 주인 홀아비한테 두 번째 시집와서 살고 있었는데, 그 아들애가 나하고 한 반이라 어느 날 하학 뒤에 여관집 뜰에 핀 산단꽃을 그와 함께 보게 되었다.

"야 이뿌다. 이름이 뭣이대?" 내가 동급생에게 묻고 있는데 그의 의붓아비 쪽에서 데불고 온 이복의 아우가 어디서 튀어나와서 "영산홍이다" 하는 것을 형은 아니라고 하긴 했었지만, 동생 놈이 제 아버지 힘만 믿고 기가 세져 있는 놈이라 "아니긴 뭣이 아니여!" 우겨 대고 형은 그만 침묵해 버리고 말아, 아우 놈 쪽의 강렬했던 주장의 인상으로만 나는 이 산단을 영산홍으로 기억하고 만 것이다.

진짜 영산홍을 승지였던 망부의 뜰에서 본 일이 있어서 아우에게까지도 눌리던 내 동급생 아이가 산단을 보고 아니라고 서글프게 나직이 반대한 것까지를 나는 그때는 아직 이해 못했던 것이다.

내가 산단과 영산홍을 식별할 줄이나 안 것은 부끄러운 일이나 사실은 1970년 내 오랜 30년쯤의 공덕동 집을 떠나서 관악산 밑 예술인마을이란 데에 쬐끄만 소굴 하나를 새로 꾸민 뒤의 일이다. 빈 뜰에 무엇 심을 꽃나무들을 찾아다니다가 두 가지를 다 알게 되면서, 내가 영산홍으로 안 것이 정말은 붉은 산단이었다는 것도 알게 되고, 과부 된 어머니의 재가 뒤를 따라서 의붓아비 밑에 천덕꾸러기로 살던 내 소학교 동기생이 의붓아비 쪽의 아들인 동생 앞에서 그건 영산홍이 아니라고 힘없이 반대하던 것이 맞았던 것도 확실히 알게는 되었다.

그러나 내가 관악산 밑으로 와서 싸구려 꽃나무 장수들한테 몇 포기씩 사들인 영산홍이란 이름의 여러 가지 빛의 나지막한 것들은 내 심미욕엔 맞는 것이 못 되었다. 나는 그런 신통치 못한 영산홍보다 염염히 붉은 산단을 한층 더 좋아하고 지낼밖에 없었다.

그러다가 바로 지난해 5월 초순, 나는 동국대학교로 가는 버스 칸에서 서울역 – 퇴계로 쪽 길가의 어느 빈터로 눈을 옮기다가 그만 '얏하!' 하는 감탄사가 가슴속에서 폭발하지 않을 수 없었다. 너무나 추워서 반가운 일도 또 그렇게 얼기만 할 북쪽 러시아 사람들에게는 '앗흐!'라는 감탄사가 문법책에도 다 나와 있다. 그렇지만 내가 이때 내 마음속에서 발산한 감탄사는 이보다도 수등數等 넘쳐 나 터지는 것이었다.

나는 학교에서 귀로의 때만을 기다리고 지내다가 서울역 모퉁이에 당도해 주인에게 물어보고 그것이 진짜 영산홍―고려영산홍이라는 것을 비로소 난생처음으로 알았으며, 그와 동시에 요만한 것이 있어서 사람들이 '영산홍 영산홍' 해 왔구나 하는 흡족한 실감도 가지기 비롯하게 되었다. 또 내 그 불쌍한 소학 동기 아이가 망부의 뜰에서 본 것도 이것이나 되니, 의붓아비 쪽 자식의 기세 앞에서도 산단은 영산홍이 아니라고 할 수 있었구나 하는, 45년 전의 어릴 때를 재이해하고 재감동하는 느낌도 들었다.

얼맙니까, 물으니 17만 원! 이것은 내 월급 두 달 치를 고스란히 합친 것만 한 값인데, 내 푼수로 감히 어떻게 손에 넣어 볼 엄두나 내겠는가? 떠나자니 그저 무한정 안타깝기만 할 뿐이었다.

그런데 무에 안 될 일도 되게도 만드는 사람과 사람 사이의 인연이란 참 묘한 데가 있다.

서울역 모퉁이의 17만 원 달라는 한 길 남짓한 영산홍을 선보고 온 뒤 며칠이 안 된 어느 공일날 오전, 관악산 내 우거를 뜻밖에 찾은 것은 막내 놈 소학교 때의 은사 중 한 분인데, 용건인즉 큰따님의 주례를 봐 달라는 것이었으나 그 용건 밑에다 그는 아래와 같이 주를 달았다.

"저는 안양 구석에서 꽃나무밭을 부업으로 한 2천 평 가꾸고 있습니다. 그래 황철쭉을 하나 우선 가지고 와 뜰 앞에 놓아 두었으니 정으로 알아주십시오."

그래 나는 대뜸 서울역 모퉁이의 그 진짜 고려영산홍이 생각나서 "그것도 있습니까" 물으니 "그건 저의 농원에는 아직 못 심었지만, 바로 이웃에 있으니 싸게 사 드리지요" 하는 것이다. "1미터쯤의 묘목이면 얼마나 갈까요?" 하니 한 4, 5천 원 할 것이지만, 자기가 들면 2천 원 정도면 될 거라 하는 것이다. 이렇게 열리는 길이 어찌 묘한 인연이 아니라고 할 수 있겠는가?

나는 물론 내 앞에 올 첫 한가한 날을 고려영산홍 입수의 날로 정해 많이 기다리다 출발해서, 소개자인 내 막내의 국민학교 때 은사를 앞세우고, 안양 옆 군포에 있는 고려영산홍의 본포 고려농원을 찾았다. 한글학자인 김선기 씨 부부와 내 손아래 처남 방한열 군이 동행했는데 그들도 그야 이걸 싸게라면 한두 포기씩 사 심어 즐겨 보자는 속셈이었다.

그리고 일은 처음 예상보단도 더 잘되어 가는 듯했다. 아직 눈에 드러나 보인 일이 전혀 없던 속 인연의 줄이 하나 시공 속에 드러나서 내가 그 고려영산홍을 잘하면 돈 안 들이고도 입수할 만한 가능의 쪽으로 뻗치고 있는 것이다.

즉 고려농원주와 인사말과 통성명을 하는 중 그는 "아, 선생이 바로 시인 서정주 선생이신게라우? 저도 선생의 글을 좋아합니다. 요얼마 전에 라디오에서 무슨 말씀하시는 것도 잘 들었구만이라우" 하고, 또 자기도 전라남도이긴 하지만 하여간 전라도 사람은 전라도 사람이니 우리는 같은 호남의 동향인이 아니냐는 것까지 호감으로 토 달아서 벙그레 웃으며 말하고 있었다.

뿐만 아니라 그는 고려영산홍 선전용의 인쇄한 광고지 몇 장을 가져다가 우리 일행에게 쭈루루 나누어 주며 "여기 적혀 있는 우리 고려영산홍의 역사는 아무래도 미비한 것 같으니, 선생들 중에 누구시든지 역사를 자세히 알아내서 여기 보태어 주신다면, 예, 좋소, 우리 고려영산홍이라도 패나 볼만한 놈으로 아따 그저 한 그루 바쳐 올리지요" 하기까지 하는 것 아닌가?

또 내가 그 역사까지는 아무래도 자신이 없어서 "내가 영산홍을 두고 지은 시를 한 수 자필로 써 드리는 걸로 어찌 될 수 없을까요?" 하니 그는 잠시 머리를 꺄우뚱하고 망설이다가 "예, 그것도 생각해 볼 만한 일이지라우" 하는 것이다. 이리해서 고려영산홍 입수에의 가능의 길은 비로소 내 눈앞에 환해진 것이다.

그러나 돈이나 권력을 가지고 척, 척, 점령해 차지해 버리는 것이 아니라 요로초롬한 아스라한 인연의 실마리를 따라서 무얼 입수하는 길이란, 꽃을 두고나 미인을 두고나 단숨에 후다닥닥 이루어지는 건 아니다. 예나 지금이나 그건 그런가 보다.

"역사나 시는 찾고 쓰거든 뒷날 가져오기로 하고 우선 묘목이라도 한두 개씩 사 가려 하니, 잘 값 쳐서 좀 나누어 주시오" 내가 말했더니 "한 2, 3천 원짜리 묘목도 있긴 있습니다만, 그것들은 금년에 온 상에서 옮겨 심은 지가 얼마 안 되었으니 한 1년 더 두고 발근하는 걸 봐야지, 지금 가져가도 살지 어쩐지 위험해서라우" 다음 곡절은 또 이리 나오는 것 아닌가?

한 그루 만 원짜리 정도의 묘목이라면 옮겨 안심될 것도 있긴 있었지만, 한글학자 김선기 씨나 은행의 한개 과장인 내 처남이나 내게는 그만큼 한 돈도 여유로 가진 것이 없었으니, 좋을 뻔 좋을 뻔 가까워만지다가 고려영산홍의 입수는 다시 부지하세월의 그리운 것으로만 저만침 멀리 놓여, 우리 일행은 그저 안타까운 그전대로의 공수空手로 귀소해 돌아올밖에 딴 수는 없이만 또 되고 만 것이다.

그래 그 뒤 1년을 폴 발레리가 14행 시 「잃어버린 술」에서 말하고 있는 것과 비슷이 그 무無 속의 도약하는 형상만을, 붉은 술이 아니라 영산홍으로 문득문득 심안心眼으로만 벅차 그리고 지내다가, 올봄 3월 말엔 애써 그동안 모은 돈 2만 원쯤을 호주머니에 담고 또 자작 시 「영산홍」과 여벌로 「무등을 보며」의 일절도 우리 전주 한지에 모필로 정성껏 정성껏 써서 품에 끼고 재차 그 고려농원의 고려영산홍을 맞이하러 갔다.

그래 나는 고려영산홍 본포의 주인을 만나자 "여기 약속대로 영산홍 시를 써 가지고 왔소" 한마디 건네고는 먹글씨로 쓴 것들을 그의 눈앞에 펴 놓고, 이게 좋은 거라는 걸 알리기 위해서 꽤나 장광설을 늘어논 뒤에 그러나 매매의 통례대로 따라야 할 것에 마음이 가서 "한 5천 원짜리로 잘 생각해서 서너 그루만 주시오" 해 보았다. 물론 '적어도 15만 원짜리쯤은 한 그루 아마 그중에 있을 테지' 속으로 기대하면서…… 왜냐면 지난해 문인협회에서 개최한 전국 순회 시화전에서 자필의 내 것들은 한 폭에 한 6, 7만 원 정도로 다섯 폭이 힘 안 들고 팔렸다 하니, 그런 것도 속셈으론 다 요량해서였다.

그러나 우리 고려농원주는 내 시폭을 그만한 값으로 살 만한 돈도 아직은 벌지도 못한 사람이었다. 그는 "모두가 남의 정성 들인 것은 생각지도 않고 값을 깎자고만 하니 걱정이어라우. 재벌 이 모 씨가 사람을 보내 우리 영산홍 4백 그루를 흥정했는데, 값이 어디 제대로 되어야지라우. 그렇게는 못 한다고 그냥 돌려보냈더니, 들리는 말이 '고려영산홍 주인은 돈밖에 모르는 땅두꺼비다' 하더라는가요. 자기는 무얼 알아서 그렇게 부자가 되었는디?" 어쩌고 투덜대고 있었다.

내가 "암 그렇고말고. 이 모 씨도 땅두꺼비가 아니면 무얼로 그 부자가 되었간디……" 어쩌고 그의 비위를 맞추고 있은 것은 사리事理도 사리지만 물론 큼직한 고려영산홍 나무 하나를 기대하는 마음이 앞섰던 것이다. 그래서 이래저래 모든 필연성이 다 참가해서 내게 주어진, 여기서 평가된 그 '영산홍 시' 기타 휘호료의 금액수는 일금 4만 원이 되었다.

"이건 보통 팔자면 4만 원은 받는 것이지만 어디 값을 받을 수 있겠소? 한 그루 그냥 가져가십시오" 이래서 나는 몇 그루의 고려영산홍 묘목 옆에 일금 4만 원짜리의 한 길 남짓한 또 한 그루를 가지고, 올봄의 그 개화에서 산화까지를 치르게 되었다. 내 눈에서 독이 날 정도로 햇빛이 있는 동안까지는 보고, 보고, 또 보고 해 왔음은 물론이다.

그러나 내 집에 들여놓고 이것을 오래 보고 지내는 동안에 나는 "참 이쁘기는 이쁘다. 그렇지만 어딘지 픽 느끼하다. 마음이 평안치 못하다"는 말을 아내보고 했더니, 아내도 "맞소, 무척 이쁘지만 관악산 철쭉 쪽이 한결 마음 편하게 이뻐요" 했다.

이렇게 마음 졸여 만난 고려영산홍이어서 그만큼 한 인연처럼 평안치도 아니하게 이쁜 것일까.

여기까지 읽으신 분은 아마 픽! 웃을 것이다.

이만큼 한 픽 웃기는 것이 내 시 속에 혹 있다면, 이건 이 고려영산홍 이야기 비슷한 데서 우러져 나온 것인 듯하다.

(『현대시학』 1974.7~8.)

인연

지난봄 아내가 내 고향 마을에 볼일이 있어 내려가서, 아버님 산소가 있는 산골에서 고사리를 뜯고 돌아다니다가 발견한 것이라고 하며 상경 귀소해 돌아올 때 춘란 두어 뿌리를 가져왔다. 이것은 금년에 있은 얼마 안 되는 내 가장 기쁜 일 중의 하나가 되는 것이라, 나는 손수 난분 가게에 나가 흑죽도黑竹圖가 있는 사각형의 분 하나를 구해다가 그것을 여기 옮겨 심고 나날이 그 건강을 엿보고 지냈는데, 이식한 지 두 달 남짓 지낸 요즘에는 거기 새로 솟아오르는 촉도 보이고 하여 겨우 안심하고 '석오石悟'라는 이름까지를 새로이 난초에 붙이게 되었다.

석오란 내 선고가 생전에 쓰시던 아호다. 그분 생전에 우리 부자는 무얼 자세히 말해야 할 것도 거의 모두 침묵 속에만 깔고 지내 온 터라 그 아호의 내력도 또 골라 쓰신 실감도 알아 두지는 못했지만, 그게 '돌의 깨달음'이라는 뜻일진대 난초의 생명을 상징하는 이름으로선 알맞게 생각되었고, 이 난초는 석오 선생 그분의 산소 근처에서 난 인연을 가진 것이니 그 이름을 갖는 것은 더구나 적당하게 느껴져서 그리 붙인 것이다.

그런데 여기까지를 듣고 보면 독자도 느낄 것이지만, 이게 어찌 꼭 이렇게만 시간과 공간과 사람들을 만나서 이루어져야만 하는가 하는 것을 조끔조끔씩 더 깊이 느끼고 생각해 가노라면 참 이상한 느낌 속에 빠져들어 파묻힌다.

내 고향인 전북 고창군 부안면 선운리 뒷산의 난초는 여기가 한 난초골인바에는 금년만이 아니라 아마 퍽 오래전부터 거기 자생하고 있었을 것이니, 우리 가족 중 누가 그걸 발견하려면 일찌감치 훨씬 더 전에 발견할 수도 있었을 것이다. 그런데 왜 하필이면 아버님의 생전이 아니고 사후 몇십 년 만에 그것도 내가 아니라 아내의 눈과 만나서 이게 꼭 선고의 묘지 근방에서 발견되는가? 이런 눈에 안 보이는 필연성의 통로는 어떻게 이루어지는 것인가?

그것을 생각하다가 아내는 내가 손수 고른 신붓감이 아니라 아버님이 찾아다니다가 눈여겨보고 만난 그의 자붓감이었던 것을 기억해 낸다. 그러고는 내 선고 묘지 옆 산골의 이 난초가 내가 아닌 그의 자부의 눈을 먼저 거쳐 내게 전해져 오는 불가시不可視의 정신의 그 통로와 더 잘 일치하는 것을 느끼고 묘한 생각에 잠긴다.

그러면서 또 생각한다. '흥! 자기 자부를 나보단도 더 믿었으니까 그네에게 헌병憲兵으로 이걸 먼저 가지게 해서 그런 계율로 나를 다시 내 선고 당신의 의지 옆에 서게 하시려는 것인가요?'

그런데 여기까지면 이야기는 좀 간단하다고도 하겠는데, 이건 여기에만 멎는 것이 아니라 다시 또 한 굽이의 파동을 한다. 이런 내 고향 춘란 석오를 두고 끙끙거리고 앉아서 밤잠을 늦추다가 늦잠을 자고 일어난 오전, 문득 내 대학 제자 하나가 찾아든다. 그는 내가 가르친 시에서는새로 수석이나 분재 같은 자연과의 직접 통로 쪽으로 간 장준근이라는 사내다. 그는 말한다.

"선생님. 난초를 하신다기에 왔는데, 무엇을 그 난초에서 보시지요?"

"부자 이대父子二代를 보고 있네."

그렇게 대답하며 나는 할 수 없이 고향의 아버님 산소 앞에서 아내가 찾아내 캐 온 석오라는 춘란을 내다 보이며 그것이 내 방에 온 까닭과, 석오라는 이름을 가진 까닭을 알아듣게 설명할밖에 없다. 그러면 장준근은 또 소원해 말한다.

"그렇다면 그 석오란을 저도 한 분 주십시오. 그리고…… 저는 초목하고 또 돌도 무척 아껴 온 사람이니, 괜찮으시다면 석오라는 선생님 선군자의 생전의 아호도 제게 대물려 주시고요……"

그러면 이것도 또 "그러세" 할밖에 "아니다, 안 된다"고 할 장사나 따로 있겠는가. 이렇게끔 되면 인연이 묘하다. 한 무더기의 풀을 두

고도 늘 얼크러져 있어야 하는 아버지와 나와 내 제자거나 아들들의
삼대—과거와 현재와 미래의 이런 인연은 참 묘하다는 생각이 안 들
수 없는 것이다.

　이런 건 한밤중에 생각해 봐도 기가 막힌다. 그래서 나는 요즘 이
런 인연이라는 걸로 내 시들을 쓰고 있다.

(『현대시학』 1974.9.)

난초 이야기

아내가 올봄 내 고향 마을 선운리에 가서 아버님 산소 옆 골짜기의 고사리를 뜯다가 발견해 가져온 난초가 신기하게도 내가 가진 20여 종의 한국 춘란 중에서도 그 잎 모양이 한결 멋있어 보여서, 이것이 이렇게 내게 온 인연을 아껴 '석오선운石悟仙雲'이라는 이름을 새로 지어 붙이고, 영 하염없는 때 여기에 동화하는 걸로 자위를 해 오고 있다.

'석오'는 내 선고의 아호이고, '선운'은 내 고향 마을의 이름으로 이 난초와는 둘이 다 깊은 관계가 있는 걸 생각해 이렇게 이름 붙여 놓고 보니, 그것도 또 조화가 아닌 것 같지는 않아 꽤나 육친적인 동화를 이 난초와 나는 문득 계속해 오고 있다.

『공자가어』엔가에 보이는 '선인善人하고 사귀는 것은 지란芝蘭의 방에 들어감과 같나니, 오래도록 향내를 맡기는 어려우나 동화는 되느니라'가 아니라 '석오선운란과 같이 사는 것은 선고와 나의 고향과 저승에 들어감과 같아서⋯⋯'인 것이다.

그러다가 올여름 내 큰처남 방한열이 일본에 잠시 공부 갔다 돌아오는 길에 중국 춘란의 명문 송매宋梅 한 분을 구해다 주어서, 나는 이것과 석오선운란을 즉시 대조 음미해 보았다. 잎사귀의 검푸른빛이 우리 석오선운은 좀 덜해서, 말하자면 벼루에 먹을 좀 덜 갈아 묻혀서 써 놓은 글씨 같기는 하지만 꽃이 아직 없는 대로, 양자의 우열을 여러모로 눈여겨 가리고 있다가 나는 단연 석오선운이 점수를 더 차지하시는 걸 보고 쾌재를 아니 부를 수 없었으니, 이 역시 큰 다행 아닌가.

송매는 중국 춘란의 명성다웁게 딴 난초들이 좀처럼 잎사귀 모양에서 잘 가지지 못하는 이곡二曲의 곡선을 너 보란 듯이 몇몇 잎사귀에 멋들어지게 드러내고 내게 시위했다. 직선만으론 도저히 살 수 없는 험로의 인생 곡선의 상징이겠으나 직선보다도 훨씬 더한 역량의 운치 있는 곡선의 상징으로서 곡엽曲葉의 난초 잎은 높이 평가되고 음미되는 것이지만, 두 번을 잘 굽어 뻗은 것은 드문데 송매가 몇 군데 잎사귀에서 하고 있는 그것을 우리 석오선운란은 한결 더 아조 썩 잘해 보이고 있다.

우리가 먹만으로 수묵도를 그릴 때 진한 먹색 옆에 좀 옅은 먹색이 한결 더한 운치라면 우리 석오선운란의 좀 엷은 듯한 빛은 그대로 우수優秀이다. 더구나 한 분의 난초 잎의 격풍취格風趣에선 때로 파격일 만큼 길게 뻗어 잘 굽은 수염數葉이 적당스레 있어야 하는데, 이 점에서 보자면 송매는 아무래도 우리 석오선운의 발꿈치에 있는 것만 같아 보였다.

그래 나는 이 두 대조 속에 우리 고향 마을 난초가 나아만 보이는 숨은 자신과 긍지로 여름을 보내고 가을을 맞이하고 있다.

그러던 가을의 어느 날 오후 서울 신세계백화점 옥상의 난초 가게에 송매 한 분이 눈에 뜨여 값을 물으니, 한 촉에 2만 원씩 달라고 한다. 그래 나는 속으로 요량했다.

'가만있자. 내가 가진 송매 분은 다섯 촉짜리니 10만 원은 되겠군. 그렇다면 석오선운은 꽃은 아직 못 봤지만 그 잎사귀 푼수만으론 중국 명문 송매보단 우수하니 10만 원쯤이사 확실히 넘는 것이 되겠군. 내 시도 어쩌면 아마 그쯤일 수도 있겠군……'

그런데 최근 동양란의 최대 집산지인 일본 동경의 난초 시가를 잘 아는 어떤 이에게 들으니 거기 미쓰코시에서 파는 난초의 최고 가격은 달러로 10만 달러쯤 가는 것까지가 있더라고 한다. 우리는 그저 입이나 딱 벌리지 않을 수 없을 만큼 잘사는 사람들 세계의 이야기인 것이다. 10만 달러짜리 난초 이야기를 듣자, 하늘에서 내게 오는 소리가 있는 듯했다.

"그렇지만 미당 이 사람아. 자네 석오선운란은 아직 넓은 세계의 평가도 못 받아 본 것 아닌가? 10만 달러보단 훨씬 더 비싼 것일 수도 있어."

나도 역시 그건 그렇다고 생각한다. 그래 이 세계의 값비싼 난초

꾼들이 '내 것은 1천만 원짜리네! 와서 한번 보게!' 하는 소리를 하늘에서 울려 보내는 듯할 때마다 나는 '내 석오선운은 그보단 좀 더 비싼 것일 수도 있다. 내 석오선운이나 한번 와서 보아라' 하는 마음 속 대답을 하늘로 보내곤 하는 것이다.

내가 지금까지 40년이나 시를 해 온 마음속 모양도 아마 이와 아조 많이 닮은 것 아닌가 한다.

(『현대시학』 1974.12.)

청댓잎처럼

　3년 전 봄 내가 여기 관악산 밑으로 새로 이사 온 기념으로 어느 친구가 주어 심은 시누대나무 몇 포기가 그동안에 새끼를 쳐서 두어 발쯤 넓이로 무성히 담장을 넘어 새파랗게 하느작거리는 것을 번히 바라보고 지내는 것이 이 겨울의 가장 큰 행복한 재산의 하나가 되었다.

　어떤 사람들은 황금이나 은을 모아 그걸 어루만지며 큰 행복으로 느끼기도 하고, 또 두보 같은 시인은 '탐내지 않아야 밤에 안 보이는 금은의 기운도 보게 되는 것'이라고도 했지만, 내게는 이 두 가지가 다 아직 들어맞지 않은 듯 유리창 밖에 보이는 시누대나무쯤이 저만큼 서서 있어 이것이나 겨우 행복한 재산인 양 싶으다.

　그래 나는 아침에 눈만 뜨면 먼저 두 겹 창을 조절해서 시누대나무들이 앉은 자리에서 잘 보이게 해 놓고 되도록이면 해가 있는 동안은 이걸 조금이라도 더 많이 내다보고 누리기에 골몰하고 있다.

내가 가진 무엇보다도 또 내가 할 수 있는 무슨 일보다도 이 겨울은 이게 평안하고 너절하지 않고 실수할 것 없이 목숨이 온전한 걸 느끼게 하기 때문이다.

얼음 위에 댓잎 자리 보아
님과 나와 얼어 죽을망정
얼음 위에 댓잎 자리 보아
님과 나와 얼어 죽을망정

고려가요 「만전춘」의 애인의 이미지를 나도 이십대에는 대수풀만 보면 많이 가졌었고, 또 가능하면 그런 애인처럼 대수풀 속에 있고도 싶었지만 이제 나이 육십이 다 되어서 그런지 밤을 기다려 그렇게쯤 실천해 볼 용기는 나지 않는다.

또 대나무를 보며 이 기억 저 기억 뒤척거리고 있으면 사십대의 어느 첫가을 '새빨간 칸나가 참 기막히겐 피었습니다'라고 내게 편지했던 여인이 뒤에 나를 찾아와서 "칸나같이 너무 붉으면 고단해 못 견디겠지요. 연분홍빛 카네이션핑크쯤으로 빛깔을 엷게 해야만 쓰겠구먼요" 하던 말도 생각나지만, 청댓잎의 푸른빛을 인제 카네이션핑크로 바꾸어 놓아 볼 생각도 들지 않는다.

그럼 나는 그만 일찌감치 늙어 빠져서 '얼음 위에 댓잎 자리 보아

님과 나와 얼어 죽을망정'이나 새빨간 칸나빛이나 카네이션핑크에서까지 영 인연 없어진 다 바랜 것이 되었단 말인가.

그렇게라도 되었다면 적이나 좋으리오. 그러나 천만에 이 겨울의 푸른 댓잎들 속에 「만전춘」도 칸나빛도 카네이션핑크도 또 내가 안 벌고 접어서 하늘에다 팽개쳐 준 막대한 황금들도 고스란히 다 모아 담은 채 그저 그걸 바라보고만 싶은 것이다. 그런 내 목숨의 문간처럼 이 겨울의 푸른 청댓잎을 되도록 더 많이 바라보고만 싶은 것이다. 이러기 위해서 이보다 더 좋은 걸 나는 아직 모른다.

양하 나물

　호남 지방, 특히 전주나 정읍 언저리에서 많이 먹는 여러 나물들 가운데서 양하보다 더 맛있고 향기로운 것을 나는 모른다.

　잎과 줄기는 생강하고 비슷한 다년생의 이 풀을 입치례하는 호남 지방의 어떤 가정에서는 울타리 안에 주욱 늘어 심어 두고 가을을 기다리는데, 음력 추석 무렵이 되면 양하의 뿌리에서 우리의 기다리던 입맛을 달래어 주는 아름다운 새순이 올라오기 때문이다. 대나무 밑에서 올라오는 죽순 비슷하지만 이것의 여러 겹으로 된 껍질은 죽순 같은 빛이 아니라 자줏빛이고 또 아주 연해서 전부를 먹게 되는 것이다.

　졸여서 볶아서 나물로 무쳐도 먹고, 쇠고기 두부 같은 것과 함께 탕으로 만들어서도 먹는데 이 신선한 향기와 맛은 산과 들과 바닷속의 어느 나물도 감히 따르지 못할 것으로 안다.

몇 해 전에 미국에서 나오는 어떤 잡지를 보니 일본 사람 누가 양하를 소개하는 글을 썼는데, 일본 사람들이 만든 전설을 인용한 것이 재미가 있어 여기 대강 옮긴다.

'도둑 마음보를 가진 한 가족이 경치 좋은 깊은 산속 외딴곳에서 구경 오는 나그네 상대로 여관을 경영하고 있었는데, 손님이 가지고 온 보따리를 털어서 그들은 잘살았다. 터는 방법은 뭐냐 하면 폭력이나 사기나 절도질이 아니라 맛 좋은 양하 나물을 잘해서 먹이는 것이다. 그러면 그 맛이 너무나 좋아 나그네들은 거기 도취해서 온갖 걱정뿐 아니라 들고 온 보따리까지도 깡그리 그만 잊어버리고 가기 때문이다.'

이런 전설까지를 내세워 미국 사람들한테까지 그 맛을 자랑하는 걸 보면, 일본 사람들도 이 나물을 맛보아 아는 사람들은 무척 즐겨 온 걸 알 수 있다. 우리나라에서도 옛날부터 아주 맛있는 것을 먹으면 무얼 깡그리 잊어버린다는 표현으로 '꿩 구워 먹은 자리'니 하는 말이 있는 것과 비슷하다 하겠다.

그러나 이제 양하가 서울의 겨울 기온엔 살아남지 못하는 게 유감이다. 나는 벌써 몇 번을 이걸 옮겨 심었다 실패한 끝에, 지난 초겨울엔 촌에서 볏짚을 사들여 아주 두두룩히 춥지 않게 덮어 주고 새봄을 기다리지만 날이 따뜻해져 봐야지 어쩔 것인지 아직은 모르겠다.

올해 만일 이것이 잘 자라 추석에 나물을 만들어서 술안주를 하게 되면 나는 무엇을 잊어버려야 할까를 생각해 본다.

그러나 나는 이미 잊을 것은 대강 다 잊어버리고, 꼭 안 잊어야 할 걸로 아이들이니 시니 그런 것만 마음속에 겨우 남겨 가지고 있는데 이것들마저 그 양하 맛 바람 같은 것에 잊어서 될까.

그렇다면 나는 제아무리 맛이나 향기가 좋대도 이것도 물론 먹지 않겠다. 나는 내 아이들과 내 시까지는 그래도 잊지 않는 한도에서만 이 맛과 향기를 애용할 것이다.

(『여성동아』 1974.4.)

먼산바라기

'먼산바라기'라는 말이 있다. 언행하기를 싫어하고 우두머니 앉아서 먼 산만 바라보고 있기를 일삼는 사람을 두고 이른 말인데, 나도 근년엔 어느 사인지 이 먼산바라기 쪽으로 점점 더 기울어 와서 인제는 이것이 그래도 가장 달가운 일이 되어 가고 있으니 아마 그 초경初更은 이미 넘어선 성싶다.

생각해 보았자 무슨 뾰족한 해결책도 서지 않는 일들, 내 뜻과는 반대로 야박하기만 해 가는 세태 인심―이런 것에 마음을 썩이는 가슴 아픈 고단함보다는 자연의 선미한 풍경의 조화 속에 동화해 있는 것이, 나는 첫째 마음 편안하여 되풀이 되풀이 거기 눈과 마음을 포개다가 이리되었다. 딴 먼산바라기들도 결국은 나와 거의 마찬가지 취향에서가 아닐까.

산뿐만이 아니다. 뜰에 피기 시작하는 매화나 목련, 개나리나 진달래 어느 것에든 나는 한번 눈을 주어 그걸 보기 시작하면 영 좀처럼 거기서 눈과 마음을, 어줍지 않은 사람들의 그 많은 일들 쪽으로 돌릴 생각이 나지를 않아 그것들만을 보고 보고 또 보며 합해져 들어가고 있는 것이다.

이렇게 하여 나는 에누리하다가 하다가 마지막 보류해 둔 내 마지막 인간 존엄과 사랑을 그래도 지탱할 수가 있고 또 심미감도 겨우 보존한다. 그러고 언행 달성은 내 자손과 제자와 후배들에게 미룬다. 너희들 때나 세상에서 무엇 소원대로 되게 생겼거든 한번 잘해 보려무나.

어느 꽃이나 돌이나 구름에 두 눈을 박고 문득 이런 생각을 하고 있을 때 우리 집 옆의 국민학교 아이들의 아직 너무 어린 합창의 노랫소리는 물론 큰 위안이지만 그 애들도 또 우리 세대의 되풀이나 되지 않을까 생각이 드는 것은 또 가장 큰 슬픔이 되고 만다.

신문도 이미 두루 견디기 어렵다. '사형 집행한 시체를 가족들이 영구차에 싣고 천주교 성당으로 연미사를 하러 들어가다가 경찰의 제지로 못 하고 화장장으로 갔다더라……' 하는 정도의 기사라도 내 못생긴 생리와 심리로는 밤에 잠자리까지도 편안한 심경일 수가 없으니 차라리 신문 안 보는 게 상책 아닌가? 나만 이런가? 혹 나만이 이렇게 되었다면 나는 시를 40년이나 하다가 이리된 것이니 자식들이나 제자들보고도 여기서 살려면 아예 시는 못 하게 해야 쓰겠다.

새로 핀 매화나 목련이나 진달래꽃 쪽으로 눈을 보내 거기 잠기려

해도 아직은 이걸 가로막아 간담을 써늘케 하고 상을 찌푸리게 하
는 사건들, 이런 것들을 견디어 넘어서서 다시 자연에 몰입할 정도
로 마음을 간추리고 깊이려면은 나는 이 봄도 내 중요한 시간의 거
의 전부를 자연에 눈을 박고 또 박는 데 골몰하고 또 골몰해야 할 것
이다.

(동아일보 1975.4.14.)

재래종 소나무

    올해 내 회갑 기념으로 아내가 재래종 한국 소나무 두 그루를 사 주어서 그걸 내 방의 양쪽 창 가까이 심어 놓고 날마다 쉬는 시간에 눈 박아 보고 지내며, 거기 마음을 딱 포개는 연습을 하고 있으려니, 이제 나는 오랜 고질이던 한숨 쉬는 버릇을 고칠 수 있을 것 같다.

    소나무의 생김새와 풍기는 은유를 아주 여러모로 보고 느끼고 생각해 오고 있지만, 이렇게 못난 양하고 까슬한 나무도 세상에 더는 없어서 이것도 딱한 때의 우리 꼴과 흡사하여 거기 착 우리를 포갤 만하거니와, 이 사철 변덕이라곤 쬐끔도 모르는 눈에 삼삼한 갈맷빛의 바늘잎사귀들, 그 잎사귀들의 구름 같은 무더기들을 싣고 최상 풍류의 선으로 굽어 뻗어 우리의 수미를 펴게 하는 그 가지들의 넌 짓함, 이만큼 우리가 마지막 배울 만한 것을 지니고 있는 나무가 따로는 잘 생각나지 않으니 말이다.

더욱이 거센 바람에도 잔잔히만 사운거리는 소나무 특유의 송뢰소리는 아마 땅 위에 있는 모든 동식물의 소리 중에 어느 것보다도 가장 하늘의 영원에 가까운 소리일 것이니, 딱하디딱한 자, 자기를 달래 담아 보기에 이보다 더 적당한 나무는 없을 것 같다.

이 소나무에 눈을 박아 조용히 차분히 오래 보고 있으면, 이쁜 사람의 이쁜 속눈썹만 같은 잎사귀들 사이엔 우리 태초 어머니이신 단군 자당의 맑은 두 눈망울도 거기 있는 듯하고 또 우리 염려스러운 자식들의 눈망울도 어려 오는 것만 같나니, 이렇게도 이 소나무는 우리와 대단한 정신의 혈연을 지닌 것만 같은 것이다.

그래 나는 이 소나무에 맞추어 자기를 조절하고 있다가 온갖 약삭빠른 도피와 타협과 비겁을 자책하게 되고, 모든 비극과 절망과 막다른 사경에서도 넌지시 서서 견딜 성의와 용기를 배운다. 나도 잘 견디어 역경을 살다 가신 우리들의 선인 선비들의 정신의 행렬에 넌지시 끼리라는 마음이 겨우 일어나는 것이다.

우리 재래종 소나무같이 살기라면야 못 견딜 일은 어디 따로 있고, 어디 무엇을 따로 피하고 마잘 것이나 있겠는가.

네 개의 돌의 인연

내 처조카 강태원이 전북 고창 선운사 계곡에서 주운 돌 한 개와 경남 하동에서 얻은 돌 세 개를 내게 가져다주어 자세히 음미해 보니, 선운사 것은 한 마리 새의 모양이고, 하동의 세 개 중 하나는 쬐끄만 넓이의 휴식처를 가진 절벽의 단면, 또 하나는 바닷가에서 주운 듯 자잘한 굴딱지들이 매화 모양으로 짜악 깔려 있는 것, 또 다른 하나는 흡사 사람의 얼굴 모양이 약간 양각으로 안개 자욱한 속에 박혀 있는 것이었다.

그래 나는 이 네 개의 돌을 옆에 놓아두고 보고 보고 또 보고 여러 날을 지내는 동안에, 하동산 절벽의 휴식처에 새 모양의 선운사 돌을 적당히 얹어 놓는 걸 생각해 냈고 그러다 보니 또 저절로 거기 '귀촉도'라는 이름도 붙이게 되었다. 제 고향 촉나라를 무척 그리면서도 못 가고 객지에서 죽어 간 망제 두우의 한스런 넋이 변모해 되었다는 두견새의 별명인 귀촉도를 새 모양의 밤빛 돌에 명명하여 절벽의 휴식처에 앉혀 놓고 보니, 나는 촉의 망제는 아니지만 개인적으로나 민족적으로나 망제 비슷한 심경을 적지 아니 마음속에 끄리고 지내 온 경력을 가진 자라, 과거와 현재의 한과 설움은 거기 어리어 내 기억을 다시 「귀촉도」라는 시를 쓰던 이십대로 이끌어 가기도 했다.

그러자 귀촉도의 두 개의 돌의 배치에 맞춰 또 한 개의 돌―인면人面이 안개 속에 어슴푸레 양각되어 있는 돌의 이름도 필연인 듯 바로 얻어졌다. 인면은 인면임에 틀림없지만, 귀촉도의 망혼의 슬픔 옆에 선 역시 한 속에서 살다 죽어 간 인면―즉 귀면鬼面으로밖엔 달리 느껴지지가 않아 '귀면석'이라는 이름이 또 저절로 거기 붙게 되었다.

그러다가 나는 또 문득 성큼한 느낌에 잠기지 않을 수 없었다. 바로 이 귀면석을 주워 온 처조카 강태원은 유아 때 6·25 동란으로 부모를 잃고 혼자 고아가 되어 외가와 내 집에서 성장해 왔으니, 혹시 고아 그 애가 그 귀면에서 저의 돌아간 아버지나 어머니, 누구의 못 잊어 나타난 것 같은 모습을 안 느꼈을까 하는 생각에서였다.

더욱이 그 애의 망모인 내 처제는 일정 말기 내가 일본 경찰에 붙잡혀 몇 달을 구금되어 삐득삐득 말라비틀어져 가고 있을 때 얼마 안 되는 유치원 보모의 월급으로 내게 사식까지도 대 주었던 여인이었으니, 이 귀면이 실감 속에서 내게 어찌 무심히 보일 리가 있겠는가.

이래서 나는 우리의 설움의 상징인 귀촉도의 두 돌 앞에 우리의 안

잊히는 죽음의 상징인 귀면석을 배치하는 한 구성의 필연을 가지게
되었다.

물론 내 시의 영상들의 배치, 구성과 상기한 네 개의 돌의 배치 그
것이 많이 닮았을 것이다. 내 시가 구성을 제일 능력으로 하듯이, 나
는 돌들도 한 개 한 개에 중점을 두는 것이 아니라 여러 개의 구성에
다가 중점을 둔다.

그래서 나는 자연과의 접촉도 이런 구성의 관문들을 통해 은밀하
게라면 은밀하게 이룰 수 있다.

장 군과 나의 한적

　금년 신정 하례객들의 발길이 아주 뜸해진 어느 날 오후, 불혹 연치의 어디서 많이 본 듯한 사내 하나가 잘 벙글거리는 미소로 나를 찾아와서 명함을 내어놓기에 보니, 그는 잡지 『분재수석』의 편집 겸 발행인이자 한국 돌 수집과 연구의 권위인 그 사람으로, 나는 이미 그의 저서 『한국의 돌』의 애독자였던 터라 그런 내 반가움과 존경심을 말했다.

　그러나 그는 곧 나더러 "선생님, 말씀을 낮추십시오" 하여 까닭을 물으니, 사실은 벌써 17, 8년쯤이나 우리 둘이 서로 만나지를 못해서 미당이 깜빡 잊은 것이지 장 군, 그는 대학에서 내 문하의 학생이었다는 것이다. 그래 그는 내게 그의 잡지에 '한적의 즐거움'이란 제목으로 수필을 한 편 쓰라는 것이다.

이것은 내가 가져왔던 제자들과의 인연 중에서는 한 별종이고 또 꽤나 고차원의 것으로 의식되자, 저절로 너털웃음이 터져 나와 한바탕 그걸 터뜨리고 나서 "이 사람아, 자네도 나한테 배웠다면 그건 시일 것인데 왜 그걸 가지고 와서 이야기하지 않고 17, 8년 만에 한다는 이야기가 하필이면 돌이고 한적인가?" 하고 물었다. 그는 대답하기를 "좋은 시를 하려면 먼저 대한적大閒寂이 필요할 것 같아 거기 잠기다 보니 그 맛에 어언간 시간이 그렇게 지났나 봅니다" 하였다.

나는 이 대답에 잠시 저 『삼국유사』에 보이는 혜현의 구정求靜의 이야기를 상기했다. 세상의 너절한 시끄러움이 귀찮아서 중노릇을 갔던 혜현. 그러나 불경을 배우게 되자, 그 재주를 어디다 접어 둘 수도 없어 다시 불경의 교수가 되어 수다깨나 떨어야 했고, 또 그것마저가 무척은 진절머리 나서 못 견디게 되었던 혜현. 그래 드디어는 다 팽개쳐 버리고 깊은 동굴 속으로 들어가 혼자만 처박혀 앉아 버리고 말았던 혜현. 호랑이가 그를 잡아먹으려고 늘 굴속을 엿보아도 감히 어디 이빨을 갖다 댈 만한 허점이 안 보여 그 푼수로만 살아 앉았던 혜현. 그가 죽자 비로소 호랑이가 그 시체를 먹기 시작했지만 해골 밑에 달라붙은 혓바닥만은 못 떼 먹고 그냥 놔두었는데, 오랜 정적의 자양으로 어찌나 눈부시게 붉은지 그 빛이 하늘 밑에 되게는 비쳤으며 또 단단하게 굳자 빛나는 구슬이 되어 멸하지 않는 것이 되었다는 이야기⋯⋯

나는 마음속으로 그 이야기를 생각하고 있었으나 다만 부탁한 걸 집필하겠다는 뜻과 가끔 만나자는 내 소원만을 말했다. 물론 나는 혜현에게나 장 군에게나 미당에게나 중요한 것은 한적의 어떤 수준과 심도의 정탐情探이었다는 것을 절실히 느끼고 있었고, 그런 인연으로 장 군은 나를 찾을 만한 때가 와서 찾은 것이라는 것도 아울러 간절히 느끼고 있었다.

그리고 나는 그가 한국에서도 가장 유력한 돌의 체험자라는 것을 알기 때문에 "좋은 것 모았나?" 물으니, "예, 많이 모았었고 또 꽤 오래 그걸 사장私藏하는 욕심 속에 파묻히기도 했습니다만, 이젠 생각이 달라졌습니다. 욕심내는 사람들한테 다 나누어 주어 버리고 가끔 번갈아 찾아다니면서 보는 편이 훨씬 더 즐겁게 되었어요. 이 세상에 있는 것이 다 제 돌이고, 산과 물가엔 또 그것들이 얼마든지 있으니까요" 하는 것이 그의 대답이다.

여기에서는 나도 마음속의 투구를 벗지 않을 수 없었다. "자네는 나보단 상급생이네. 나는 아직도 사장까지를 아주 풀어 버리는 걸 실천해 본 일이 없으니까" 이것은 내 실토였다.

그러나 나는 어제 그가 우송해 준 그의 역저의 하나인 『고전완석古典玩石』 속에서 성주석醒酒石에 얽힌 이야기와 구양수의 소감을 읽고는 다시 고쳐 생각하게 되었다. 중국 당조의 재상 이덕유가 호화 저택 평천장의 나무와 돌들을 아껴 아무도 못 가져가게 하라고 자손에게 당부했다가, 그의 사후 장군 장전의가 성주석을 탐내어 그 손자인 연고한테 달라고 했다가 할아버지의 유지라 하여 거절당하자, 분김에 때려 죽였다는 이야기는 시인 구양수 아니라도 자연의 사장을 가슴 섬찟이 재고해 볼 만한 거리가 되기 때문이다.

허허어! 17, 8년 전의 내 제자 장 군은 한적의 바른 영위를 위해 이 신정에 내게 가르칠 것이 있어 그렇게 나를 찾은 것인고녀! 한적을 위한 사장도, 결국 살인까지는 안 간다 하더래도 사람을 의 상하게는 분명히 하는 것이겠고녀!

떠돌이의 글

너희들 때 햇볕 보아라

내가 대여섯 살 무렵이었던 듯하다. 개구리 소리가 어둠 속에서 새로 인상적으로 들려오고 있었으니 이른 봄밤이었을 것이다. 누가 나를 되게 끌어안고 죄는 바람에 잠에서 깨어나 보니, 나는 내 옆에 누워 있던 아버님의 두 조인 팔 사이 가슴팍에 안기어 있었다. 가난해서 장판도 아직 바르지 못한 흙방의 흙냄새와 돗자리 냄새가 나고 있던 것도 기억하지만, 그보다도 더 뚜렷하던 것은 저 이조 말기적인 아무 소용도 없이 된 그 선비라는 사내들의 옷자락에 묻어 풍기던 용묵 냄새다.

무엇을 어린 나에게 말씀하고 싶어 그러셨던지, 삼십대의 딱한 아버지는 한밤중에 옆에 잠든 어린것—나를 되게 죄어 끌어안아 잠에서 깨 놓고는 땅이 꺼질 듯한 한숨만 연거푸 쉬고 계셨다.

이것은 하기는 내 사십대 어느 밤의 모습하고도 비슷기는 하다. 나는 내 서러운 시의 어떤 것이 그래도 제대로 자리 잡아 가는 것이 확실히 느껴지던 사십대의 어떤 밤중엔 아직 젖먹이인 막내 윤의 잠든 몸뚱이를 끌어안고 뒹굴기도 예사였으니 말이다.

또 한 가지는 아버지가 캄캄한 밤중에 나를 등에 업고 맑디맑은 시냇물을 두 발로 소리 내어 헤치며 내 외갓집—그의 처갓집으로 가고 있는 그림이다. 무얼 하러 그리로 그렇게 나를 업고 가고 있었는지 그건 알 수가 없다. 아무 말도 없었던 것만 기억에 새롭고, 또 이런 행동을 나는 내 두 자식—승해와 윤의 누구에게도 해 보지 못했던 것만을 비교해 생각하고 있을 뿐이다. 내 어린 자식 중의 누구를 등에 업고 나도 내 아버지처럼 밤중의 맑은 시냇물을 두 발로 헤치고 간 기억을 자식들에게 심어 놓지 못한 게 못내 뉘우쳐질 따름이다.

셋째 번의 아버님과 나와의 동행의 그림엔 늦가을밤의 달이 보름 무렵으로 덩그러니 뜨고 또 기러기들도 북으로 끼룩거리며 줄지어 가고 있다. 국민학교 3학년인 열두 살짜리 나는 우리 집이 새로 이사 가 살던 줄포라는 곳에서 어머님이 급병이 나서 낮에 30리를 걸어 아버지 있는 곳으로 줄달음쳐 갔다가 밤에 또 그 30리를 아버님을 모시고 되돌아가는 길이었다.

이때까지도 아직 속샤쓰라는 게 가난한 아이들에게는 없던 때라, 흰 무명베의 홑고의적삼 바람으로 뒤따르며 떨고 있던 나더러 아버님은 "칩거던 내 두루마기 속으로 들어서거라" 하시어, 그 희다 못해 푸른 옥색 옥양목 두루마기 자락 속으로 한동안씩 들어가 몸을 녹이며 걸어가던 일이 지금도 기억에 생생타.

서해 바닷물이 산협 사이로 2, 30리를 띠처럼 기어들어 오는 언저리의 바닷물 위 나무다리를 건너기도 하고, 그다음에는 연꽃의 꽃대들만 말라서 남은 호수를 우리 두 부자의 겨드랑이에 바짝 가까이 느끼며 돌아가기도 하면서……

넷째 번 우리 부자의 그림은, 서울 계동의 동복 영감 댁 사랑에 둘이 같이 있는 데서부터다. 내 아버님 석오 선생은 옷의 용묵 냄새에도 불구하고 한정 없이 미약한 표정이 되시고, 나는 여기 번질번질한 사랑방에서 이상스러운 족속들과 잠 잘 안 오는 하룻밤을 아버님과 함께 밝히고, 이튿날은 경성제국대학교(지금의 서울대학교) 예과 정문 앞으로 나 혼자서 걸어서 갔다.

이때 나는 열네 살의 국민학교 5학년짜리, 내 아버님의 직분은 호남 갑부 동복 영감의 농감. 나는 또 이때까진 줄곧 아주 좋은 학교 성적을 가진 아이였으므로 자랑삼아 아버지는 나를 그의 상전에게 보일 겸 또 내가 다닐 미래의 학교로 경성제국대학을 점쳐 내 스스로 걸어가서 보고 느끼게 하려는 것이었다.

그때 다듬이질한 껌정 모시 두루마기를 입고 동대문에서 청량리까지 걸어가느라고 새 운동화에 발뒤축이 부르텄던 일, 그 중간인 신설동 연못의 연꽃들, 지금도 눈에 보이는 듯 환하다. 그리고 여기 늘 깃들이는 것은 물론 내 선고 석오 선생의 인제는 염치도 거의 잊은 듯한—그 아무것도 다 접어 둔 듯한 불쌍하신 부정父情이다.

이번에는 중앙고등보통학교 제2학년생인 나는 사회주의, 아니 모든 것이 불쌍하게만 보이는 감상벽의 16세의 인도주의 소년 학생으로 아버님이 정해 준 좋은 하숙도 물리치고 싸디싸고 남루한 곳곳을 자청하여 다니다가 얻어 걸린 장티푸스 중환자가 되어 있었다.

아현동의 하급 하숙으로 아버님이 대추미음의 조그만 항아리를 들고 오시어 나를 데리고 고향으로 돌아갔다가, 나을 희망이 없다는 의사의 진단이 나오고 내가 격리된 변방의 전염병자 수용소로 옮겨 가자, 아버지는 내 유해를 위한 조그맣고 이쁜 한 채의 꽃상여를 맞추게 하고는 끝없는 방랑길을 떠나고 말았다.

여섯 번째 선명한 그림—1930년 11월, 광주학생사건 제2차 연도 사변에 나는 중앙고등보통학교를 맡은 주모자 네 사람 가운데의 하나로 쉰일곱 명의 학생들과 함께 또 우리를 동정해 자진해 물러나신 사학자 애류 권덕규 선생 등과 함께 제명되고 투옥되었다가 시골집에 돌아가니, 내 아버님은 마침 저녁상을 받고 있었는데 그의 앞에 절을 하고 있는 나를 눈여겨 알자 "어허이…… 저런! 쯧쯧!" 이 비슷한 소리를 몇 음절 나직이 발음하고는 바른손에 쥐고 있던 밥숟갈을 자기도 모르는 사이 미끌어 떨어뜨렸다.

또 한 장의 인상적인 사진을 찾자면, 그건 벌써 내 나이 스물한 살 중앙불교전문학교의 사각모자를 쓰고 다닐 때, 또 동아일보의 신춘문예 시부에도 당선한 신진 시인이 되어 있을 때, 그러나 학교의 등록금도 제대로 못 내고 또 학교보다는 부랑이 훨씬 더 좋아 '시인부락'이라는 이름을 걸고 친구들과 시 잡지를 하고 있을 때 나를 향한 아버님의 모습이다.

여름이었을 것이다. 그가 모일 모시에 서울역에 오신다는 기별을 보내 나는 내 부랑자의 정신을 엿보이고 싶지 않아 마침 옆에 있던 친구 김동리에게 대신 좀 나가 봐 달라고 했더니, 동리가 돌아와서 하는 말이 "웬 모시를 동여서 등에 지고 오셨더라. 모시 두루마기에 모자까지 쓰고 모싯짐을 진 걸 보니 가관일레라" 했다.

물론 이건 나보고 사각모자 쓴 공부를 이왕이면 좀 잘해 달라고 벌이신 개인 데모인 줄을 나는 잘 안다.

그는 이렇게 해서 1942년 숨을 거두어 돌아가실 때까지도 내가 무에 잘 안 되는 것—그것만 눈여기고 걱정하시다가 눈도 채 못 감고 가 버린 것이다.

그래 나는 그 뒤 어느새인지 내 아버님의 제삿날에는 자식들에게 아래처럼 말해 타이르는 버릇이 생겼다.

"내 아버님 석오 서광한은 이조의 사가四佳 서거정의 맏형 거광의 자손으로서, 그의 증조부 치보는 통정대부였으나 그 아버지 상기가 도박을 즐겨 가문을 무너뜨려 오늘에 이르렀지만, 그래도 너희 할아버님 석오 서광한은 열세 살에 이미 과거 예비시험에 장원으로 붙으셨느니라. 과거제도가 바로 이어 폐지되어 진사도 못 되고 말았지만……"

그리고 나는 마음속으로 이 제삿날의 마음을 늘 자식들에게 타이르고 행동토록 하는 것이다.

"이건 두루 불쌍한 이야기지만…… 두루 무엇을 하건 아버지보다는 아들이 좀 더 나아가긴 나아가야 할 것 아니냐? 안 그러면 아비가 산 보람이 무어냐? 더욱이 국으로만 많이 살기 마련인 우리나라 같은 나라에서!"

그러면 내 자식들도 그건 잘 알아듣고, 고개를 끄덕이며 나보고 옳다고 한다.

나는 스스로 생각하기를, 내 시집 한두 권쯤은 세계 어느 나라에나 벌써 번역되어 영향 주었어도 좋았을 것이라 하고 있다. 그러나 그것도 전연 될 기회도 없어서 환갑이 다 되어 언제 죽을는지 모르는 나는 자식들이나 앞에 보며 마음속으로 '너희들이라도 무얼 전공하건 천지간의 완전한 햇볕을 보아라!' 한다.

그러나 내 아들의 때에도 이 기본적인 소원마저 못 이루어지면 내 아들들은 내 손자들을 앞에 두고 또 생각할 것인가. '너희들 때나 완전한 햇볕을 다 보아라!'라고……

이렇게 해서 하여간에 나는 생각하는 것이다. '이렇게 우리 민족은 어느 민족보다도 못하지 않게 영생하지 않을 수 없다'고……

(『여성동아』 1975.5.)

아름다운 죽음

　괴테의 『빌헬름 마이스터의 편력시대』에 나오는 마카리에 할머니의 죽음이 생각난다.

　마을 안의 지혜의 좌장이었던 마카리에 할머니는 분명히 죽었는데, 그네를 숭배해 온 청년은 꿈속에서도 생시에서도 그네의 죽음이 아니라 그네의 점증하는 생명의 승화와, 그네의 빛이 천심天心의 주격으로 정좌하여 점점 더 고도화하는 아름다운 눈부심을 느끼고 찬탄할 따름이다.

　남녀의 애정 문제를 비롯해서 자잘하고 큰 모든 생존과 생활의 문젯거리들이 마을 사람들에게 생길 때 누구에게 물어도 그 해결책이 서지 않으면 마지막으로 찾아가는 문의처였던 마카리에 할머니. 그러면 누구에게라도 반드시 그 딱한 문제들의 해결의 열쇠와 용기를 주었던 마카리에 할머니. 그네는 말하자면 시인 괴테가 생각한 원만하게 사는 슬기의 화신이라고 할 수 있겠다.

그네가 인수人壽를 다해 고령으로 세상을 버리자, 그네 정신의 혜택 속에 살아온 마을 청년 한 사람은 꿈에 마카리에 할머니가 평상시의 의자에 앉은 그대로 하늘 한복판으로 올라가서 거기를 에워싸고 돋아나 있는 한없는 별들 사이에 한 좌장의 큰 별로 자리 잡아 노니는 것을 보고 감동하다가, 꿈에서 깨어나 그 감동 그대로 한밤중의 창가로 걸어가서 창을 열고 꿈속에 보던 마카리에의 별은 어디인가를 눈 주어 찾으며, '아! 아!' 감탄사를 연발한다.

아름다운 죽음이란 이 이야기 속의 청년과 같이 살아남은 사람의 마음속에 감동을 심고 가는, 바로 그 마카리에 할머니와 같은 죽음이라야 하지 않을까.

육신은 죽지만 정신의 영향은 살아남은 자들의 가슴에 크나큰 매력으로 남아 울릴 수 있는, 그런 죽음이라야만 되겠다고 생각한다.

내 아버님 석오 선생은 자녀들의 교육 하나만을 인생 최상의 소원으로 생각하고 실천하고 살다 가셨기 때문에 다 못 이루신 소원을 내가 이어 내 형제들과 우리 자녀들에게도 그렇게 하고 있다. 또 나는 직업까지도 훈장직을 택해서 제자와 후진들에게 되도록이면 무엇인가 힘이 될 만한 영향을 내 사후 그들 마음속에 남길 것에 주력해 오고 있다.

그래 내가 내 인생에서 서툴러 저지른 잘못들에 대한 뉘우침 속에서도, 마지막 눈감을 때 미소하고 갈 만한 건덕지로는 할 수 없이 겨우 내 자녀와 다음 세대들에 대한 간절한 촉망을 맨 먼저 손꼽지 않을 수 없는 것이다.

나는 내가 쓴 시는 물론 내가 이 세상에서 만든 아무것도 죽을 때 가지고 갈 수 없는 것을 잘 알고, 또 이것들을 내 다음 세대들에게 넘겨주고 갈밖에 없는 것도 역시 잘 알고 있기 때문에, 죽음이 오면 내가 가장 촉망하는 내 다음 세대의 몇몇 사람이 이 세상에 건재하다는 것을 확인하는 것만으로 충분히 행복해 미소하며 숨넘어갈 작정이다.

이렇게 죽는 죽음이, 여러 가지 밉상스러운 이 세상의 죽음들 가운데서 그래도 곱땄스럽다면 곱땄스러운 것 아닐까? 안 그런가?

(『샘터』 1975.5.)

떠돌이의 글

지난 8월 15일 해방 기념일에도 나는 내 고향 질마재로 건너가는 나룻목까지 가서 물 건너 고향 마을을 먼발치에서 뻔히 바라만 보고 섰다가 끝내 발걸음이 그리로는 옮겨지지 않아 건너가지 못하고 되돌아오고 말았다. 나를 잘 아는 내 나이 또래의 사공이 우두머니 서 있는 내 곁에 와서 왜 건너가지 않느냐고 물어 주었지만 내게는 무슨 대답할 수 있는 말이랄 것도 없을 뿐이다.

내 고향 마을에는 예나 이제나 마찬가지로 두루 따분하고 가난하고 서글픈 사람만이 모여서 산다. 그러나 나는 환갑이 넘은 지금까지 그들을 위해 마음 쓰려 할 줄만을 알 뿐 그들을 좋게 해 주는 아무 일도 하지 못했다. 거기다가 또 몇 달 전에는 나보다도 더 가난하게 살다가 죽은 내 아우를 형인 나보다도 먼저 거기로 떠메다가 묻게 했으니 더구나 발걸음이 그리로 옮겨지지 않는 것이다.

동행했던 아내를 달래어 단 한 번도 찾아가 본 일이 없는, 돌아가신 지 오래인 조모님의 친정 마을 동호라는 곳이나 한번 찾아가 보기로 했다. 지금 살아 계신다면 백이십몇 살쯤 되셨을 할머니, 청춘 과부로 언제나 우리 집 상일꾼이었던 이 대단한 할머니는 나를 사랑하는 데도 내 부모보다 더 대단하셨던 게 저절로 기억되면서 거기 아직도 기대고 싶은 내 마음의 허약함 때문인지 문득 그분이 생겨나서 자랐다는 바닷가 마을이 보고 싶어진 것이다.

나처럼 모든 것이 거의 망가져 가는 아내를 이끌고 허주레하게는 진땀만 나는 버스로 동호라는 쬐그만 포구의 모래밭 옆 바다에 부부 나란히 뛰어들어 해안의 여러 백 살 먹은 듯한 노송들의 긴 수풀에 내 눈을 박았다.

떠돌이, 떠돌이, 떠돌이…… 아무리 아니려고 발버둥을 쳐도 결국은 할 수 없이 또 흐를 뿐인 숙명적인 떠돌이, 겨우 돌아갈 곳은 이미 집도 절도 없는 할머니 고향 언저리 바닷가의 노송뿐인 이 할 수 없는 철저한 떠돌이, 그것이 바로 나다.

물론 나도 하 살기가 고단해서 노자한테도 배우고, 석가모니한테까지도 물어서, 민족사회인 노릇이 하 답답하고 억울하면 자연에서나 100프로의 자존심을 회복하려는 신선 노릇에도 어느 만큼은 길들었고, '모든 것은 인연이로다. 이 딱함, 이 억울함, 두루 다 인연이로다. 이런 인연을 내가 자진해서는 또다시는 안 만들고, 새로 핀 연꽃같이 영원히 향기롭기만 한 진생명眞生命이로다' 하는 석가모니 진여眞如의 연습도 꽤나 해 보기도 했다. 나 아니면 절대로 안 된다는 공간과 시간 속의 주인공 의식, 보들레르보다도 어느 자진 투신의 지옥 속의 보살님보다도 가장 서러운 자의 제일 심우가 되려는 느낌도 나대로는 그래도 지탱해 온 셈이다.

그러나 내가 나를 객관하는 눈이 열렸을 때, 곰곰 내 여러 모를 골고루 뜯어보고 그걸 다 합해서 보니, 나는 역시 할 수 없는 떠돌이로다. 자존심이나 극한으로 높일 것이나 더러 눈동냥 귀동냥으로 배운 떠돌이로다. 할 수 없는 떠돌이로다.

나는 내가 누구임을 잘 안다. 똥도 제대로는 안 나올 만큼 전신이 마르고 말라붙은 가난뱅이여서, 아들딸 기르려고 푼돈 모으기에만 골몰하다 간 촌서당 훈장의 장남. 그렇지만 우리 서가徐哥가 이 나라에 호적을 가진 이후로는 그래도 이조의 서거정 다음은 갈 만한 시의 실력은 지니고 있는 나인 것도 똑똑히 족보 다 뒤적여 보고 잘 알고 있다.

내가 내 일생에 제일 믿었던 한문의 이해자인 범부 김정설의 말을 빌리면 '서거정은 이조 제일 시인'이니, 이런 말 남 듣는데 말하기는 무엇하지만 나는 우리 민족시사 속에서는 그래도 꽤나 쓸모 있는 시인 놈의 하나에는 틀림없다는 것도 그래저래 자인은 하고 또 자위도 하고 살아오고 있는 것이다.

그러나 더 밝은 객관의 눈이 내게 열려 나를 또다시 깊숙이 들여다보면, 역시 나는 할 수 없는 떠돌이로다. 병신 같은 놈! 오죽 못났으면 인도의 빠진 이빨도 못 박고 살다 간 친구—마하트마 간디만한 능력 하나도 착용하지 못하고 그 알량한 사상 하나 만들어 주지도 못하고 "야, 국이 끓나 밥이 끓나 두고 보기나 하자" 할 줄밖에는 속수무책짜리의 저능하디저능한 나는 결국 한개 떠돌이로다.

그래 나는 솔직하게 말하자면, 그래도 겨우 자연인 자격이나 하나를 완전한 걸로 여기면서 지금 살고 있다.

사회인으로 항시 답답하고 억울한 일투성이고 또 좋은 어떤 타개책도 안 보이기 일쑤이지만, 내가 할 수 없이 되어 내 할머니 고향 바닷물에 몸을 잠가 해변의 노송 수풀이라도 눈 박아 보고 있을 때, 이런 때에도 자연은 나를 딱하게 하거나 억울하게 하기는새로 사회인으로서 몽땅몽땅 에누리당하고 깎이기만 했던 내 전인全人의 자격을 다 되돌려주어 나를 다시 천지와 역사 사이에 백 프로의 인생 자격자로 회복시켜 주시니 말이다.

그래 나는 자식들이나 제자들이나 가까운 후배들에게 때때로 말한다.

"세상살이가 영 할 수 없이 딱해 못 견디겠거든 자연을 바짝 가까이해라. 신라 화랑들이 할 수 없을 때 마지막 힘을 얻은 곳도 바로 여기고, 사실은 중국이 오래 대국 노릇을 해 온 것도 노자를 비롯해서 인도에서 꾸어 온 석가모니를 통해서까지 이 자연과의 융화를 통한 득력得力을 성취한 때문으로 안다. 자연과 딱 합해져서 풍운이요, 뇌성이요, 벼락이라면 이보다 더 수승한 힘이 어디 있겠느냐."

몰라, 이렇게 사는 것도 현실도피니 어쩌니 하고 누가 또 핀잔할
는지? 그렇지만 그건 아니다.

현실에서 쓰러지지 않고 다음 세대를 넉넉히 기르면서 영원에서
가장 끈질기게 안 멸망하고 사는 놈이 되려 하니, 이 밖에 딴 길이 없
어 그러는 것뿐이다.

어떤 음주 서발 序跋

내가 시화전 때문에 제주시 관광호텔에 머물던 1975년 12월 어느 해 질 무렵, 꼭 몸놀림은 곰 비슷하고 얼굴은 둥글넓적한 예수같이 생긴 마흔대여섯 살쯤 되어 보이는 겨울 잠바 차림의 봉발의 사나이 하나가 나를 찾아와서 매우 느린 듯 단단히 번쩍이는 두 눈망울과 두 줄의 이빨로 느긋이 미소하며 "꼭 모시고 싶습니다. 한잔하러 가실까요?" 가만히 속삭이듯 당장의 초대를 해 주었는데, 그 웃음이나 말투가 내게 염치라는 것까지를 잊게 하여, 나는 그 자리서 선선히 그를 따라나섰다.

그의 차에 함께 올라탔더니만, 한라산 중턱을 향해 천천히 올라가다가 몇 그루 노송 아래 내린 눈이 녹지 않고 쌓여 있는 곳에 슬그머니 멈춰 서며 "여기 좀 내리실까요? 눈이 좋은데요" 사나이는 말했다.

따라 내려서 사각 사각 사각 사각…… 눈을 밟아 눈 소리를 들으면서 "이게 몇 살씩이나 먹은 소나무들이오?" 물으니 "5백 살쯤이랍니다. 바람이 불면 소리가 들을 만한 놈들인데, 시방은 바람이 없으니 눈이나 밟아 눈 소리나 들어볼밖엔 없겠습니다" 사내는 좀 섭섭하나 섭섭한 것도 또 딴 감칠맛 아니냐는 듯한 입맛 좋은 얼굴의 눈웃음으로 "이제는 그만 내려가실까요?" 다시 나를 그의 차에 태운다. 술집이 이 어디도 있는 줄 알았더니 제주도 저지대에선 좀처럼 볼 수 없는 쌓인 눈과 서너 그루 노송이 거기엔 있을 뿐이었다.

바다 가까운 곳으로 차는 내려와서 비로소 우리는 어떤 주막집의 조촐한 술상 앞에 마주 보고 앉았는데, 사내는 아까의 '음주 서序'를 단 한마디도 말로는 옮길 줄을 모르고 또 딴 사설의 말씀도 자진해서 입 밖에 내는 것도 영 없고, 그저 다만 내가 묻는 말이 고에 당하면 "예……" 하며 차지고 단단히 미소해 보이고, 고에 당치 않으면 그저 한라산 바위와 어느 물이 합친 것마냥 멍청한 듯 들어 흘리는 눈치였다.

그런데 내가 거나하여 이젠 그만 가자고 하자 능동적으로 그가 먼저 걸어온 말이 한 가지 있기는 있다. "서 선생님. 제주 돌풍란이라는 것도 아시겠지요? 혹 모르신다면 그거나 한 덩어리 보아 둔 데가 있으니 찾아 드리겠습니다만……" 오직 그것뿐이었다.

그래 나는 아직도 자연에 많이 무식하여 제주도 돌풍란도 모른 채로만 있던 사람이었기 때문에 눈귀가 번쩍 뜨여 그가 보아 두었다가 찾아 준 작은 바위 우에 푸른 별무리처럼 다닥다닥 돋아나 사철 시들 줄을 모르는 그 돌풍란 덩어리를 반은 도둑놈 보물 훔친 마음으로 비행기에 싣고 서울로 날아왔는데, 어떤가? '술대접의 발사跋辭'로도 이만하면 썩 상승 아닌가?

그런데 발사는 이걸로 끝나는 것이 아니라 거기 꽤나 이쁜 새끼가 또 하나 돋아 붙는다. 그건 그의 차의 운전수가 덧붙인 것인데, 보아 두었던 돌풍란을 찾으러 가는 산길에서 운전수가 삼동三冬나무라는 내가 모르던 희한한 나무 하나를 또 내게 가르쳐 준 일이다.

삼동나무는 딴 나무들과는 달리 가을에 꽃이 피었다가 낙화하면서 겨울 동안 열매를 이쿠어 봄에 그 열매의 맛을 사람들에게 두루 나누어 주는 나무라고 한다. 야하! 우리 같구나! 꼭 우리 같은 나무가 다 있었구나! 내 마음속에 이만큼 한 감동을 자아내게 한 나무를 가르쳐 준 그 운전수를 가르쳐 낸 것은 역시 또 그 음주 서발이 허虛할 수 없는 그 사내였을 것이다.

(『소설문예』1976.3.)

제주도에서

1975년 12월 20일에서 26일까지 내 회갑 기념 마지막 시화전이 제주도에서 열리던 어느 날 밤, 이곳에 살고 있는 문우들에게 이끌려 나는 제주 시내 바닷가의 어떤 술집에 들러 정송강의 저 '먹세그려……' 가락에 젖어 들고 있었다.

동석의 짓궂은 젊은 친구가 같이 끼어 앉아 있는 각처에서 온 젊은 뜨내기 여자들을 향해 "너희들 가운데 「국화 옆에서」라는 시를 고등학교 교과서에서 배운 사람이 있거든 한번 외는 대로 외 봐라!" 하고 우자를 부렸다.

그랬더니 마침 한 사람 그걸 잘 기억하는 여고 출신이 있었던지 한 줄도 빼지 않고 외기 시작하였다.

한 송이의 국화꽃을 피우기 위해
봄부터 솥작새는
그렇게 울었나 보다

한 송이의 국화꽃을 피우기 위해
천둥은 먹구름 속에서
또 그렇게 울었나 보다

그립고 아쉬움에 가슴 조이든
머언 먼 젊음의 뒤안길에서
인제는 돌아와 거울 앞에 선
내 누님같이 생긴 꽃이여

노오란 네 꽃잎이 필라고
간밤엔 무서리가 저리 내리고
내게는 잠도 오지 않았나 보다

맑은 소리로 그 여자가 그것을 읊어 마치고 나자 그 짓궂은 친구
가 또 "너희들 영광인 줄 알아라. 그것을 지은 서정주 시인이 바로
거기 앉아 있는 그분 아니냐?" 한 것이 그만 파이가 되고 말았다.
스물두어 살쯤 되었을까, 내 시의 젊은 애독자는 내가 「국화 옆에
서」의 작자 본인이라는 것이 그네가 믿어 오던 사람의 입에서 증명

되자, 문득 자리를 옮겨 바짝 내 곁으로 와 다가앉더니 내 한복 차림의 옷소매에 얼굴을 묻고 달랠 길 없이 흐느끼는 것이 아닌가. 그 눈물은 벌써 상당히 노안인 내 눈에도 잘 보일 만큼 내 마고자 소매를 흥건히 적시고 내 손등에까지도 들어 내렸다.

이것을 딸로 할까? 조카로 할까? 또 그것도 아니면 무엇으로 할까? 생각이 막히는 대로 나는 어안이 벙벙해서 "애, 왜 이러느냐? 왜 이러느냐?" 하고만 있을밖에 아무 딴 도리도 없게만 되어 버리고 말았다.

"고향이 어디냐?"니까 "진주예", "아버님 어머님도 계시냐?"니까 "계셔예", "무슨 연애하다 잘못되었느냐?"니까 "아니예", "그럼 무엇하러 떠돌이가 그리 일찍 되었느냐?"니까 "몰라예"―이런 문답 속에 그 애의 흐느낌은 줄곧 이어져서 내 손등까지를 적시었다.

"그럼 무얼 하려고 이래? 돈을 벌려고? 어디 몇 푼이나 벌었는가 어서 말해 봐!"

나는 좀 짜증이 나서 또 물었더니, 그 계집아이는 치마 밑 속바지 주머니에 든 것과 두 발의 버선목에 넣어 두었던 천 원짜리, 오백 원짜리, 그런 것들을 모두 들춰내어 손에 쥐고 세기 시작하며 또 울었다. 한 이만 몇천몇백 원쯤의 돈이었던 것 같다.

나는 그런 그네에 비교해서 환갑도 지낸 내가 애태워 온 것들을 돌이켜 생각해 보며, 나보다는 한두 살쯤 더한 어지러운 누님 같기도 한 환각 상태에 빠져들기도 하면서 할 수 없는 습관으로 만 원짜리 한 장 남아 있던 걸 꺼내 그네 버선 속에서 나온 것들에 보태 보는 수밖에는 딴게 금시는 생각나지 않아 만 원짜리를 버선 속에 욱여넣으려 했다.

그랬더니 그네는 그건 안 된다는 것이다. 이런 걸 넣고 가면 사람들이 안 온다는 것이다.

내가 1975년 12월 어느 밤 제주의 몇몇 젊은 문우들과 같이 들렀던 여자도 있는 술집에서 만난 내 막내딸 나이 정도의 계집아이—「국화 옆에서」 전체를 다 외던 계집아이와 나눈 수작 중에서 사람 눈으로 볼 만한 것은 겨우 요따위 것뿐이기는 하지만, 이것은 이 글을 쓰고 있는 지금에나 또 새벽에 문득 잠이 깨어 이것저것 회고하던 끝에 요즘 참 선명하게도 내 가슴과 머리에 부딪쳐 오는 영상 중에 아주 애달픈 것의 하나인 건 사실이다.

'사람은 뜨내기라야 하는 것인가? 뜨내기는 남녀 간에 사실은 그리도 각종으로 많은 것이 아니냐? 너는 뭐고, 나는 또 뭐냐?'

그러다가는 그리스 신화의 우두머리인 제우스 신의 엄한 계율을 스무 살 때처럼 또 머리에 떠올리기도 한다.

'떠돌이를 푸대접하는 자에게는 하늘의 가장 엄한 벌—벼락으로 쳐 다스리리라.'

그래 나도 떠돌이의 하나라 느끼며 자위하기도 한다.

정신적으론 아직도 떠돌이일밖에 없는 이순의 사나이 나는 「국화 옆에서」 같은 몇 편의 시로 이런 데서까지 이만큼만이라도 살아 있는 것이 기막혀질 따름이다.

지금은 또 어디만큼 떠돌다가 멎어 울고 있는지?

「국화 옆에서」에 그리도 뼈저려하던 내 딸 같고 조카 같고 그보다 또 더한 것 같기도 하던 눈물 많은 계집아이 떠돌이야! 그런 무리들아! 지금은 또 어느 만큼 떠돌다가 멎어 울고 있는지……

(『여성동아』 1976.3.)

나의 건강법

여러 십 년 이어 마셔 온 술이라 이걸 아주 끊을 수는 없지만, 소주 양주 같은 알코올 도수가 높은 것은 마시고 깬 뒤의 몸살을 견디기 어려워 근년 나는 '맥주당麥酒黨'이 되어서 겨우 건강을 지탱해 오고 있다. 그러나 이것도 과음하면 속이 부대껴서 인삼 달인 걸 밤마다 한 사발씩 또박또박 아울러 마신다. 딴 약도 여러 가지 써 보았지만 내 경험으론 삼 이상은 없었다.

또 한 가지 여기 겸행하는 것은 될 수 있는 대로 잠을 많이 자는 일이다. 낮이건 밤이건 어디서건 할 수만 있으면 버스 속에 앉아서라도 적당히 조는 일이다.

그리고 또 한 가지는 자연한 생명의 근본을 해칠 염려가 있는 사회참여에서는 가능한 대로 재빨리 도피하는 일이다. 이것도 흔히 게

으름이라고 하는 것 같지만, 이런 게으름을 적당히 부릴 줄 아는 꾀를 하늘이 내게 준 것을 나는 무엇보다도 달갑게 생각하는 자다. 억지 힘을 내 신통치도 못한 권좌에 오르려다가 기진해 떨어지는 용이기보다 나는 그저 깊은 제자리 물에 잠복해 사는 한 이무기로 족하다고 생각하기 때문이다.

어느새인지 가장 현명한 옛 어른들처럼 나도 내 나름대로의 한 영생주의자가 되어서 겨우 안착해 있다. 이까짓 몸뚱이야 쉬이 곧 망그러져 버릴 것밖에는 못 되는 것이니, 이 마음속의 힘을 무엇으로건 쓸 만한 것으로 향상시켜서 글로 옮겨 써 후생들의 마음속에 되도록이면 오래오래 집어넣어 보려는 욕심이다. 그래 나는 이젠 내 자신보다도 제자들과 후배들 쪽을 더 아끼는 사람이 되지 않을 수 없게 된 것이다. 나는 내 생전에 무얼 못다 이룬 것에 초조해 몸 상할 염려가 없어진 태평이가 되었고, 이건 아마 건강에도 좋은 일인 성싶다.

내가 벌어들이는 푼돈들을 세고 있는 짓거리는 물론 온갖 가계 처리까지를 나는 벌써 오십 언저리부터 아내에게 모조리 맡겨 버렸다. 그리고 그날그날의 용돈을 아내한테서 국민학교 아이처럼 타서 쓰고 지낸다. 그 덕으로 집안의 경제력도 늘고 살림살이 주권자로 머릿골치 아플 것도 없고 해서, 이것도 아마 내 건강에 도움이 되는 듯하다.

또 될 수 있는 대로 많이 산해행山海行의 기회를 만들어 갖는다. 어줍지 않은 사회생활에서 따분하게는 에누리한 자연인의 자격, 그것을 백 프로 도로 다 찾아 지니고 활개를 제대로 짜악 펴고 숨을 올바로 쉬어 보기 위해서다. 그건 그대로 잘되어서 찌부러지지 못하는 나일 수 있게 하는 것이다.

여자들의 예쁜 매력에 은근히 젖어 취해 보는 것도 여전히 지금도 내 건강에는 중요한 일이 된다. 젊었을 때는 바짝 가까이 못하는 안타까움에 애가 바작바작 타서 몸을 상하기 일쑤였지만, 육십이 넘으면 그걸 견디는 훈련도 엔간히는 잘되어 있기 때문에, 원근으로 이를 차분히 음미하는 맛이란 또 좀 더한 차원의 것이 아닐 수 없다. 역시 내 건강이나 내 시에 크게 좋은 일인 줄로 안다. 법도에 어긋나지 않는 한도 안의 음미만으로도 이것은 인생에선 참 희한한 것이니까……

회갑은 넘겼지만 •

    남들은 어떤지 모르지만, 나는 이 세상에 생겨나서 환갑을 한 해 넘긴 지금까지 내가 보아 온 모든 것 중에서 사람들의 손에—그중에서도 특히 손톱에 많은 매력을 느껴 온 사람이다.

    사람들의 몸 가운데서 가장 밝게, 빤히 신명神明을 나타내는 두 눈보다는 거기 적당한 커튼을 치고 있는 듯이만 느껴지는 이 손톱에 참 미묘한 매력을 느껴 온 것이다.

    특히 여자의 손톱—그중에서도 젊은 여인의 연분홍빛 아릿한, 그 안타깝게도 예쁜 손톱 속에 초생반달이 선명하게 새로 떠오르는 모양으로 박혀 있는 것을 옆에서 본인 몰래 들여다보고 있는 것은 뭐라고 말로 하기 어려운 매력이다.

    석가모니 때의 인도 이야기엔 손가락을 몽땅 많이 잘라 모아서 목걸이를 만들어 목에 걸고 다니던 미친 사람이 나오거니와 이 사람도 나 비슷한 느낌이다가 잘못되었던 게 아닌가 싶다.

사람의 몸은 거의가 다 불투명이고 눈만이 누구도 오래오래 직시하지 못할 만큼 기막힌 투명인데, 손톱과 발톱은 땅의 온갖 시름을 하늘에 호소하기 위해 호젓이 숨어 예쁜 커튼을 내린 듯한 반투명이어서 이걸 조금만이라도 깊이 느끼기로 하자면, 이거야 참 정말 기막히게 생겼다.

더구나 그 커튼의 틈새로 하늘의 새 반달이 모습을 나타낸 듯이 보이는 젊은 여인들의 그 참 안타까운 손톱을 들여다보는 것은 내게는 어느 꽃나무를 보고 있는 것보다도 더 기막히는 일이다. 그러자니 내가 써 온 지난 40년 동안의 시라는 것들도 결국은 대부분 이 손톱 같은 것 아니었는가 생각된다.

갖은 짓거리 다 해내는 사람의 손에 우연인 듯 박힌 이 안타까운 반투명의 손톱의 창―이것은 아무래도 바로 내 시인 것만 같다.

이 글을 쓰고 있는 지금 나는 끝없이 떠돌고 싶은 여수에 사로잡히거니와, 만년필을 잡고 있는 내 손의 손톱을 문득 눈여겨보니 이 여수도 요놈들이 필연코 책동하는 성싶다. 하와이로, 로스엔젤레스로, 산티아고로, 시드니로, 멜버른으로, 케이프타운으로, 알렉산드리아로, 예루살렘으로, 바그다드로, 지중해로, 아테네로, 시실리로, 마드리드로, 로마로, 파리로, 런던으로, 또 어디로 어디로…… 한정 없이 떠나라고 유혹하는 것은 바로 요놈들인 것만 같다.

그래 요놈들의 분홍빛 꼬임대로 내가 머지않아 이집트나 또 어디

낯선 거리의 풍물이나 인정에 흥건히 젖어 있게 될까. 그러나 그때에도 결국 나는 어디 예쁘장한 여인네의 안타깝기만 한 분홍빛 손톱과 그 속의 반달에 또다시 내 눈을 결국은 옮기고 말 것이고, 그러다간 그 임자와 무슨 관계가 어느 만큼 딱하게 되었건 안 되었건 간에 또 그 손톱빛과 반달의 꼬임으로 다시 어디론가 떠나갈 것이다.

그거사 그렇기만 하고 만대서야 동방 예의의 나라 한국에 태어나서 40년이나 글을 써 온 선비의 체면이 서지 않겠지? 그래 이쯤 생각이 오면 나는 아주 대단히 한번 점잖아져 버릴 마음도 생기긴 생긴다.

수염을 떠억 입술 위아래로 잘 한번 길러 보는 일이다. 이것이 우자愚者라고는 누구도 못 느끼게 언행을 유창하게 점잖게만 해 버리고, 이제는 사람들 손의 손톱들아, 너희들을 눈살풋이 보는 대신 사람들의 투명한 두 눈을 오래오래 직시해 보면 어떨까 하는 것이다.

그래서는 아주 옛날 중국의 잘 참아 낸 선비들이 그랬듯이 45분만큼씩 사이를 두고 내 긴 수염을 아주 점잖게 한번씩 쓰윽 쓸어 다듬고 있을까 하는 것이다. 그렇지만 이것도 칠십은 넘어서라야 겨우 어울리는 일이 아닐까?

(『주부생활』1976.5.)

전라도 자랑

내 큰며느리의 친정은 경상남도 마산인데, 그네와 큰자식의 약혼 때에 상경한 사돈은 내가 전라도 사람과 사돈 되는 소감을 묻는 말에 "나는 전라도 사람을 좋게 생각하진 않는다. 그건, 내가 부리던 전라도 사람한테 배신을 당했기 때문이다. 그렇지만……" 어쩌고 하는 대답을 했다. 자기의 사위를 전라도에서 고른 내 사돈까지가 이러는 걸 보면, 직접 겪어 봐서건 간접으로 남의 말만 듣고서건, 전라도 사람들에게 좋지 않은 감정을 품고 있는 이들은 아직도 이 나라엔 상당히 많이 있는 것으로 보인다.

또 이런 타도 사람들에게서 배척을 당하는 전라도의 장본인들 가운데도 너그러이 허허 웃고 마는 사람들만이 있는 것도 아니어서 '너 그럴세나 나 그럴세나 마찬가지'라고 하며 그들의 전라도를 한

전라도 자랑 303

외딴섬으로 고수하는 지방주의의 폐풍을 안 보이는 것만도 아닌데, 일이 이쯤으로 되는 것은 참 아찔한 민족적인 걱정거리라 아니할 수 없다.

그러나 나는 많이 걱정하진 않는다. 왜냐하면 이제부터 내가 말하려는 몇 가지 이유를 우리 겨레가 두루 이해하고 전라도 사람을 대한다면 전라도에 대한 모든 오해는 풀릴 것이요, 이 이해는 또 앞으론 점점 불어나 전라도를 에워싼 사람들의 그 짠 소금물의 흐름을 잘 잡아서 외딴섬의 고립화를 없이할 날도 멀지는 않다는 확신을 갖고 있기 때문이다. 타도 사람들이 전라도가 전라도인 것을 이해해 주어야 할 것은 딴게 아니라, 그 역사적인 전통을 가진 한 독특한 정신의 기질이다.

말하자면 그것은 먼저 조선 5백 년의 민족사에서 양반을 많이 배출하여 정권의 주역 노릇을 잘해 온 경기도, 충청도, 경상도 같은 곳에 견주어 전라도는 중인이 많았던 지역으로서 이 많은 중인들의 자존심의 오랜 딴전 보기 습성이 그 이른바 전라도 기질을 만든 가장 큰 원인이라고 나는 생각한다. 그러나 이 많은 중인들의 딴전 보기는 무능, 무가치한 것이 아니었으니, 가령 『춘향전』에서 우리가 보고 지금도 놀라는 것과 같은, 내용들이 치밀하고 오묘하고 내찰스런 온갖 정서와 지혜의 멋들어진 방방곡곡을 빚어내서 타도의 어느 생활자들도 못 가졌던 정신과 살림의 한 특례의 풍요상을 이루어 냈다. 전라도에서 오래 쓰여 온 말로 '양반 뺨처 먹게' 잘 살아온 것이다.

여기에 보태진 것이 저 김제 만경 평야를 비롯한 비옥한 전답들이 주는 자연의 혜택이다. 물론 전라북도 남원 쪽에서 보는 게 가장 좋은 지리산 영봉들의 정기도 보태졌을 줄 안다. 이래저래 『춘향전』에 보이는 갖가지의 풍요한 음식물들과 옷들과 세간들과 거기에 대등한 풍류와 익살과 웃음과 이슥한 정취와 자존의 슬기를 늘려 가면서 그 막역한 전라도 기질을 이루어 온 것이다.

통정대부요 부호군(군대의 참모차장)이었던 내 고조부의 증손인 아버님이 내 조부에게서 끝난 반족의 계승권을 얻어 과거를 보러 가기 위해, 전라도 무장 현감으로 왔던 내 할아버지뻘의 서 아무개 선생의 양자가 되려 하셨던 것을 나는 들어 알고 있거니와, 양반 계급들도 전라도에 와서 전라도에 맛들이면 서울의 사색 당쟁 속의 세도 놀음의 고단한 생활보다는 차라리 전라도적인 중인의 한가와 풍요 속에 그 자손들을 많이 놓아 두고자 했던 모양이다. 기껏 해 봤자 중국 앞의 오갈든 세도인 것뿐인 조선 왕조에서 이런 전라도적인 중인 숭상주의가 저절로 생겼던 것도 충분히 이해할 만하지 않은가?

이런 전라도 주도층 사람들의 전통적인 기질은 자자손손이 이은 이들의 생활과 정신 경영의 관습을 통해 허망한 듯하지만 사실은 꽤나 까다로운 자존 속에 아직도 상당히 많이 남아 있는 걸로 나는 안다. 그래 나는 전라도 사람의 자존의 값을 이해하고 존경해 달라는 것이다. 그러면 전라도는 딴전을 보지 아니할 것이다.

춘향이

눈섭

너머
광한루 너머
다홍치마 빛으로
피는 꽃을 아시는가?

비 개인
아침 해에
가야금 소리로
피는 꽃을 아시는가
무주 남원 석류꽃을……

석류꽃은
영원으로
시집가는 꽃.
구름 너머 영원으로
시집가는 꽃.

우리는 뜨내기
나무 기러기
소리도 없이
그 꽃가마
따르고 따르고 또 따르나니……

이것은 「석류꽃」이라는 내 시인데, 남원에 들어가 자세히 보면 제 아무리 사회와 문화와 생활과 자연의 괴리를 느끼던 사람이라도 아름다운 조화의 여유를 느낄 수 있을 줄 안다. 이것은 지금도 여전한 우리의 국제적이고 정치적인 각박한 답답함과는 다른 아주 융통성 있는 여유인 것이다.

나는 올해의 남원 춘향제에 가서 또 한 번 광한루와 오작교를 돌아보고 왔지만, 좁은 면적의 땅에 이 넓은 천지를 이리도 잘 오밀조밀히 상징해 놓은 곳이 우리나라에서 어디에 또 차려져 있는가? 2만 평도 될까 말까 한 면적 위에서 우리는 하늘의 오작교 주변의 은하수를 본뜬 못물 위의 뱃놀이도 할 수 있고, 동방의 가장 멋들어진 사상의 하나인 노자의 도교, 하늘의 제일의 누각인 광한루의 기품과 좋은 죽림, 송림들의 바람 소리와 춘향의 오르락내리락하던 그네의 흔적, 천지 그 어디에도 통달하는 춘향 어미 월매의 체취까지를 다 느낄 수 있는 것이다. 이런 데가 또 어디 있는가를 찬찬히 잘 생각해 보기 바란다.

광한루에서 돌아오는 길에 남원 장에 들렀더니, 우연히도 내가 오래 찾고 있던 지초芝草라는 풀까지도 여기에는 상품으로 나와 있었다. 『공자가어』에서도 '선인善人하고 사귀는 것은 지란芝蘭의 방에 들어감과 같나니, 오래도록 그 향내를 맡기는 어려우나 동화는 되느니'라고 말했던 그것, 가끔 텔레비전에서도 '꽃 사려, 꽃 사려, 난초 지초도 사려' 누군가가 노래하는 민요 〈꽃타령〉에 나오는 바로 그 지초, 그러나 현대인들은 그걸 다 잊어 나 자신부터 「무등을 보며」

라는 시에 그걸 말하고도 사실은 본 일이 없던 바로 그 지초도 남원 장에 가면 산처녀의 행상 바구니에 담기어 얼굴을 드러내고 행상 처녀의 입을 시켜 "지초요…… 지초요……" 읊조리게도 하는 것이다. 이런 것을 전라도의 정신의 빈곤이라고 누가 볼 수 있는가?

불로 달군 쇠붙이로 지져서 매화꽃 같은 걸 자잘하게 그려 넣은 전주 합죽선의 그 납작하게 가느다란 대살대의 기막히게 정교한 열심을 기억해 보시기 바란다.

합죽이라니? 이것은 내가 보기엔 통일신라 시대의 대표적인 참사 람—문무대왕 김법민과 그의 첫째 신하 김유신—그 두 만파 넋의 합일을 상징했던 합죽의 뜻을 살려 온 이 나라 생산품 가운데 지금 남은 유일한 걸로 안다. 김유신과 김법민이 한마음 한뜻이 되어 이 나라 통일을 해낼 때에 어느 섬의 어느 대나무들도 깊은 밤이면 둘이 포개어져 한 개로 합죽이 되었다는 이야기—그건 여러분도 우리 역사책에서 보아 잘 기억하고 있지 않은가?

바로 그 처음 꼴의 전주 합죽선의 대살대는 열심히 불로 지진 그림 무늬를 보이며 지금도 그대로 남아 있다. 그리고 이런 생산품을 통해 남은 자취로는 이것이 아까도 말한 것처럼 지금 이 나라의 유일한 것이다. 이 합일하려는 전통적인 마음 한 가지만으로라도 어떻게 우리 전주의 정신의 뼈대를 무시할 수 있는가? 이에 반대하거든 어서 말해 보기 바란다.

그리고 전주 창호지가 있는데, 이것도 우리 민족이면 절대로 얕잡아 볼 수 없는 특유한 것 아닌가?

하늘이 뜻하는 것을 가장 가까이서 놓치지 않고 민감히 들어 반영하려는, 그래서 한때의 부당한 정치적인 횡포와 탄압이나 낮은 가치를 넘어서서 영원한 자연의 법도에 따라 어리석지 않으려는, 가장 영리하고 훤칠하고 못날 수 없는 의지가 이 창호지를 숭상하고 이의 제조를 발전시켜 온 정신의 역사 속에는 들어 있다. 이렇듯 정교한 곳이, 이 민족사 속의 어느 때에라도 만만히 대접받을 건덕지가 될 수는 없을 것이다.

1952년부터 1953년 사이의 대중공 전쟁의 피란 시절에 광주에 가 있으면서 나는「무등을 보며」라는 시를 썼다.

가난이야 한낱 남루에 지내지 않는다
저 눈부신 햇빛 속에
갈맷빛 등성이를 드러내고 서 있는
여름 산 같은
우리들의 타고난 살결,
타고난 마음씨까지야 다 가릴 수 있으랴

청산이 그 무릎 아래 지란芝蘭을 기르듯
우리는 우리 새끼들을 기를 수밖엔 없다

목숨이 가다 가다 농울쳐 휘여드는
오후의 때가 오거든

내외들이여 그대들도
더러는 앉고
더러는 차라리 그 곁에 누어라

지어미는 지아비를 물끄럼히 우러러보고
지아비는 지어미의 이마라도 짚어라

어느 가시덤풀 쑥굴헝에 뇌일지라도
우리는 늘 옥돌같이
호젓이 묻혔다고 생각할 일이요
청태靑苔라도 자욱이 끼일 일인 것이다

수수하고 후하기만 한 부부 같은 무등산의 두 봉우리의 앉고 누운
것 같은 모양, 그것은 또 이 무등산을 에워싼 광주 일대와 전라남도
의 인심이 아닌가 한다. 두 봉우리 같은 부부들이 자녀를 퍼트렸을
때의 그 가정이나 사회가 풍길 그런 인심 말이다.

이 온후함과 질박함에는 멋이 없을 것 같기도 하지만 천만에, 여
기엔 또 그에 상응한 멋이 있어 왔음은 물론이다. 조선의 화가 겸재
의 산수도에서 풍기는 바로 그것이다.

싸고도 맛진 산야의 나물이나 열매를 찾으려면 광주 장에 가는 게
좋을 것이다.

그리고 요즘 들으면 전주의 술집마다 가장 많이 나오는 접대부도

광주 출신의 젊은 여자들이라고 하지만 이것도 오래갈 일은 아닌 줄로 나는 안다. 교육이 무등산이 있는 자연의 멋에 해당할 만한 것을 가르치지 못했고, 너무나 먹고살기 어려워 우선은 이리 방황하는 것이겠지만, 그게 교육으로나 자신들의 경험으로나 무등산만큼 한 멋을 얻을 때가 되면 그들은 저 무등산 자락으로 다시 모두 돌아갈 것이다. 나는 확실히 그걸 믿고 있다.

그건 그렇고, 자, 이제 나는 내 고향 호남 속의 내 본고향인 고창 얘기를 해야 할 마련이 되었다. 뭐니 뭐니 해도 내게는 고창이 전라도요, 전라도가 또 고창이다.

내가 생겨난 마을은 전라북도 고창군 부안면 선운리이다. 선운리라는 이름이나, 또 마을 동쪽에 자리 잡은 소요산이라는 산 이름 따위로 미루어 보아, 여기서 아마 옛날에는 신선 수행자들이 살았던 게 아닌가 짐작도 되지만 확실한 내력은 알 수가 없다.

바로 재작년엔가, 인연이 닿아 만해 한용운 스님의 한시들을 우리말로 번역하다가 내가 어렸을 적에 할머니의 손을 잡고 우리 마을에서 시오 리쯤 떨어져 있는 선운사에 가서 본 기억이 어렴풋이 있는, 백학명 스님에게 주는 작품을 발견하고 정말 반가웠다. 한용운 선생께서도 그 다난하던 생애가 너무나 따분해 견디기 어려울 때는 선운사로 도승 백학명 스님을 찾아가서 위로받곤 했던 게 그의 시에 보인다.

선운사 골째기로
선운사 동백꽃을 보러 갔더니
동백꽃은 아직 일러 피지 안했고
막걸릿집 여자의 육자배기 가락에
작년 것만 상기도 남었습디다.
그것도 목이 쉬어 남었습디다.

—「선운사 동구」

이 시는 한 10여 년 전에 내가 이곳 선운사 동백꽃을 두고 쓴 것이
고, 그러께에는 이곳 인사들이 나를 아껴 여기다가 내 시비를 세울
때에 비면에 자필 그대로 새겨 넣기도 한 것이지만 여기 나오는 막
걸릿집 여자인즉 해방 뒤에 있던 여자가 아니라, 사실은 지금으로부
터 서른대여섯 해 전 일본 통치 때에 그 언저리의 주막에 있던 여자
다. 그러니 막걸릿집에도 다 육자배기지, 요새야 어디 그런 거나 있
는가?

가노라 간다네
내가 돌아를 간다네
죽음에 들어
노수가 있나

어쩌고 하는 이 육자배기의 가사에는 백제가요 중에서 그 제목만

남고 내용은 자취를 감추어 버린 것들도 어느 만큼 포함되었을 거라고 나는 생각해 왔는데, 「선운산가」 같은 백제가요는 이 선운사 언저리의 육자배기의 어떤 구절에 반드시 묻어 있음 직만 하여, 나는 육자배기에 귀를 더 기울여 온 것이다. 위에 보인 육자배기 구절에 나타나는 윤회전생의 한정 없는 나그넷길의 사설은 「제망매가」 같은 향가와 비교해 볼 때에 어딘지 일맥상통하는 데가 있는 것 같지 않은가?

선운사 어귀의 장수강에서는 또 백제 때에 만들어진 그 침향이라는 것을 지금도 건져 낼 수가 있다.

어디에선가도 말한 듯하지만 침향의 원목은 큰 참나무 토막으로, 이것을 꼭 민물과 바닷물이 합치는 곳의 꽤나 깊은 물속에 집어넣어 두어야 하는데, 향의 효력을 제대로 얻으려면 적어도 2, 3백 년, 많이는 천 년씩을 그대로 넣어 두어야 한다니, 본디 침향의 명산지인 이곳 장수강 물속엔 천 년 전 백제 때 것도 으레 끼어 있어 마땅한 일 아닌가?

이 침향의 얘기는 무얼 더 많이 자손들의 미래에 기대하고 살아야 하는 우리들에게는 육자배기에 담겼을 향가 구절들만 못하지 않게 기막히는 교훈이다. 참나무 토막을 민물과 조류가 합치는 물속에 갖다 넣으며 침향 되기를 바라는 누가 자기나 자기 아들 손자 때만 이걸 꺼내 피우고 즐길 목적으로 그랬겠는가? 2, 3백 년 뒤 아니면 천 년씩이나 뒤에 바라는 효력이니 그건 너무나 아스라이 먼 다음 세대들을 위하는 것뿐인 것이다. 이렇게 살다가 가셨던 우리 선인들이 어찌 기막히게 고맙지 않은가?

이와 대단히 방불한 얘기가 선운사 바짝 옆으로 들어가면 거기 비석 속에 또 하나 담겨 있다.

그것은 추사 김정희가 지어 쓴 유일한 비문이 새겨진 '백파 대율사 대기대용지비'가 뜻하는 것이다.

백파라는 중은 조선 영·정조 때의 추사와 한 시대 사람으로 추사와는 면담한 적은 없지만 서신으로, 요새의 그 펜팔 친구로 오래 사귀어 온 터로 계율을 특히 아주 잘 지킨 스님이었으니, 추사가 그 비문 제목으로 '백파 대율사'라고 존대한 건 알겠으나 '대기대용大機大用'이란 '큰 사람은 크게 쓰는 것이다'라는 뜻이 아닐 수는 없는 것인데, 비문을 보면 무엇을 크게 썼다는 것인지 구체적인 예시가 전혀 없어 궁금한 가운데에, 전해 오는 다음과 같은 얘기가 겨우 그 궁금증을 풀어 주어 아래에 옮긴다.

추사가 어느 날 그의 편지 친구──처지가 근본에서 다른 유교도와 불교도로서 서신 논쟁도 꽤나 잘했던 상대인 백파에게 아호 두 개를 지어 동봉해 보내면서 "백파 스님. 이녁이 갖든지 제자 누구한테 주든지 하라"고 했다. 추사 생각인즉 육안에 보이는 육신 가진 누구가 가지라는 것이었다. 그러나 백파는 그걸 자기 생전에는 자기도 안 가지고, 또 누구에게도 주지 않다가 임종 때에야 비로소 유서에 "이건 모년 모월 모일 추사 김정희가 내게 알아 쓰라고 보낸 것인데, 내 생전엔 그 적당한 임자를 만나지 못해 전해 주지 못했으니 후세 어느 때나(몇천 년 몇만 년 뒤라도) 그 알맞은 임자들을 만나거든 전하도록 하라"고 썼다고 한다.

이 얘기에서라면 백파가 무얼 사용하는 것이 추사보단 훨씬 더 커서, 거기에 추사가 크게 감동했을 것도 짐작이 되어 추사가 '백파 대율사 대기대용지비'라는 비제碑題를 붙인 구체적인 사유의 하나로도 아주 썩 좋다.

하여간에, 그냥 죽을 수는 없던 고인들의 길이 살려는 의욕들은 하루살이 우리들을 많이 울린다. 그런 침향이나 그런 아호를 받아 쓸 만해야 할 것인데 지금 사람들이 어디 두루 그럴 만이나 해야 말이지.

왜정시대 말기의 어느 날, 일본인 건축미술 연구가가 선운사에 왔다가 만세루—조선 왕조 어느 때엔가 불에 타고 남은 집의 목재 토막들을 잘라 모아 이어서 지은 그 만세루를 사흘 낮을 고스란히 합장하고 돌아다니면서 "예, 감사하옵나이다…… 예, 감사하옵나이다……"했더라던데, 이것 부끄러워 어떻게 하지?

들으면 요즘 오래 안 나오던 범이 밤이 이슥하면 선운사 칠성각 옆에 다시 나타나 앉아 두 눈에 불을 구을리고 있다던데, 범도 마음이 있어 침묵의 경고로 그러는 것 아닌가도 싶다.

'서울 놈 잘난 놈이 고창 놈 못난 놈만도 못하다'는 얘기라고도 하고 '고창 놈 못난 놈이 서울 놈 잘난 놈한테 풀 먹인' 얘기가 고창에 가면 언제부터인지 전해져 내려오고 있다.

조선인지 고려인지 또는 그보다 더 먼저의 무슨 왕조 때인지 그건 확실치 않지만 고창의 한 얼간이 녀석이 서울로 과거를 보러 갔는데 그만 미끄러지고, 노자도 떨어지고, 배도 너무 고프고 해서 자배기 물에 풍덩 담가 논 풀이 어느 구멍가게 앞에 놓여 있는 것을 보고 남은 푼돈으로 그거나마 몇 덩이 사서 몰래 처먹고 있던 판인데, 과거에 급제해 으스대고 나오던 서울 녀석 몇 놈이 옆으로 지나다가 그걸 보고 "원, 세상에 별사람도 다 보네" 했다고 한다.

그래 고창 놈은 "모르면 가만히 지나가기나 하시오. 모두 몰라서 그렇지, 풀이란 것은 사실은 병 중에서도 체증에만은 신효요, 신효!" 라고 했더니, 그 가운데는 체증으로 부대끼는 자도 있어서 그게 그만 그런가 하여 넙죽넙죽 그 풀을 배도 안 고프면서 마구잡이로 건져 움켜쥐고 퍼먹어 대더라는 얘기고, 그 끝에는 "암, 잘 먹는구만 잘 먹어. 의관을 할라면 첫째로 도포 자락부터 풀을 잘 먹여야 하는 것이닝게. 잘 먹여야 하고말고 암…… 그렇지만 이 사람들아. 나는 배창자가 말라붙어서 이걸로라도 요기하지만 자네들은 두툼하게는 배부른 사람들이 거 무슨 짓이여? 거 무슨 짓이냥게?" 하고 한바탕 그들을 놀려 줄 수 있는 기회가 고창 놈 못난 놈에게 왔다는 얘기다.

도포에 풀?—도포에 먹일 정신의 풀이라도 너희들은 제대로 가졌느냐는 야유겠지.

고창은 틀림없이 그런 풀이 예부터 있긴 있어 온 데인 것 같다. 고창을 두고 하는 말로 '까스럽다'는 말이 있다. 고창에 원님 노릇을 다녀간 외지 사람들이 두루 그 형용을 붙인 것이라고도 한다.

내 얘기가 되어서 미안하지만 이곳 선운사에 내 시비를 세울 때만 해도 나는 나보다도 더 위대하고 공적이 큰 이 고장 출신 선배들의 이름들을 열거하며 그분들부터 먼저 해 드려야 한다고 열심히 주장했었다. 그러나 이곳의 발기인들은 두루 말하는 것이었다.

"우리는 금력이나 권력은 보지 않는당게라우. 지지리는 고생하고 시 쓰신 이녁이 좋소. 이녁 다음에는 우리 순 무권자로 우리 고장 흥덕 여자 명창 김소희 선생 것이나 또 하나 세워 드릴라우. 그래야만 우리 고장 아니겠능게라우."

이것이 내 고향 고창의 까스럽다의 뜻이다. 그러니 나 같은 사람은 이 까스러움을 더없이 고마워해야 하지 않겠는가? 나로서는 내가 이렇게 까스러운 고향 고창에 태어난 걸 복이라고 생각할 수밖에 없다.

지금 우리나라에 놓여 있는 성곽들 가운데서 가장 고스란히 옛 모습을 남기고 있는 건 우리 고창의 모양성뿐이라고 한다.

이것도 조금만 깊이 생각해 보면 고창이 예부터 가져 온 까스럽다면 까스러운, 그 바닥까지 닿으려는 정 때문이 아닌가 한다. 고창의 옛 이름 '모양牟陽'에 보이듯 햇볕 머금은 보리 모개마냥 까스럽고도 또 뜨시한 것이다. 이 늘 번덕 없는 햇볕 머금은 보리 같은 힘이 모여 이렇게도 단단해 좀처럼 안 헐리는 모양성을 쌓아 올린 것이다.

나는 모양성에 오를 때마다 조선 왕조 말기의 이곳 태생인 오위장 신재효의 그 생활의 고소한 깨 흐뭇이 쏟아지는 창극 『춘향전』을 생각하곤 하지만 사실은 춘향이는 휑한 벌판 남원에서보다 이 모양

근방에서 인연이 닿아 태어났더라면 더 잘 어울렸을 것 같다. 『춘향
전』에 보이는 그 짓거리들을 이 성을 오르내리며 바름바름 전개하
였더라면 아주 더 좋게 어울렸을 성만 싶다.

또 나는 내가 난 고장의 일이라서 그러는 게 아니라 내 시의 생리
로, 내가 이 세상에 태어나 살아온 뒤 들은 모든 노래들 가운데서 이
곳 고창 흥덕 태생인 김남수 애기씨의 노랫소리 레코드판을 가장 뼈
에 닿게 좋아하는 자이다. 그 참 너무나 밝게는 서러운 달빛 같은 소
리—이 세상의 온갖 설움의 가지들이 나긋이 휘어질 만큼 너무나
밝은 그 슬픔의 소리를 남수 애기씨밖에 또 내는 사람을 나는 아직
도 모른다. 그네의 목소리를 듣는 타도 사람은 바로 그것이 전라도
목소리이겠거니 하고 삭여 들으면 바로 맞힌 셈이다. 이화중선도 대
단키사 하다. 그러나 그네의 소리에는 너무나 짙은 안개가 끼었다.
그네의 동생 이중선의 소리도 귀엽고 그립기야 하다. 그러나 거긴
아직 애티가 맴돈다. 훤칠히 아주 밝은 달빛 같은 슬픈 소리 그것이
라면 우리 흥덕의 김남수 애기씨를 흉내라도 낼 사람은 기다린대도
아마 여러 백 년쯤은 잘 기다려야 만나려면 만날 것이다.

이 김남수 애기씨의 마을은 내가 생겨난 선운리에서는 지금 내 나
이에 싸득싸득 걸어서 가자면 한 서너 시간쯤 걸릴 흥덕이라는 데
있었다던데, 내 생전에 그네를 한 번도 못 보고 그냥 가 버리게 한 것
은 서글프다면 참 많이 서글프다.

지금은 이것도 길을 넓히고 어쩌고 하느라고 다 없어졌지만, 여름
날 흥덕 장에 들어서자면 고창 쪽으로 가는 행길가에 맨 먼저 눈에

띄던 것은 그 작은 대로 꽃이 풍부한 연못이었다. 내가 이 세상에 나서 소년 때 맨 처음으로 연못이라고 본 것이 이 연못이고 또 연못의 신바람이었는데, 혹시 남수도 홍덕에 나서 이 연못의 달밤의 신바람을 타고 자라 그런 소리를 만든 것이나 아닌가 생각하면 여기 이렇게 그네 일을 다시 쓸 인연은 충분히 있는 것도 같기사 하다.

그 혹독하던 왜정 때를 어디로 어디로 흘러 다니며 창피한 처녀기생 노릇이나 하고 입에 풀칠하고 살아가며 그런 노래를 불러 일본인의 컬럼비아 레코드판에까지 다 담기게 되었던 것인지, 이런 쪽으로 쏠리는 내 향수가 향수라면 그저 첩첩기만 할 따름이다.

(『뿌리깊은나무』 1976.7.)

남도 음식 몇 가지

『열반경』이라는 불경에 보면 석가모니께서는 '나는 아무것도 먹어 본 일이 없다'고 하시고 있어, 음식이라는 것을 의식하고 맛본 일이 없었던 뜻을 비치고 있거니와, 이분에게만은 때로 죄송한 생각을 가지면서도 나는 음식의 맛과 종류에 꽤나 많은 편향을 가지고 살아온 것만은 숨길 수 없는 사실이다. 그러나 이 기호는 그저 다만 종류와 맛의 두 가지에 그칠 뿐 공자처럼 그 규격에까지 까다로이 대해오지는 않았다.

　『논어』제10편「향당鄕黨」에 보면 공자는 '반듯하게 안 자른 고기는 안 먹었고, 장에서 사 온 술과 포는 안 먹고' 하는 대단스런 음식 규격에 대한 기호까지가 꾀까다롭게 열거되어 있거니와, 나는 어느 편이냐 하면 그렇게 규격에까지 까다롭게 굴 생각은 없다. 장에서 사 온 술을 마시고 주독에 눕는 사람들의 이야기를 안 듣는 것도 아니면서도, 역시 여기서는 그 호운이라는 것만 의지하면서 장의 술도 사 마시고 먹어 보며 살고 있는 것이다.

그러나 나는 생리적으로 피가 질질 흐르는 육지 동물의 육류는 비위에 맞지 않아 거의 먹지 않는다. 때로 주석에서 불에 아주 잘 구워 낸 쇠고기나 꿩고기 같은 건 몇 점씩 집어 먹어 보기도 하지만 이것도 비위에 좋아서 그러는 건 아니다. 그 대신 나는 바다에서 나는 고기들과 산과 들의 나물들을 즐긴다. 특히 물속의 게나 새우, 패류나 산나물을 좋아한다. 이것들은 피를 조금도 보이지 아니해 비위에 맞는다.

꽃게 두딱지와 새우김치

내가 어려서부터 지금까지 밥반찬으로 즐겨 먹는 것에 '꽃게 두딱지'가 있다. 내가 난 곳이 전라도 서해의 작은 포구여서 꽃게는 내리미 그물로 늘 많이 잡혔기 때문에 마을 사람들은 이걸 간장에 절여 익혀서 밥반찬으로 애용해 왔는데, 장에 절인 꽃게의 여러 부분 중에서도 그 딱지 안의 얇은 막으로 깔린 속딱지에 붙은 노란빛의 게장까지를 아울러서 더운밥 숟가락 위에 쓰윽 걸쳐 먹으면 아주 신비하리만큼 맛이 있다.

게의 속딱지—두딱지라는 것은 어느 게나 다 있는 건 아니고, 딱딱한 겉딱지를 두 쪽으로 꺾어 봄으로써만 그 유무를 가려 낼 수 있다. 이것을 가려 먹고 싶은 사람은 밥상에서 손수 그걸 찾아 손으로 집어 먹는 수밖에 없다.

새우김치는 새우젓을 넣어서 담는 김치—서울의 그 배추김치를 말하는 것이 아니라 바다새우, 그것도 손가락만큼씩 큰 날새우로 담는 김치라는 뜻이다. 물론 맵고 붉은 풋고추와 마늘 간 것과 그 밖의 양념을 갖추어 김치 담듯 담아서 익혀 먹는 것인데 여름철 보리를 반쯤 섞은 더운밥에 이걸 걸쳐 먹는 것도 별미다. 이것은 짜면 절대로 안 된다. 풋고추의 매운맛과 날새우의 며칠 동안 익은 맛이 잘 조화돼야만 하며, 얼큰하고 삼삼한 맛에 젖어 구슬땀을 흘리며 여름 땡볕 속으로 숨을 다그쳐 쉬고 앉아 먹는 것도 우리의 음식을 먹고 사는 맛의 하나는 착실히 될 줄로 안다.

지난번 홍도에 갔다 오는 길에 목포 시장에서 아내가 발견해 낸 이것을 목포에서는 '무안 새우젓'이라고 부르고 있었다. 전남 무안에서도 이것을 꽤나 애용해 내려온 모양 같다.

곰소 뱅어젓

나비 제비야 깝치지 마라.

맨드래미 들마꽃에도 인사를 해야지.

아주까리 기름을 바른 이가 지심매던 그들이라 다 보고 싶다.

내 손에 호미를 쥐어 다오.

살찐 젖가슴과 같은 부드러운 이 흙을

발목이 시도록 밟아도 보고 좋은 땀조차 흘리고 싶다.

이것은 이 나라의 흙을 유난히도 그리워하던 시인 이상화가 땀이
라도 흘려 보태고 싶었던 그 '땅'의 느낌을 표현한 「빼앗긴 들에도
봄이 오는가」라는 시의 구절이다.

아닌 게 아니라 이상화가 아니라도 우리는 가끔 그 좋은 땀조차
흘려 이 나라의 흙에 보태고 싶은 간절한 욕구를 가질 때가 있지만,
글쎄, 이상화의 이 땀은 봄에 흘린 것이라 추운 겨울에 방에 앉아서
라면 이걸 어떻게쯤 해서 흘렸으면 좋을는지?

여기엔 아주 간단하고 또 간절한 좋은 방법이 하나 있다. 우리나
라가 아니면 없는 그 간절하게도 매운 김치를 가져다가 더운밥과 함
께 큼직큼직 집어 먹는 것도 물론 좋지만, 그보다 한결 더 효과적인
걸로 나는 전라도 변산 곰소의 알큰한 뱅어젓 한 접시를 더운 쌀밥
과 함께 권하려 한다. 이것이라면 제아무리 땀도 잘 못 흘리는 졸장
부라도 능히 그 좋은 땀을 어느 만큼씩 흘려 이 나라 사람임의 알큰
한 느낌을 추운 겨울 이 나라 공기 속에 보탤 수가 있을 것이다.

이 '뱅어'라고 불리는 바닷고기는 가느다란 지렁이 정도 크기의
빛이 흰 것이니 한자로 백어白魚라 하던 것이 '백'이 '뱅'의 음변을 빌
려 와전음이 된 것으로 안다. 별스러운 것이 아니라 지금도 어느 만
큼 큰 시장에 가서 찾으면 섭섭지 않게 어디 언제나 놓여 있는 해태

마냥 다닥다닥 다붙여서 한 장씩 한 장씩 장 지어 말려 파는—학교 가는 아이들 도시락 반찬거리인 그 뱅어 말림의 원료가 되는 가느다랗고 작은 바닷고기다. 전라북도의 변산 곰소젓을 상품으로 치던 것이지만, 지금은 여기도 공장에서 나오는 오염물 때문에 폐장되어 있고, 아마 충남 광천에서 나는 것은 아직도 건재한 모양이다.

겨울 뱅어젓 역시 짜서는 안 되며 아주 알큰히 매워야만 제맛이 난다. 여기엔 고춧가루도 가장 매운 전라도 것을 쓰는 게 좋다. 마늘을 적당히 이겨 섞는 정도의 양념으로 족하다. 참깨니 뭐니 양념을 너무 많이 섞으면 순수하게 알큰해야 하는 뱅어젓의 제맛을 잃기가 쉽다.

잘 익어 제맛이 든 이것을 되도록이면 김포 쌀의 기름기 번질번질하게 차진 더운 밥숟가락 위에 척 걸쳐서 먹으며 알큰하여 좋은 땀이 이마에 송알송알 돋아나거든 시인 이상화의 '좋은 땀조차 흘리고 싶다'는 시구절쯤 생각해 보는 것은 첫째 싱겁지 않은 사람다운 맛이 될 것이다.

제주 닭게와 참치속젓

지난해 겨울 제주에서 방랑하다가 제주 명물인 닭게라는 걸 먹어보았는데 이것 한 마리면 아껴서 두 사람분의 술안주와 밥반찬이 된다. 새우의 일종이지만 크기는 웬만한 연계만 한데, 두 개의 거센 다리와 머리의 뿔 속의 살들과 몸의 살들을 날로 대충 발라내서 회를 쳐 술안주로 쓰고 나머지는 몽땅 지글지글 끓여서 밥반찬으로 하는 것이다. 맛은 우리가 흔히 먹는 큰새우와 바다꽃게의 맛을 합해 놓은 것과 비슷한데, 그 합친 것보다도 맛의 도수는 한결 더하다. 진미 아니라고 할 사람은 이 땅 위에는 아마 없을 것이다.

요즘 시장에서 판매되고 있는 일종의 조미료의 주원료 중 하나인 참치(일본 말로는 가쓰오)가 제주 근해에서만 어느 만큼 생산된다고 한다. 참치를 건어로 말리기 전에 배때기 속을 빼내어 모아서 젓을 담은 것인데, 이걸 몇 젓가락 집어서 잘 씹어 먹고 있는 동안에는 숙취의 피로도 어언간에 풀리곤 했다. 이것은 제주에서 담는 그대로 소금에다가만 절여 먹는 것이 그 독특한 풍미를 살리는 것 같다.

우리 공부꾼들이 피우는 향 가운데서도 좋은 침향의 어떤 것의 냄새를 방불케 하는 이 참치젓의 바다 맛의 향기는 정말 희한한 것이다.

밤젓

연전 대구에 갔다가 경북대학교 철학 교수 이종후 군의 점심 대접을 받은 일이 있는데, 음식점이 꽤나 초라해서 "왜 이런 데를 하필 골랐느냐"고 하니, "그래도 젓 한 가지라도 먹을 만한 걸 낼 줄 아는 집"이라 해서 기대하다가 거기서 맛본 젓이 밤젓이다.

향내는 아까 말한 그 좋은 침향 내음새와는 또 다른 것인데, 가만 있거라, 옳지, 옛날에 석가모니 부처님이 그의 조국—카필라국의 왕궁에서 태자로 있을 때부터 애용해 피워 온 것이라고 전해지는 인도산의 향나무—전단향의 어떤 것과 매우 가까운 데가 있는 곰슬겨운 내음새를 지녔다.

전남 여수가 원산지라고도 하고, 경상 남해가 그렇다고도 하는 이 밤젓의 원료는 전어—제사상에 많이 올리는 가시가 자잘하게 많은 그 전어로, 내장 중에서 아주 쬐끄만 밤알만 한 몬도리만을 골라 모아 소금에 오래 절여 익힌 것이다.

내 옆에 앉아 술을 따르던 접대의 계집애더러 "이렇게 맛이 좋으면 무얼 하는 게 제일 좋으냐?"고 하니, "그만 맘대로 해 보이소" 해서 과히 흉하지 않은 놀음으로 나는 어린아이 때 심심하면 꼬마 남녀 친구들과 곧잘 하던 발바닥에 간지럼 먹이기를 그 접대부 아이하고 한바탕 재미있게 먹이고 놀다 왔는데, 요만큼 내가 그때 신바람 났던 것도 다 그 밤젓의 기운이었음은 물론이다.

통영 미더덕찜

마산, 통영 바닷가의 '미더덕찜' 자랑을 내게 처음 한 사람은 내 큰자부로, 그건 벌써 10여 년 전 일이었는데, 내가 미더덕이라는 걸 처음 보기는 불과 몇 해 전 시인 고은과 함께 진해 육군대학교에 강연을 갔다 돌아오는 길의 하룻밤을 밝힌 아침의 여관 앞 장거리에서였다. 그러나 이때도 미더덕찜이라는 것의 원료인 미더덕—소형의 멍게 비슷한 그것의 모양을 보았을 뿐 바쁜 길이어서 맛볼 겨를도 없이 그냥 그 곁을 스쳐 오고 말았었다.

이걸 겨우 처음 먹어 본 것은 올 5월 중순께 어느 날에 와서다.

거제도에서 있은 여제자의 결혼식 주례를 마치고 돌아오는 길에 나와 아내는 이 미더덕찜을 맛보기 위해서 일부러 통영에서 하룻밤을 묵고, 이튿날 아침 이걸 하는 집을 여러 골목 물어서 찾아내 비로소 시식해 보게 되었는데, 과연 노랑저고리 분홍치마로 버드나무에 그네 뛰는 춘향이보다는 또 다른 만고절색의 기묘한 맛이로다. 흐뭇하면서도 쫄깃쫄깃하고, 그러면서 또 산초山椒의 그윽한 향기를 풍기며 알큰하기까지 한 절색의 맛은 이 넓은 천지에서도 분명코 아마 여기뿐일 것이로다!

"여보. 이걸 싸서 들고 지리산에 들어가서 한바탕 먹어 봐. 증말 참 맛 좋을 것이야."

나는 아내에게 권해, 이걸 큰 비닐봉지에 하나 가득 싸 담게 해서 들고 따끈따끈한 온도가 빨리 식지 않기만을 빌며 아내와 둘이서 지리산에 들기 위해 먼저 남해로 가는 엔젤호 선객이 되었다. 그래 남해에서 하동으로, 하동에서 험한 백 리의 산길을 버스로 굴러 지리산 입구인 묵계까지 갔는데 묵계에 닿으니 오후 4시쯤 되고, 시장기도 거의 절정에 이르러 있었다.

아직도 머리를 깎을 줄 모르는 사람들만이 모여서 사는 마을인 지리산 청학동—우리 목적지는 여기서도 30리쯤은 실히 된다는데 에라 모르겠다, 우선 먹고 보자며 우리 내외는 묵계에서 5리쯤의 산협의 맑은 물가에 앉아 사양斜陽 속에 이 통영 미더덕찜을 집어세기 시작하였는데, 상말로 '둘이 먹다가 하나 죽어도 모른다'는 건 딴게 아니라 이런 데서 먹는 바로 이 통영 미더덕찜 같은 것이 아닐까 했다.

해 져서 청학동에 간신히 도착해 어느 도인 영감님 댁에 일박을 사정했더니 "그러시오만, 산신님이 싫어하시는 냄새는 안 풍겨야 허요" 하며 담배를 절대로 하룻밤 동안 피우지 말라고 당부했는데, 그 것도 우리 내외 입에서 나는 그 통영 미더덕찜 냄새를 맡고는 우리를 먹고 싶은 것을 못 참는 축들로 여겨 그랬던 것이 아닌가 한다. 산신님이란 호랑이가 아직도 많이 나오는 지리산에서는 호랑이를 존대해서 이름인데, 아무려면 그럴까? 호랑이가 정말로 통영 미더덕찜 탐식한 입으로 쓰윽 한대 피우는 담배 연기를 싫어해서 심술을 부릴 것인가? 원……

목포 세낙지

서울 시내 백화점 지하실에도 또 무교동 일대에도 낙지 산 것의 발들을 꾸물꾸물 산 채로 끊어 양념과 함께 술안주로 내놓는 생낙지 집이 꽤나 많이 생겨나 있지만, 이것들은 두루 너무나 큰 낙지들이어서 맛대가리가 적다.

이것은 원래 아주 가느다랗게 작은 새끼 낙지─즉 세細낙지에 본 맛을 두는 것이니, 대가리에도 아직 먹통물 한 점도 들어 있지 않아 후르르 통째로 한 마리를 집어센다 하여도 그저 유쾌하기만 한 그 맛에 근본을 두고 있다.

이것을 지금 잘 먹어 보자면, 내가 알기론 역시 전남 목포에 가는 게 제일 첩경일 것 같다. 목포에 가거든, 페인트칠한 깨끔스레 벌리고 있는 음식점에 가지 말고 뒷구석의 수수한 골목에 나무 조각에다 '세낙지 집'이라고 먹글씨로 써서 건 그런 집을 찾는 것이 실속이 있다.

목포 시장에서는 한 마리에 4, 50원씩 파는 걸, 이런 먹글씨로 간판을 써서 단 세낙지 집에 가면 1, 20원 더 얹어 주고 언제나 목포 본바닥의 진짜 양념을 얻어 음미할 수가 있다.

내가 먹어 본 바로는 세낙지의 양념으론 고추장보다 된장이 좋았다. 물론 사계의 음양을 잘 가려 담은 진짜 된장 맛이 나는 우리나라 된장에, 푸르면서도 아주 매운 풋고추를 곁들여서 먹는 것이 제일 순수한 세낙지 맛을 내어 주는 것 같았다.

이것은 내 경험으로는 술을 좋아하면서도 주독에 늘 애타는 사람들에게는 좋은 약인 것도 같다. 세낙지의 흡반이 주객들의 위장 속에 아직 산 채로 들어가 작용해서 한동안씩 주독을 빨아들일 것을 생각해 보면 예부터 말해 오는 홍시의 술 해독력보다도 더 낫지 않을까 하는 것이다.

(『신동아』 1976.12.)

잉어바람

　'잉어바람'은 흔히 음 9월의 맑은 가을바람을 말하지만, 잉어의 생
동하는 영상을 담은 이 바람은 계절의 제한 속에서가 아닌, 어느 때
어디에서나 목숨의 싱싱히 산 기운이 느껴지는 바람에 두루 그 이름
을 붙여 마땅할 것 같다.

　고대 중국에서는 잉어를 물고기 중의 왕자로 여겨 와서, 어떤 것
은 용이 되리라는 믿음도 전해져 온다. 가령 황하 상류의 용문이란
곳의 급류를 거슬러 오른 잉어가 용으로 둔갑해 하늘로 오른다는 전
설 같은 것도 그런 믿음에서 빚어져 나온 듯하다. 공자가 아들을 낳
았을 때 노왕 소공이 잉어를 축하의 선물로 보내자, 공자가 이것을
기념해서 아들의 이름을 '리鯉'라고 한 것도 고대 중국인들의 잉어
숭상을 상징하는 것으로 보인다.

중국 말로 '이소鯉素'는 편지라는 뜻이다. 『문선文選』이란 책의 고시
古詩에는 이소의 뜻을 예로 들어서 표현하고 있다.

멀리서 나그네가 오시어 　　　　　客從遠方來

나한테 한 쌍 잉어를 주며 자시라기에 　饋我雙鯉魚

아이 불러 삶게 했더니 　　　　　呼童烹鯉魚

그 속에 편지가 있어 　　　　　　中有尺素書

오래 꿇어앉아서 그 편지 읽네 　　長跪讀素書

그 편지 뜻은 무엇이겠나 　　　　書中意何如

윗사람은 진지를 더 자시고 　　　上有加飱飯

아랫사람은 오래 서로 그리워함이라 　下有長相憶

이소의 '소素'는 생견生絹의 뜻이니 비단에 쓴 편지를 말한다. 『삼국
유사』의 물고기 배 속에서 나온 편지 이야기들도 물론 중국의 이소
이야기를 본뜬 것일 것이다.

　그래 나는 근년의 내 속수俗壽의 황혼의 유리창에 잘 보이게 뜰에
몇 그루의 사철 푸른 소나무와 대나무들을 심고, 거기서 일어나는
바람의 성성히 산 움직임을 즐기며, 뜰의 작은 못물과 방의 어항에
서 가끔 붕어나 잉어가 죽어서 떠오르면 송죽의 밑거름으로 얹어 주
고 있다.

　잉어가 거름이 된 대수풀과 소나무의 흔들림을 보고 그 소리를 듣
고 앉았으면, 잉어 배때기 속의 먹글씨로 쓴 무슨 그리운 편지 글발

같은 것도 소곤거리는 듯도 하여, 극히 고전적인 생명의 원류가 내게로 대어 오고 있는 것만 같아 불가불 살맛이 없을 수가 없는 것이다. 여기에 비가 내려 적시거나 눈이 와서 얹히는 때는 더욱더 그렇다. 향불이라도 안 사르고는 있을 수 없는 것이다.

(『문학사상』 1977.2.)

무꾸리 호박떡같이

지난 1월 31일의 문협 총회가 있기 한 열흘쯤 전에 내가 문협 간
부진의 내방을 받고 새 이사장 입후보를 승낙한 지 며칠 뒤의 어느
날 밤, 외출에서 집으로 돌아온 나는 내 방에 오랜만에 보는 떡시루
가 덩그렇게 상 위에 받쳐져 놓여 있는 것을 보고 "이게 뭐냐?"고 아
내에게 물으니, 아내는 눈으로만 웃으며 "오랜만에 호박떡 생각이
나서 좀 해 보았다"고 한다.

입으로 내어 말은 하지 않았지만 말하자면 우리의 오랜 전통 끝의
그 무꾸리 떡인 것이다. 해석해 보자면 이건 시니 비니 할 이치가 아
니라 그저 국으로 오래 묵어 온 인습의 정인 것이다.

그래 나는 말로는 아내의 인습을 적당히 구슬러 조롱하면서도 마
음속으로는 이 정이 오구당당하여 시비의 이치보다 정을 따르는 게

한결 낫겠다고 느끼게끔 되기도 했다.

그래서 총회 사흘 전인가, 내게 맞서 나선 유일한 경쟁 상대인 문덕수 군 일행이 인사차 나를 찾아와서 "선배께 예가 아닌 줄은 압니다만 선생보다도 저는 훨씬 먼저, 거년 7월부터 나서기로 작정하고 조직을 짜 왔기 때문에 이제 물러설래야 물러설 길도 없습니다. 양해해 주십시오" 했을 때에도, 일테면 아내의 그 무꾸리 호박떡 같은 박정할 것 없는 웃음으로 너털거리며 "암, 염려 마시오. 염려 말아. 그쪽에서 이기면 이겼으니 좋을 것이고 만일에 나한테 진다 하더라도 나하고라면 상의 못 할 게 뭐가 있는가 뵈? 여직껏 지내 오던 무던한 사이 그대로 하면 되겠지" 할 수도 있었던 것이다.

문 군 일행이 이 자리에서 킥킥킥킥 웃고 돌아간 것도 그 무꾸리 호박떡 비슷했지만, 내 생각 같아서는 이번 문협의 새 간부진 선출이 신문들이 두루 칭찬한 것처럼 근년에 드물게 아주 조용히 선전으로 치러진 데에도 아마 이 무꾸리 호박떡 같은 정은 상당히 작용해 곁들이고 있었던 것만 같다.

그래저래 일어나는 현재의 내 생각이거니와, 지금 우리 사회 각 부면에 무엇보다도 필요한 인화 형성을 위해서는 시시비비의 이치 다짐이기 전에 이 호박떡 같은 정이 먼저라야 하지 않을까. 또 시비의 이치를 불가불 가려야 하는 마당에서도 그것의 살벌화와 불화를 막기 위해 이런 전통의 정은 늘 훈훈하게 그 답답하기 쉬운 이치의 두뇌를 축여 주고 있어야 하지 않을까.

나의 이런 생각과 느낌이 앞으로의 우리 문인협회에서 내가 아내의 무꾸리 호박떡 시루 앞에서 한 것과 같은 한낱 조롱거리에 그치고 말지 않을까 하는 염려도 나는 시방 어느 만큼 가지고 있다. 그러나 나는 이렇게 하는 것만이 우리가 서로 아껴 사는 바른 정신의 길이라고 생각하기 때문에 꼭 그렇게 하고 있을 것이다.

보리밭 속의 새벽별

　모파상의 어떤 단편소설을 보면, 늙은 한 쌍의 부부가 풀섶에서의 야합이 그리워 그걸 어느 밤에 한번 실천하고 있다가 경범죄 단속법에 걸려든 이야기가 있거니와 천막도 없는 순막천석지純幕天席地의 이런 밤, 별하늘 밑의 야숙은 꼭 남녀의 야합으로만 할 게 아니라 누구 혼자만이 실행해 본다 하더라도 그만큼 한 푼수의 자연에 밀착하는 깊이 황홀한 체험일 수는 있는 것이 아닐까?

　그러나 사람들은 이런 체험에 대한 그리움을 저마다 마음속에 상당히 지니면서도 체면 때문에 용감하게 실천해 내는 이는 아주 드물다. 다만 좋은 술에 흥건하게 취한 사람만이 가끔 체면이라는 걸 쓰윽 가벼이 넘어서서 황홀한 별하늘을 이불로 덮고 자는 풀섶의 야숙에 듭시기도 하는 것이다.

나도 한 주객은 주객인지라 이런 야숙의 경험은 내 63년의 생애에도 한 번 있긴 있었는데, 지금 생각에도 야, 그건 참 신바람 나는 일이었다. 더구나 이때는 술도 화학주가 아니라 혓바닥 쩍쩍 달라붙는 순 곡주로만 마시고 고로코롬 될 수도 있던 1930년대의 일이니 풀섶의 야숙도 또한 과히 고단하지 않은 것도 좋았다.

일인즉 그때나 이때나 순 자유주의자이기만 한 내가 갓 장가든 뒤의 어느 날 처가에 들러 장인 장모와 함께 반주 곁들여 저녁상을 받고 앉았다가 "거 장모님은 제 처보다 훨씬 미인이시군요" 한마디 느낀 대로 말한 것이 점잖한 장인의 노염을 사서 '호로자식'이라고 단단히 꾸지람을 들은 뒤의 무마책으로 이튿날 해 어스름 장인께서 이 고을 정읍의 어느 술집에서 그의 비서를 시켜 내게 한잔 잘 대접하게 한 데서 비롯한다.

'네 술의 농담을 인정한다'는 뜻으로 자리 마련해 주신 이 물 좋은 정읍 순 곡주를 싫다 않고 주는 대로 억수로 들이킨 나는 "혼자 걸으며 무얼 좀 잘 생각해 보겠다" 하여 해 질 녘 들판의 보리밭 사잇길로 접어들었던 것인데, 좋은 술에 흥건하여 생각은 무슨 생각? 어느새인지 때마침 피어오르는 그 푸른 보리꽃 모개들의 한정 없는 물결 속에 내 머리와 가슴은 고스란히 흔들리다가 그만 그 어드메 보리밭 둔덕길에 자지러들어 순수 자연에 자기를 몽땅 맡겨 버리는 깊은 수면 속에 잠겨 들고 말았던 것이다.

무엇이 두루 오슬오슬하고 싼득싼득하여 잠에서 깨어나 들으니 마을의 교교한 새벽닭의 울음소리만이 역력한데, 그때 첫새벽 닭울음을 무마하는 눈부신 빛의 초점들처럼 가슴에 박혀 오던 그 넓은 하늘의 별 무리들을 나는 지금도 잘 기억한다.

일어서서 걸으려 하다 보니 발에는 신발이 한 짝 언제 어디로 가 버렸는지 신겨져 있지 않았다. 그래 할 수 없이 한쪽은 양말만 신은 채 걸어갈 수밖에 없었는데 이것도 이 역사와 자연 속에서는 내가 꼭 한 번 겪은 일이기 때문에 그만큼 한 푼수의 실감이 없을 수는 없었다.

이 나라 사람의 마음

　우리나라 민족사에서 아니 세계사에서 가장 유력한 정신의 힘을 어떤 개인이 아니라 거족적으로 드러낸 것은 어느 때 어디의 어느 민족이었던가를 곰곰이 생각해 보고 앉았다가, 문득 나는 우리 고려사 속에서 몽골 침략이 거세던 시절 고종이 30여 년이나 강화도에 피란 천도해 있던 때의 우리 문화의 초고도한 발전상을 회고해 보며, 이때의 이 일들이 아마 가장 강력한 것 아니었던가 하는 생각이 들자 무척은 대단한 감개에 젖으며 새삼스레 그런 겨레의 후예임이 대견스러워진다.

　두루 아시다시피, 고려 고종의 강화도 천도 시절은 우리 민족 전사 속에서도 가장 다난하던 때다. 세계사 속의 가장 난폭한 패자였던 대몽골의 살상과 유린이 가장 우심했던 이때의 고려에서 이산과 고난

만이 첩첩하던 사람들 사이에서 그러나 문화는 유례없이 고도로 발전되었으니, 고려청자 중에서 제일 좋은 것들이 생산되어 나온 것도, 세계 최초의 금속활자가 창조되어 나온 것도, 또 고려대장경의 완각판이 대성된 것도 이 참 기막히게도 어렵던 때의 일이다.

이것은 언뜻 보기엔 별 주목거리가 아닐는지 모르지만, 내게는 굉장한 주목거리로만 느끼어진다. 세계 어느 나라의 역사를 보거나 문화는 언제나 사회가 안정과 평화의 한 수준을 얻었을 때 꽃피는 것이었는데, 고려 강화 천도 시절의 풀도 제대로 자라기 어려운 때의 이 돌비_{突飛}만 같은 문화의 개화는 기기묘묘라고 하고 말면 그럴 수도 있겠지만, 그 일들을 이루어 낸 정신의 저력은 그냥 보아 넘길 수 없는 참으로 기막힌 무엇을 우리에게 느끼게 하고, 천심과 영원에 닿는 정신적 긍지를 또 아울러 갖게 한다.

여기에서 우리가 이어 생각할 수 있는 것은, 세계 사람들은 흔히 적극적으로 해서 이기는 것만을 승리라 하지만 우리의 강화 천도 시절 같은 경우는 역사적으로 평가해서 한 소극적 승리라는 것의 불가능을 가능케 한 경우가 아닐까 한다.

이렇게 생각하고 느끼며 영원 속에서 저 야만 대몽골의 세계 제패 백 년 뒤의 허무 속에 고려의 저력을 담아 긍정해 보는 것은 내게는 흡족한 힘이 된다.

더구나 대몽골제국 최후의 제일 유력한 황후였던 기황후가 우리 고려에서 색도락의 도구로 붙들려 간 이 나라의 미인이었던 걸 생각해 보고, 그네가 귀신도 곡할 수미_{秀媚}로 막강한 실력을 축조해 내고 있었다는 것을 회고해 보는 것은 이것이 바로 강화 천도 시절의 불가능을 가능케 한 문화정신과 아주 잘 일치하는 것이기 때문에 참 실감이 있다. 아마 대몽골제국이 한 대만 더 그대로 계속되었다면 기황후는 그네의 배로 낳은 아들인 황제에게 영향하여 고려의 펴 날 길을 반드시 책정했을 것이라고 생각되기 때문이다.

곰곰이 곰곰이 생각해 보자니 우리 문학정신에도 오늘이건 내일이건 어느 경우 이런 정신은 어쩔 수 없이 필요할 것만 같아 불가불 이것을 쓴다.

(『한국문학』 1977.4.)

도라지꽃을 보고

더운 여름날, 모든 것이 따분하게만 느껴지는 때가 되면 나는 뜰에 내려가서 한 귀퉁이에 피어 있는 한 무더기의 도라지꽃을 바라보며 들이숨을 쉰다. 그러면 가냘픈 대로 한정 없이 청초하고 싱그러운 도라지꽃 기운이 어느새 내게 옮겨지는 걸 느끼며 겨우 호흡을 올바로 하게 된다.

희고 푸른 도라지꽃들의 맑고 깨끗한 기운 속에서는 어느 깊은 산골짜기의 풀섶 속에 숨어서 가늘게 솟아 흐르는 샘물 소리 비슷한 무슨 속삭이는 귓속말 같은 소리가 나는 듯만 하다. 마음을 바짝 거기 붙여 가만히 짐작해 보면, 그건 '밑져도 본전…… 밑져도 본전' 꼭 뭐 그런 뜻과 느낌의 소리인 것만 같다.

우리의 민요에선 도라지꽃을 보고 '새벽동자 하라면 바가지싸움만 붙이고……' 어쩌고 표현하여 꽤나 바가지도 잘 긁는 우리 여인들에게 비유하고 있지만, 청초하기만 한 도라지꽃을 유심히 들여다보고 있으면 아무래도 지금 당장 바가지를 긁을 여인 같지는 않고, 바가지 긁는 것도 두루 밑지는 일일 뿐이라는 것을 이미 잘 요량하고 이해하고 아주 잘 훤칠해져 있는 여인 같다면 혹 그렇게는 느껴지기도 할 따름이다.

그리고 이 꽃에는 어느 누구도 축낼 수 없는 아주 대단한 본전이 있는 것 같다. 부귀와 영화 속에 잠겨 있는 사람의 본전 같은 그런 요란스런 건 아니지만 적당히 가난하고 수수한 대로 그 누구도 축낼 수는 절대로 없는 아주 매몰찬 무슨 대단한 본전을 지니고 있는 성만 싶다. 그래서 나는 도라지꽃이 지닌 그 대단한 본전의 힘의 덕을 입어 숨결을 바로 할 수 있는 것이다.

딸아. 자연은 역시 가장 큰 스승이다. 사회생활이 견디기 어려울 만큼 따분할 때거든 너도 자연의 기운에 호흡을 같이해 새로운 기운을 마련하기 바란다.

도라지꽃이 한창 젊게 핀 것을 또 가만히 들여다보고 있으면 이것들은 무슨 실패에도 쓰러져 폐물이 되어 버릴 것같이는 아무래도 보이지 않는다.

성공과 실패 두 가지 중에 어느 것이 오건 늘 한결같이 싱싱하게 곤두서서 '두 가지가 다 사는 맛이다'라고 눈웃음치며 웃고 있는 것만 같지 않으냐?

이것만은 한 송이의 도라지꽃에서 우리가 두고두고 배울 만한 것이다.

석가모니나 노자 같은 성인을 빼놓고는 사람들은 그 느낌이라는
것이 누구나가 거의 다 모자라서 무얼 뜻했다가 실패하면 못 견뎌라
하지만, 이것은 한 송이 도라지꽃에 비겨만 보아도 역시 모자랄 뿐
인 건 누구나 잘 생각해 보면 알 수 있으니, 우리는 실패에 찌부러지
지 않기 위해서 우선 한 송이 도라지꽃을 닮는 연습부터 꾸준히 해
야만 되겠다.

'운명을 잘못 타고나서……' 어떻고 어떻고 하는 빗나간 느낌이나
생각부터 먼저 고스란히 다 쓸어 없애 버려야 한다. 자기 인생을 자
기가 살아 나가는 것이 남의 차에 취직해 운전하는 스페어에 그치는
것이어서야 쓰겠느냐? 자기 인생을 자기가 살아 나간다는 것은 역
시 아무래도 자기 스스로 자기 차를 운전하는 자가운전이라야 한다
면, 운명도 두루 자기가 빚을 수 있는 것에 불과한 것인데, 무슨 빌어
먹을 '운명을 잘못 타고나서……' 따위의 느낌이 깃들 틈 같은 걸 줄
자리가 다 있겠느냐?

꽃 같으려 하는 사람에게는 꽃 같은 운명이 만들어지고, 소도둑놈
이려는 자에게는 소도둑놈의 운명이 만들어지고, 착하고 성실하려
스스로 노력하는 이에게는 착하고 성실한 이의 운명이 빚어져 나갈
뿐인 것이다.

'운명을 잘못 타고나서……' 이렇게 뇌까리며 구석에서 구석으로
아주 자질구레한 천덕꾸러기를 자청해 흘러 다니는 사람들을 자세
히 살펴보면 그들은 두루 다 사지도 멀쩡히 좋고 얼굴이나 허우대도

왕후장상이나 여왕만 못하지 않게 멀쩡하면서도 괜스레 참 이상스럽게 빗나간 '고약한 운명의 수렁에 빠지고 말았다'는 느낌과 생각 하나를 어쩌지 못해 헤매고 있는 것이 역력히 보인다.

딸아, 이런 사람들에게는 헤엄치는 것을 가르치자꾸나. 인생은 아무리 궂은 상태에 놓일지라도 그것은 못 헤어날 수렁이 아니라 애써 노력만 하면 누구라도 헤엄쳐 헤어날 수 있을 만한 깊이의 바다의 한 귀퉁이에 지나지 않는다는 것을……

인생과 바다의 깊이나 넓이라는 것은 가장 성실하고 끈질긴 사람이 못 헤어나게 마련되어 있는 곳은 절대로 아무 데도 없다고 나는 생각한다.

도라지꽃을 조용히 잘 눈 주어 보아라. 가벼운 듯 싱싱하게 피어 있는 것은 어디 못 견디어 빠져 버리고 말 수렁이나 지닌 것 같으냐?

도라지꽃들―그 깨끗하게 푸르고 또 흰 청도라지 백도라지 꽃들이 산들바람에 사운거리는 모양을 보고 있다가 나는 문득 먼 고향 마을의 추석 달밤의 소년 시절로 돌아가기도 한다.

새벽이 될 때까지 고향 마을의 처녀들은 집집의 추석 달빛 속의 마당들을 두루 돌아다니며 〈강강수월래〉나 〈기와 넘기〉들의 노래와 춤 자리를 편다. 그러고 나서 밤 깊어 그네들이 집집으로 뿔뿔이 돌아갈 때쯤 되면 마을의 장난기 많은 총각 녀석들은 그네들을 유혹하려고 하지만 참 재빠르고 슬기롭게도 그네들은 피해 갔었다. 그게 도라지꽃의 슬기가 아니겠느냐.

성공과 실패

곰보가 미인을 찾아 따르다가 아내로 맞이하게 되었다면 그건 성공했다고 하는 모양이고, 미녀가 미남을 원하다가 곰보를 남편으로 가지게 되었다면 또 요런 건 실패라고 하는 것이 세상의 상례인 모양이지만, 곰곰 잘 생각해 보자면 반드시 꼭 그렇게만 확정되어 있는 것도 아닌 걸 알 수가 있다.

일정 때 서울 장안의 여학생계에서 가장 평판이 높던 미인 처녀가 하나 있어서 늘 속생각인즉 의젓하고 허우대도 말쑥한 사내가 가까이 오기만을 눈여겨 물색하며 지냈는데, 처녀의 소원과는 반대로 한쪽에서는 얼굴이 덕지덕지 얽은 곰보 남학생 녀석 하나가 남유달리 이 처녀에게 반해서 날이 날마다 그 뒤를 졸래졸래 따라다녔다.

눈이 오거나 비가 오거나 밝은 날이나 흐린 날이나 녀석은 아침만 되면 처녀의 집 대문 근처에 가 서성거리고 있다가 처녀가 등굣

길에 나서면 멀찌감치서 그 뒤를 바름바름 따라 교문 앞까지 뒤대어 갔고, 또 처녀가 하학하여 귀갓길에 오를 무렵이면 언제나 미리미리 교문 앞에 가서 머뭇거리고 있다가 또 그 뒤를 따라나서서는 그네의 집 문 앞 가까이까지 이르르곤 했다.

이렇게 하기를 하루도 빠짐없이 3년쯤을 그랬다던가. 이슬아기 비가 보슬보슬—아니 보슬보슬이 아니라 사알살 내리고 있는 날 아침인데, 녀석은 그날도 처녀네 집 대문간 저만치서 어슬렁거리고 있다가 마침 대문을 나서는 그 처녀와 눈이 서로 마주치는 순간 너무나 오랫동안의 자신의 사랑의 갈구가 기가 막혀 그 자리에 픽주거니 주저앉아 흑흑흑흑 느껴 울고 말았다. 그래서 이야기인즉 그것을 본 처녀도 그만 너무나도 불쌍하고 성실함에 감동되었던 것인지 그냥 지나쳐 버리지를 못하고 그 옆에 마주 앉아 같이 울어 버리고 말았다는 것인데, 고로코롬해서 그 둘은 영 헤어질 수 없는 사이가 되었다는 것인데, 이런 경우는 어떻게나 보았으면 할는지?

이 두 남녀의 경우에서 볼 것 같으면 곰보가 얼마를 걸려서건 따악 미인을 소원대로 획득한 것은 성공이라 하겠지만, 미인이 그 소원과는 반대로 곰보 녀석을 겨우 하나 배필로 만나게 되었다는 것은 세상의 상례대로의 성공이나 실패라고는 볼 수가 없다. 성공이나 실패와는 아주 다른 무엇이다.

그리고 이런 딴 무엇으로만 되는 일은 자세히 보면 우리 인생에는 상당히 많고 또 성공이나 실패라는 것보다 가치가 더 높은 경우도 가끔 있다.

바둑 구경

나는 소년 시절에 꼬누와 장기는 좀 두어 봤지만, 바둑만큼은 오목만 겨우 손대어 보다가 그만두어 버려 깜깜무식이다. 그러니 점잖하게 바둑이나 두고 노는 사람들 속에 옛날에 끼었더라면 존대를 받을 만한 형편은 아마 아닌 성싶다.

"바둑 둘 줄 아시오?" 물어서 모른다고 하면, "장기는 둘 줄 아는가?" 한 등 낮추어 물었고, 그것도 모른다 하면 "꼬니나 둘 줄 아나?" 하고 두 번 낮추어 깔보는 말로만 대했던 것이니 말이다.

그러나 이건 내겐 소질이 없는 일이니 할 수가 없다. 그 꽤나 복잡하게는 짜서 벌이는 판국 속으로 들어가서 마음을 놀리고 있기가 왠지 비위에는 잘 맞지가 않아, 자연히 이처럼 낮은 자리에 머물게 되었다.

그렇기는 하지만서도 바둑 두는 구경을 옆에서 하고 있노라면 내게도 그건 상당히 곡절이 있어 보여 픽 웃음이 쏟아져 나올 만큼 재미가 톡톡히 있어 보이긴 한다. 그것은 바둑판의 바짝 옆에서 훈수도 가끔 덧붙이는—바둑 속의 골목길들에 익숙한 구경꾼의 그것이 아니라, 일테면 잠수의 경험이 전혀 없는 뭍엣놈이 잠수부의 잠수를 기묘한 느낌으로 지켜보는 것 같은 참 기묘한 느낌의 먼발치의 구경인 것이다.

"여보게! 어디로 들어가 버리고 말았나? 대답 좀 해 보게! 대답 좀 해 봐! 자네가 시방 거, 사회에 있는 것인가? 자연에 있는 것인가?"

이렇게 큰소리로 고함쳐서 불러내고 싶은 충동이 문득 생길 정도로, 기묘한 추상의 깊은 웅덩이에 깊이깊이 몰입해서 우리와는 완전히 딴 세상 사람이 되어 있는 바둑꾼들. 그들은 이미 사회인도 아니요, 자연인도 아닌 추상의 순수 승부 세계 사람으로 바뀌어 있는 점이 내게는 상당히 흥미가 있다.

아마도 사람들이 사회생활에서 꽃다운 매력을 늘 느끼며 살거나 그득히 벅찬 보람으로 차 있는 것이라면 이런 바둑 같은 제3세계를 만들어 딴전을 볼 생각은 내지 않았으리라. 사회생활이 많이 고단하고 또 시시하기까지 한 사람들이 이 청결하게는 선명하고 야무지게 매끄러운 흑백의 바둑놀음의 순수 수리數哩의 별세계의 선선함을 마련해 낸 것 아닐까?

나 같은 사람은 사회생활이 고단하고 시시하면 아예 완전 자연인의 자격으로 돌아가서 산수의 기풍에 몰입하러 가거나 하다 못하면 뜰의 나뭇잎 소리, 푸른 하늘 속의 햇빛에, 그도 못하면 책상머리 난초 잎의 청청히 잘 굽은 선의 힘 속에라도 동화해 보는 수련 쪽을 택해 부지런히 연습하여 어줍지 않은 사회생활에서 얻은 온갖 정신의 애로를 완화해 풀어 오지만, 어떤 이들은 자연인의 길에서도 평화한 호흡을 돌리기 어려워서 이 한때씩의 기묘한 순수 수리의 제3세계 잠행을 하는 것 아닐까.

그래 바둑을 막 두고 난 사람들한테서는, 승부에 졌건 이겼건 호흡은 순조롭고 표정은 안정을 회복한 게 역력히 보이는데, 자연이 우리의 꾸겨지고 혼탁해진 심정을 회복해 주는 푼수에까지야 비길 바 아니겠지만 바둑 잠행도 이만큼이나 사람들을 회복시켜 내는 걸 보면 인조人造 중에서는 참 꽤나 희한한 일이다.

시를 하는 이에게도 이 바둑놀음은 유조有助할 듯하다. 우리나라 현존의 시인 중에서 말 다루기에 허虛가 가장 적은 시인의 하나가 박재삼인 것은 아는 이는 잘 아는 사실이지만, 그가 시의 말씀들에 늘 또박또박하여 허가 적은 것은 물론 시조 같은 정형시에 오래 길들어 온 까닭도 있겠으나, 꽤 오래 바둑과 가까이하여 일사불란하고 정확한 바둑판의 신선한 미를 시행들을 짜는 데에서도 은연중 발휘하기 때문이지 않을까?

긍정과 부정

사람이 사는 것이나 꽃이 피는 것이나 그 본뜻은 부정이 아니라 긍정이다. 긍정도 흐리멍덩하거나 시시하게 하려는 것이 아니라 황홀하고 찬란한 법열로 긍정하며 살려는 것이다.

석가모니 부처님이 어느 날 옆에 있는 꽃을 이뻐해 만지시니 그것을 본 제자 가섭이 그 뜻을 알아차리고 빙그레 미소하고 있었다는 것을, 『전등록』이란 책에는 '염화미소 이심전심'이라고 표현하고 있거니와 이 말 없는 가운데 마음에서 마음으로 전해진 것도 말하자면 꽃의 아름다움에 대한 황홀한 긍정이었음은 물론이다.

어린아이들의 때 묻지 않은 웃음을 보라. 이것도 그득한 긍정일 따름이다. 그런데 어른들—특히 한국의 어른들의 언동은 반 이상은 긍정이 아니라 부정만을 일삼는 걸로 보인다. 물론 살아가기가 힘들고 따분해서 그리되었겠지만 그래도 한번 꽃답게 살아 보려 생겨난 본뜻이 대긍정이라야 함을 잊어서는 난센스인데 그 본뜻까지를 깡그리 다 잊어 먹은 것만 같다.

여기에서 나는 다시 한 번 동아일보의 옛 사장이었던 고하古下 송진우 선생이 사원들에게 권유했던 말씀을 떠올린다.

"제아무리 많이 얽은 곰보라 하더라도 자세히 살펴보면 반드시 이쁜 구석도 한두 군데쯤은 가지고 있는 거요. 그러니 가뜩이나 서로 어렵게 사는 동포들의 단점만 추켜들어 꼬집고 탓하지만 말고 애써 장점 될 만한 걸 찾아내서 권장하고 격려해 키워 나가도록 해야겠소."

지금의 이 나라 어른들의 현실 생활 속에서도 고하의 이 말씀은 아무래도 가장 좋은 약이라고 생각되어 말이다.

물론 이 겨레의 장래를 해치는 사회악들을 가려내서 열심히 부정도 해 나가야 할 것이다. 그러나 부정 속에서도 서로 긍정하고 화합할 것을 늘 지녀 가야지 깡그리 망각해 버린다면 이 겨레는 참으로 암담하게 되고 말 것이다.

사람들을 바로 살게 이끈다는 종교가들까지도 설교를 들어 보면 부정은 매우 잘하지만 '그럼 무얼 긍정하고 살아야 하는가'를 말씀해 달라면 영 여기엔 반벙어리인 경우가 많은 듯해 큰 걱정거리다. 쉬운 일은 아니겠지만 애써 공동으로 긍정할 것을 찾아 지켜 가야지 못 그러면 큰일 나고 말 것이다.

(동아일보 1982.6.11.)

상선과 차선

상선上善이라면 물론 가장 좋은 것이란 뜻이고, 차선次善은 그다음으로 좋은 것이라는 뜻이지만 이것들이라고 해서 일정하게 딱 정해져 있는 것은 아니다. 사람들의 욕망 여하에 따라서 변화무쌍한 것이니 상선이란 결국 '어떤 사람이 그의 욕망에 따라서 가장 좋다고 생각하는 것'쯤으로 풀이하는 게 옳고, 차선도 그런 의미의 버금가는 것으로 봄이 옳겠다.

그런데 내가 왜 이 제목을 중요시해서 다루느냐 하면 세상 사람들은 흔히 상선에만 매달려 애태우다가 뜻대로 안 되면 절망하고 낙오하고 자살까지도 하는 일이 적지 않은데 이럴 필요가 전혀 없다는 것을 맹렬히 여기 주장해 놓기 위해서다.

왜냐하면 우리가 상선이라고만 생각하고 매달렸던 일이라는 것도 한동안 세월이 지나고 보면 차선이라고 생각했던 것만큼도 훨씬 못한 저가치인 것을 새로 깨닫게 되는 경우가 얼마든지 많이 있기 때문이다.

내가 겪은 경우 하나를 예로 들어 보이겠다.

나는 대학생 때 상선이라고 생각한 여대생 하나에 매달려 무진 애를 태우고 지냈다. 그러나 그 여인은 나보다는 더 나은 핸섬 보이를 택하고 나를 걷어차 버렸다. 나는 물론 아찔했으나 정신을 다시 차려 내 아버님이 권하시는 처녀에게로 장가를 들었다. 말하자면 차선 쪽을 택한 것이다.

그런데 그 뒤 세월이 오래 흐르는 동안에 들어 보니, 처음 내게 상선으로만 보였던 그 색시는 몇 군데 남편을 갈며 헤매고 다니다가 마침내는 공산당 사내 하나를 따라 월북해 버리고 말았다 하니, 이거 이 상선을 아내로 맞이했더라면 내 팔자는 어찌 될 뻔했는가. 차선을 택했기에 집안도 제대로 이루고 아이들도 다 올바로 컸으니 차선이 상선보다 비교도 안 될 만큼 내게는 훨씬 낫지 않았는가.

상급 학교 진학 문제로 고민하는 학생들, 이성이나 직장 선택의 문제로 가슴 죄는 젊은이들, 사업이나 직장 내의 문제 등으로 실의에 젖어 있는 장년층들, 그들에게도 나는 권하고 싶다. '상선에만 애착하지 마라. 상선이 안 되걸랑 차선을 찾아내서 노력해 볼 일이다. 이게 잘되고 보면 상선보다 훨씬 더 좋은 가치가 되는 경우가 이 세상엔 얼마든지 있는 것이다'라고.

(동아일보 1982.6.30.)

행운과 불운

　신라의 선덕왕은 왕위를 전해 줄 씨앗을 낳지 못하여서, 불가불 가까운 일가친척의 왕족 중에서 김주원과 김경신을 왕위 계승의 유력한 후보자로 손꼽고 있었는데, 급병으로 둘 중의 누구를 지명하지도 못한 채 그만 숨을 거두고 말았다.

　그런데 때마침 경주에 호우가 내려서 알천의 냇물이 불어 넘치는 바람에 이 냇물을 건너서라야만 왕궁 나들이를 할 수 있던 김주원은 궁에 나오지를 못하고, 이 냇물을 건널 필요가 없는 곳에 살던 김경신만이 뜻밖의 왕의 승하 기별을 전해 듣고 먼저 달려오게 되었다.

　이런 경우 왕위 계승자 지명권을 불가불 갖게 되는 대신 회의는 두 후보 중 누구를 고를까 결정을 못 하고 있던 판이라, "아따! 되었다. 이건 천의天意다. 알천 물이 크게 불어나 김주원이 못 오게 된 것은 그 또한 하늘의 뜻이시다" 하여, 손쉽게 선참자인 김경신을 새 임금님으로 정해 버렸다.

요새 같으면 이런 판정 기준은 통하지 않겠지만, 신라 시절엔 이런 판정까지도 다 이해되었으니 그것 참 편리하지 않을 수 없다. 아마도 이때 신라의 대신 회의는 천의에 의한 판정을 내리고 나서 한바탕 낄낄낄낄 좋게 웃어 젖혔을 것으로 상상되는데, 나도 또한 이이야기에만은 불가불 공명의 웃음이 앞서서 덩달아 웃으며 무얼 좀 덧붙여 보려고 한다.

위의 이야기를 읽어 본 이들은 아마도 더 많이 그 호운의 선참자 김경신을 부러워할는지도 모르겠다. 호우 속의 알천이 가로막지 않는 곳에 살고 있던 그의 운수를 두고서 말이다.

그러나 인생의 행복이란 꼭 왕 같은 높은 자리에 앉는 것으로만 되는 것은 아니란 사실을 곰곰이 생각해 볼 필요가 있다. 좋은 예로 우리는 우리나라의 시조 단군 할아버님의 일생을 잘 알고 있다. 이분이 그 생애의 한동안은 왕으로서 평양에서 선정善政을 하신 것도 사실이지만 일생의 나머지는 왕위를 버리고 백두산의 아름답고 영기로운 산수 사이에 홀로 숨어 신선으로서의 생애를 즐기다가 세상을 뜨셨던 것도 사실이다.

그렇다면 우리나라 국초부터의 전통적인 인생관은, 높은 지위에 앉는 것만을 최상의 가치로 여긴 것이 아니라 자연의 맑고 밝은 기풍에 동화하여 영원한 정신적인 삶의 가치를 파악하는 것 또한 전자에 대등한 큰 가치로 살았던 것이니, 김주원이 큰비로 한때 교통이 불가능하게 된 알천의 자연한 해조諧調에 맞추어 왕 자리를 못 하게 된 것은 다만 사람이 가져야 할 두 개의 자격 중 하나를 엄연히 갖는 일밖에 되지 않는 것이므로 손해 보았다고 할 수는 없는 일이니까 말씀이다.

한때의 호우가 만든 이 천의天意—자연의 섭리에 맞추어 왕위 계승자를 결정하던 신라의 대신 회의가 쾌재를 부르며 한바탕은 너털웃음 판을 만들었을 것처럼 왕이 못 된 김주원도 그 직석이야 어쨌건 축배를 안 들 수는 없었을 것이니 말이다.

내가 왜 신라의 옛이야기 하나를 꺼내 들고 이렇게 장광설을 늘어놓느냐 하면, 우리 현대 한국인들이 지금 많이 배워야 할 것은 바로 이 방향이라고 생각해서다.

요즘 우리나라 사람들의 상당수는 개인이거나 단체거나 간에 상선上善에만 집착하여, 때로는 2세를 줄이면서까지 악착같이 혈투는 감행할 줄은 알지만, '차선次善은 무엇인가?'는 생각해 보려고 하지도 않을뿐더러 '차선이 알고 보니 상선보다도 훨씬 나은 것이었다'는 경험자들의 얘기는 아예 들으려고 하지도 않는 정신적인 병폐를 많이 지니고 있다고 보여서 말씀이다.

'그럼 상선보다 나은 차선이란 우리에게 어떤 것이라야만 하는가?' 여러분은 여기서 의당 물으실 줄로 안다. 나는 한마디로 대답할 수가 있다. '여러분 각자가 전공해 온 생업에 먼저 꾸준하여 각기 일가를 이루도록 하라. 이렇게 해서 일가를 이룬 사람들이 많으면 많을수록 우리나라는 더 많이 좋아지겠지만, 전공하는 생업을 다 접어

두고 큰소리만 떵떵 치며 모두 왕 되기만 바라는 혼란의 정객 노릇
이나 일삼는 건달들이 수를 늘려 간다면 이 나라의 장래는 암담하기
만 하다'고.

　우리는 다시 한 번 큰비 때문에 왕이 못 된 신라의 김주원의 살길
을 잘 생각해 봐야 한다.

(『법륜』1986.2.)

2월 이야기

　올해 2월에는 4일에 입춘이 들었고, 6일이 음력 설날이고, 19일이 우수인 데다가 20일이 음력 정월 대보름달 보기를 즐겨야 하는 날이니, 새봄이 나타난 것을 어디서나 보고 느낄 수는 아직 없어도 봄이 다시 소생하는 기척을 조용히 느끼며 지낼 수 있는 달이기는 하다.

　아니, 새봄을 가장 간절히 기다리며 눈 속에서도 다시 싹 돋아나고 있는 쑥의 모양은 이미 2월에도 충분히 우리 눈으로 볼 수 있기도 하다. 남도뿐 아니라 서울 변두리의 시장 거리에 나가도 새봄 맛의 쑥국거리인 이 눈 속의 새 쑥들은 누구나 쉽고도 싸게 구할 수 있으니 말이다.

　옛날 우리나라의 어느 암곰은 이걸 먹고 좋은 여자가 되어 왕비까지도 되었다는데, 여자건 남자건 2월에는 쑥국도 한번쯤은 끓여 먹어 보며 인생의 쓴맛 단맛을 곰곰이 고개 숙여 생각해 보는 것도 좋은 일일 것이다.

아 참, 2월에는 이미 눈에 따갑게 새빨갛게 꽃 피어나 있는 추위를 오히려 약으로 아는 동백꽃 같은 목숨의 강자도 있다.

이슬 머금은 새빨간 동백꽃이
바람도 없는 어두운 밤중
그 벼랑에서 떨어져 내리고 있습니다
깊은 강물 우에 떨어져 내리고 있습니다

이 넉 줄의 시는 「삼경三更」이라 제목한 내 소품의 하나거니와, 동백꽃이 피고 또 낙화하는 모습의 뭐라 말할 수 없는 목숨의 모양이 그리운 이가 있다면 제주도 서귀포 서쪽의 천제연폭포로 가 보시기 바란다. 겨울의 추위가 오히려 더한 고무가 되어 핏빛으로 꽃 피어나고 낙화하는 순수한 목숨의 정열, 사랑과 침묵의 속삭임을 당신은 거기서 은은히 듣고 감동에 젖을 수 있을 것이다.

아직도 추운 2월에 가슴속의 그리움을 끌어당기는 꽃으로서 육감적인 살내음새를 가지고 육박해 오는 것이 동백꽃이라면, 좀 더 높은 차원의 지조 있는 정서의 내음새랄까 그런 것으로 우리를 이끌어들이는 것은 2월의 매화꽃이다.

매화 피는 돌담 옆을 돌아가면은
볼우물로 사랑니로 눈웃음 웃는
오목녀네 이얘기가 살고 있는 집.
시냇물에 어리는 흰 구름같이
오목녀네 눈웃음이 서려 있는 집.

위에 보인 구절은 「매화꽃 필 때」라는 제목의 내 시의 첫 연이어
니와 가슴속과 뼛속과 마음속 깊이깊이까지 스며드는 매화의 싸하
게 그리운 향기의 느낌을 어느 만큼이라도 담아 보려고 한 것이다.
　매화 역시 2월에는 남도의 어느 집에서나 만날 수 있으니 그게 못
견디게 그리운 이는 그쪽 방면을 찾아 나서면 좋을 것이다.
　아 참, 지금 문득 기억을 새로 해 보니 내가 1951년에 피란 가서
전주에서 쓴 「2월」이란 제목의 넉 줄짜리 시가 하나 생각나서 이 글
의 마지막으로 삼을까 한다.

　2월 새 하눌일래 대수풀은 빛나네.
　햇빛에 도란도란 도란그리며
　햇빛에 나즉히 노래 불러 올리는
　아릿답고 향기론 처녀들이 크나니.

　나는 2월의 어느 햇빛 맑고 밝은 날 낮에 대수풀 양지의 아늑한
곳에 모여 서로 소곤거리며 정든 이야기들을 나누다가 문득 함께 노

래 부르기 시작하던 한 떼의 이곳 처녀들의 순결하고도 신성한 모습
에 감동하여 이 넉 줄을 지어 놓았었다.

2월은 한편으로는 신성하고 순결한 힘이 잘 드러나 보이기도 하
는 달이다.

(『객석』 1989.2.)

그 사람이 이제야 왔다

'좋은 신부는 싱싱한 가지가 무성한 큰 느티나무 같아서 더운 여름날엔 그 그늘에서 모든 사람들이 쉬어 가게 하는 큰 주부의 덕을 갖추어야 한다'고 나는 요즘에도 결혼식의 주례를 할 때마다 강조해 말하고 있다. 그만큼 나는 장차 좋은 집안을 이루어 가야 할 신부들의 맨 첫째 자격으로 도량이 넓은 부덕의 힘을 찬양하는 자이다.

그야 물론 아름다운 얼굴과 자태까지를 겸해 갖추었다면 더 좋겠지만, 이렇게 모든 걸 다 갖춘 신부를 차지하는 신랑은 드물 것이니 '미모냐? 부덕이냐?' 양자택일하라면 나는 서슴지 않고 부덕을 택하라고 하겠다. 아무리 이쁜 신부더라도 덕이 영 모자라면 세월이 지날수록 이쁜 얼굴도 밉게 보이지만, 좋은 부덕을 갖춘 부인들의 수수한 얼굴이나 모습은 거듭해서 우러러볼수록 숭고한 아름다움을 더하니까 말이다.

크고 훌륭한 부덕의 근본정신은 어디에서 오는 것일까? 여기에는 잘 선택되어 온 교양, 종교나 좋은 가문의 영향 등도 포함되겠지만, 하여간에 나는 부덕의 첫째 능력으론 '가정의 신성을 지켜 낼 수 있는 정신 능력'을 들고자 한다.

좋은 가정이란 어느 의미에서는 청정한 성당이나 절간과도 같아야 하는 것이니, 어떻게 항상 자기의 얼굴 이뻐 보이기에나 골몰하는 주부가 남편과 자녀들의 신성해야 할 인간 존엄을 잘 이끌어 내어 하늘에 부끄럼 없는 사람들이 되도록 해낼 수 있겠는가?

내가 보았던 아름다운 신부를 곰곰이 기억을 더듬어 생각해 보노라니, 저절로 내 눈앞에 다가오는 것은 오랜 친구였던 미국인 처녀 선교사의 모습이다.

이분은 미국에서 대학을 마친 뒤에 저명한 시 잡지의 동인도 되었다가 새로운 정신적 자각으로 기독교 장로교의 선교사가 되어 우리나라에 건너와서 어느 여자고등학교의 교장도 지내고 또 대학의 영문학 교수도 하신 분이다.

내가 마흔여섯 살 땐가 처음 시 관계로 만났을 때 이분은 아직도 서른두 살인가 세 살의 젊은 교수로서 그때의 내 눈에는 이 세상 누가 보아도 모든 것이 아마 둘째는 아닐 것 같은 최상의 신붓감으로만 보였다. 물론 인물도 아주 훤칠한 여인이었다.

그러나 그는 대학의 교수 노릇과 성경학교의 야간 수업을 하면서 한국의 남녀 고아 둘을 정성껏 길러 내고 있었을 뿐 결혼 같은 건 생각조차도 하지 않고 지냈던 걸로 나는 안다. 그래 나는 이분을 두고 성처녀란 말을 가끔 실감 있게 떠올렸다.

이분은 이때 아마 하늘이 본래 인간들에게 주신 그 신성성에만 몰입해 있었던 걸로 보인다. 내가 가끔 "시를 계속 쓰는 게 좋겠다"고 해 보아도 "글쎄요"라고만 할 뿐 이것마저도 그녀의 골몰한 일들 때문에 접어 두어야만 하는 것 같았다.

그러다가 미국으로 돌아갔는데 1977년 겨울에 내가 세계 일주 여행길에 만났을 때 그녀는 그동안 문학박사 학위도 1등으로 취득하고 단과대학의 학장도 되어, 좋은 호텔의 식당을 빌려 그 고장의 명사들을 두루 합석게 해서 나의 미국 도착을 성대히 축하해 주었다. 이때 이 처녀의 나이는 마흔아홉이었지만, 내 눈에는 여전히 젊은 아주 좋은 신붓감으로 보이기만 했다.

그 뒤 들으니 이분은 교수도 학장도 다 집어치우고 테네시 주의 멤피스에서 또 미주리 주의 세인트루이스에서 떠돌이 선교사 노릇을 다시 시작했다고 한다. 그런데 작년엔가 또 들으니 시카고로 옮겨 교회의 선교사 노릇을 하던 59세의 어느 날, 교회로 그녀를 찾아온 한 사내를 맞이하자 "그 사람이, 기다리던 그 사람이 이제야 왔다"며 비로소 결혼을 하게 되었다는 이야긴데, 어떨는지. 이만하면 이분이야말로 정말 큰 신붓감 아닌가?

세상에는 미래에 영원히 자기의 자손을 퍼트려 갈 결혼까지도 무슨 한 대의 이용거리로 생각하는 사람도 없지는 않은 것 같고 또 결혼에 에누리도 상당히 많이 하려는 사람들도 꽤나 많은 듯하지만, 이 처녀의 신랑 찾아냄에는 어디 그런 흔적이나 있는가? 그녀가 정말로 하늘이 뽑으신 신부답지 않은가?

육십이 다 되어서 '그 사람이 이제야 왔다'며 자기의 만족한 짝을 맞이하는 끈질기고도 훤칠한 그런 정신력부터 우리의 모든 신부들은 마음속에 두루 마련해 간직하시기만 바란다. 그래야만 우리도 싼거리의 인생에서 구제되어 하늘에 떳떳할 수 있을 것이다.

(『신부』1989.11.)

내 인생관

나는 1915년생이니까, 1945년 8월 15일 내 나이 서른 살 때까지
는 일본의 식민지 백성으로 살밖에 없었다. 그래 이때를 내 첫 번째
인생의 때로 간주하고, 그 두 번째는 8·15 해방에서 시작해서 최근
까지 그리고 최근부터 목숨이 다할 날까지를 내 세 번째 인생의 시
기로 정했다.

일본 식민지 시절에는 우리의 자유가 너무나도 짓눌리어서 제대
로 살지도 못했고, 또 1945년 해방 뒤 최근까지에는 반토막 된 민족
대립 속에서 벌어먹고 살기에 바빠서 하고 싶은 공부도 제대로 못하
고 지내 왔는지라, 불가불 지금부터의 세 번째 인생에서나 어디 한
번 마음껏 공부하고 글도 쓰며 살아야겠다는 생각이다.

그래 문제는 이 세 번째 인생인데 여기에라고 왜 애로가 없겠는
가? 무엇보다 먼저 중요한 것은 나와 내 아내 두 사람의 생활비 문제
인데, 현재의 내 고정 수입은 대한민국예술원 회원의 자격으로 매달
받는 50만 원의 수당과 또 내가 정년 퇴임한 동국대학교가 종신 명
예교수인 내게 달마다 보내는 49만 5천 원이 그 전부다.

그러나 이것만으로는 요즘 물가고 속의 서울에서의 생활비도 다
는 안 되니, 나머지는 원고를 써서 보탤밖에 없다. 서울에서만 사는
게 아니라 때때로 나는 외국에 나가 한동안씩 지내기도 해야 할 형
편이니, 팔십 가까운 나이에도 불구하고 한 사람의 문장 숙련공으로
서 열심히 원고를 써서 그 원고료로 메워 가야만 하는 것이다.

이렇게 살다 보니 스스로히 생겨난 한 개의 꾀가 있으니, 그것은
딴게 아니라 서울의 생활비보다 싸게 먹히는 딴 나라들을 찾아내 거
기 가서 한동안씩 지내 보는 일이다. 딴 나라에 가서 살면 아무래도
눈요기할 것도 많고 또 공부해야 할 것도 저절로 생기는 것이니 일
석이조다.

지난여름 러시아에 갔던 것도 사실은 그런 속셈에서였다. 식품난
으로 건강이 못 견디어 일단 돌아오긴 했지만……

그런데 80세, 90세, 100세 살아 있는 날까지 글을 쓰고 공부를 하
고 지내자면, 먼저 그 마음이 이어서 건전해야 할 것은 물론이고 특
히 기억력이 침체하지 않아야 할 텐데 늙어갈수록 여의치 못하니 이
걸 어떻게 하는가?

여러 해 전부터 나는 많이 마음을 써 이것저것 고려해 본 나머지

무슨 기억해 둘 보람 있는 것들을 무더기로 외우고 지내는 일을 날마다 되풀이하는 것이 기억력 침체 방지에 좋을 것을 착안하고, 내가 좋아하는 세계의 높고 좋은 산들의 이름을 외우는 일을 시작했다.

그래 처음에는 그중 205개를 발췌해 한동안 외우고 지내다가 그 수효를 1628개까지 늘려서 외우기 시작하여 1990년 9월 어느 날부터는 이걸 완전히 쭉 다 외워 내는 데 성공해서, 그 뒤 오늘까지 아주 급한 일만 없으면 아침마다 연거푸 이걸 외우고 지내는데 내 경험으로 확실히 효력이 있어 보인다.

첫째 아침에 눈이 뜨여 먼저 이것들을 다 유창히 외우고 나면 '오늘 하루는 이 기억력이면 글도 쓰고 공부도 다 해낼 수 있다' 하는 확신이 생기는데, 그 확신으로 해 보니 내가 목적하는 것들이 이루어지는 것이었다.

그러나 글 쓰고 공부하고 사는 것이 기억력의 유지 하나만으로만 이루어지는 것은 아니니, 어느 모로나 너절하고 용렬해지지 않도록 늘 마음 써야 할 것은 물론이다. 세계의 높은 산들의 이름을 아침마다 외우면서 나는 그 의젓하고 건전한 기풍도 배워 나가고 있다.

늙어서도 공부하고 글 쓰고 또 여행도 하고 지내자면 마음의 능력들만 침체하지 않으면 되느냐 하면, 그것만 가지고는 안 되는 것이니 여기에는 물론 육체의 능력도 아울러 찌부러지지 않아야만 되기 때문이다.

그래 나는 늘그막에 와선 내 몸의 건강을 유지하기 위한 몇 가지의 훈련과 약 먹기도 계속하고 있는데, 나와 내 아내가 아침마다 함께 이행하고 있는 운동은 첫째, 국민학교 아이들이 날마다 되풀이하는 그 기본체조와 둘째, 가까운 산에 오르내리는 일이다.

독일의 대문호 괴테의 『빌헬름 마이스터의 편력시대』라는 소설 속 주인공도 기본체조를 늘 하고 있는데, 일례를 들면 몸을 앞으로 굽혔다가 펴는 굴신운동의 의미는 '대지에 순응하는 것'이다.

그래 나도 빌헬름 마이스터식 그대로는 아니지만, 우리 내외의 기본운동에 나름대로의 의미를 붙여 이행해 오고 있다. 일테면 '머리를 앞으로 숙였다 펴기' 운동에다가는 '하늘의 뜻에 순응하고 긍정한다'는 의미를, 또 '머리를 좌우로 돌리기' 운동에다가는 '하늘의 뜻을 두루 보살피기'라는 의미를 담았다.

나는 아침에 일어나면 먼저 1628개의 이 세계 큰 산들의 이름을 약 30분에 걸쳐 외우고 나서, 낱낱이 의미를 붙인 그 기본체조를 아내와 함께 이어서 하고는 바로 산에 오른다. 우리 집은 관악산 북쪽의 삼성봉 밑에 자리하고 있어서 솔과 잡목들의 수풀이 가깝고, 거기서는 까치, 꿩, 뻐꾸기, 꾀꼬리의 노래도 잘 들려 한 시간쯤의 우리 내외의 산책에는 안성맞춤인 것을 복으로 안다.

물론 우리 내외의 일상 운동은 여기에서만 그치는 것은 아니다. 답답하면 언제든지 국내 여행이나 외국 여행을 떠난다. 국민학교 아이들이 재잘거리며 수학여행을 떠나듯이 아주 유치하게 재잘거리면서 말이다.

아! 그리고 참, 날마다 끓여서 아침과 저녁에 나눠 마시는 약이 한가지 있다. 그것은 대추를 넣어서 호박빛이 나도록 끓여 내는 우리

고려인삼탕 그것이다.

　나는 열일곱 살 때부터 문학 공부를 시작해서 지금도 한 학생으로 계속하고 있거니와 문학 외에도 철학, 종교, 역사, 지리 등을 아울러서 공부하고 있다. 1945년 해방 뒤에는 대학교수도 오래 해 왔고, 써낸 책도 60여 권은 된다. 그러나 주자의 말씀마따나 '소년은 늙기 쉬운데 공부는 잘 안 된다'로, 뭐 아는 것도 넉넉지는 못하기만 한데, 그래도 오늘의 인생관 세계관을 이루는 데 가장 큰 영향을 내게 주신 이들을 돌이켜 생각해 보면, 그분들은 역시나 우리네 다수가 몇천 년씩을 두고 오래 영향받아 온 성인들이시고, 그 가르침이다.
　그 첫째 분은 공자이니, 부모님과 조부모, 그전의 여러 대의 옛 어른들이 그러신 것처럼 나도 그분에게서 우리 가정을 화목과 조화로 이끄는 윤리를 배웠다. 그의 자연관이나 역사관이나 왕도 중심의 사회관 등에는 따르지 않았지만 가정 윤리만큼은 이분의 것이 지금도 역시 으뜸으로 여겨져 거기 따르고 있다.
　그다음으로 불교의 석가모니 부처님인데, 이분에게선 무엇보다 먼저 영생하는 도리와 마음을 맑혀 사는 구체적인 방법을 배웠다. 특히 마음 맑히는 구체적인 방법들은 딴 종교에는 보이지 않는 것들이어서 내 인생을 이끌고 오는 데 큰 힘이 되었다.
　노자와 그의 발전적인 계승자인 장자에게서 배운 것은 인위를 떠난 자연과의 원만한 융화요, 예수에게서 배운 건 하느님과 그 철저한 부자 관계의 인식과 정의 수호와 사랑의 실천력이었다.

그런데 여기에 이어서 말해 두지 않을 수 없는 것은 신라의 최치원이 풍류라고 소개한 우리의 옛 신선도 정신이다. '유교와 불교와 도교, 세 종교의 정신을 포함하고 있다'고 말한 이 신선도의 종합적인 정신은 뒤에 화랑도에도 도입되었음은 물론 근원을 소급해 올라가면 단군 언저리에까지도 연결되고, 그 영향은 중국의 상대 민요집인 『시경』에도 많이 드러나며, 나아가서는 노자의 『도덕경』에서까지 나타나는 걸로 보는데, 이걸 어찌해야 할 것인가?

그럼 우리는 이 물질적, 정신적 양면에서의 공해 첩첩한 20세기의 과학 문명을 이끌고 앞으로 다가올 21세기에 어떻게 살아 낼 것인가?

내 생각 같아서는 UN총회도 이 땅 위의 전쟁 억지력을 위한 절대적인 기구는 될 수 없으니, 먼저 이것 대신에 세계 연방정부라는 것이 새로 서서 전쟁 억지력을 절대적으로 발휘해 주어야겠다. 그러면 그 막대한 전쟁 산업이 빚는 공해부터 줄어들 것이고, 여기 뒤대어서 우리는 생활필수품 생산을 제외한 많은 공장들을 문 닫을 필요가 있다. 그러고는 귀농 운동을 대폭적으로 일으켜 그 지독한 농약을 치지 않는 무공해 농사 시대를 열어가야 한다.

그럼 사상과 감정의 표준은 어디에다가 두는가? 물론 실존주의 철학과 문학에서도 이미 역설해 왔듯이 그 알량한 각종 개념의 무더기들을 과감하게 몽땅 다 무너뜨려 버리고, 그 대신 우리의 토착적인 의리와 인정으로 서로 도우며 살아가면 될 것 아닌가? 공해의 염병을 앓고 되살아난 자연의 맑은 햇빛, 맑은 공기의 새로운 삶 속에서 사상과 감정인들 무에 딱딱하고 까다로울 필요가 있는가?

그 맑은 햇빛 속에서라면 단군 때의 신선도 하나만으로도 넉넉할 줄로 안다.

> 살어리 살어리랏다
> 청산에 살어리랏다
> 머루랑 다래랑 먹고
> 청산에 살어리랏다
> 얄리얄리 얄라셩 얄라리 얄라

(『문예중앙』 1993.3.)

이 훤칠한 삶의 맛

내 이름은 별게 아니라
그저 잘하는 '양치질'이로다.
아침에 시내에서 세수를 하고
입에 물 머금어 하늘 높이 뿜기며
해돋이를 이빨로 깔깔대고 웃으면
그게 보기 좋다고 사람들이 붙인 이름이로다.
한자로 붙여 쓰자면, 그렇지 명림어수明臨於漱.
이보다 더 좋은 능력은 내겐 없지만
그렇지, 그래도 한 번은 국무총리도 됐노라.

위에 인용한 졸시 「이름」은 1982년에 발행한 내 시집 『학이 울고 간 날들의 시』에 들어 있는 것이지만, '명림어수'가 고구려 중천왕 때의 사나이인지라 불교가 여기 들어오기 전의 국선 정신國仙精神 — 단군 때부터의 그 국선 정신 속의 사람의 모습이 잘 보이고 있다고 생각되어 여기 이 글의 머리에 놓았다.

명림어수의 아침 양치질 때의 웃음소리를 내 마음속에 데불고 이번 과천 국립현대미술관에서 전시하는 만주 집안 지방에서 출토한 고구려 고분벽화 사진 전시장을 쭈욱 돌아보았는데, 그 종합적인 느낌은 '참으로 많이 반가운 것'이었다. 이만큼 한 삶의 맛을 빚으며 사시었던 옛 어른들을 가진 것을 우리는 떳떳한 자랑으로 여겨도 좋겠다는 생각이 들었다.

1977년 12월 세계 일주 여행 도중에 나는 미국의 뉴올리언스에서 때마침 전시하고 있던 '이집트의 투탕카멘 왕의 무덤에서 나온 공예품들'의 뛰어난 솜씨들도 음미해 본 일이 있지만, 이집트 옛 미술의 최고 정수도 우리 고구려의 고분벽화에 비교해 보자니 아무래도 우리 것이 그 훤칠한 감칠맛에서는 매우 웃도는 것만 같다.

형이하적인 솜씨는 이집트의 것이 더하지만 형이상적인 함축미에서는 우리 것의 훤칠함에 어깨를 겨눌 수는 없을 것만 같았다.

단군 할아버지의 자손이고 동이족의 후손이며 또 국선의 후예인 여러분은 먼저, 말을 달리며 활을 쏘아 사냥을 하고 있는 〈동이수렵도〉란 그림 앞에, 다음엔 또 신선이 학을 타고 하늘을 나는 〈승학비천도〉 앞에 서 보심이 좋다.

이 두 그림은 단군 때부터의 우리 국선도의 양면 정신을 상징하는 것이니, '활을 가장 잘 쏘는 어른릙大人'이란 뜻을 합쳐서 이루어진 '이夷' 자는 예부터 중국인들이 우리를 존대해서 부르려고 만든 글자인지라 〈동이수렵도〉에서는 옛 중국을 무력으로 지배하기도 했던 늠름한 모습을 눈여겨볼 일이고, 〈승학비천도〉에서는 하늘의 영원한 빛과 유구함에 언제나 동화하는 국선 정신의 또 다른 한 면을 살펴야 하기 때문이다.

우리 동이 국선의 힘이 중국의 주나라 시절에는 한동안 그곳 황제의 항복을 받아 조공까지도 바치게 했던 사실과 또 우리 역사의 가장 떳떳한 이해자였던 신라의 최치원 어른이 '국선도는 사실은 유교와 불교와 도교의 정신을 두루 포함할 만한 것이다'라고 하셨던 뜻도 우리는 잘 알고 있으니까 말이다.

그다음으로는 〈해와 달의 신의 춤〉이라는 그림 앞에 멎어서서 보는 것이 좋겠다. 왜냐하면 동서양에 '춤의 그림'도 꽤나 많지만 이렇게 해와 달의 신이 나란히 서서 유연한 모습으로 춤의 리듬에 몰입해 있는 것을 표현한 그림은 잘 생각 안 나니 말씀이다.

밀착해서 춤추는 게 아니라 상당한 사이를 두고 따로따로 떨어져서 느릿느릿 점잖게 춤의 가락을 펴고 있는 해의 신과 달의 신의 관계는 애인이나 부부 사이 같지는 않고 오빠와 누이 사이쯤으로 보인다. 그러나 언제나 난잡하지 않게 점잖게 살아온 우리의 전통적인 예의에 비추어 보자면 이 그림은 아주 점잖은 한 쌍의 연인의 춤 같기도 하다.

그야 하여간 이 그림이 풍기는 유연하고도 훤칠한 느낌에서도 나는 우리 옛 국선도의 넉넉하고도 여유 있는 아취를 느낄 수가 있어 좋았다.

한 마리 수탉의 아름다움과 늠름함을 주역으로 삼고, 하늘을 나는 여러 종류의 새들을 그려 놓은 벽화도 내게는 퍽 인상적이었다. 이 닭이라는 새를 사람들은 언제부터 야생에서 가금으로 길들여 왔는지는 잘 모르지만, 특히 잘생긴 수탉을 자세히 음미해 보자면 그 생김새나 울음소리의 종합적인 아름다움이 이만큼 아름다운 새가 하늘 밑에서는 더는 없는 걸로 나는 아는데, 고구려 어른들은 나하고 생각과 느낌이 아주 꼭 같아서 수탉 한 마리를 모든 새의 주역으로 그려 놓으셨으니 말이다. 오늘날 닭고기가 싸게 팔린다고 해서, 새벽을 알리는 그 울음소리까지 싸게 생각하는 버릇이 생겨서는 안 되겠다.

소수림왕 때에야 비로소 불교가 고구려에 들어왔기 때문에 아직 여기 미숙하던 시절의 그림이어서 그런지 〈예불도〉라는 벽화는 그전의 그림들에 비해서는 좀 손색이 있어 보이지만, 그래도 두 손과 두 발과 머리까지를 땅에 대고 부처님께 절하는 오체투지의 예의 자잘한 부분까지도 표현하려고 애쓴 흔적은 역력히 보여서 역시 이런 점은 반가운 것이었다.

초기 신라에서 발달되어 중국인들이 많이 배워 갔던 '매사냥'의 그림을 고구려의 고분벽화에서 발견하는 것도 적지 않은 재미였으며, 고구려 귀부인의 경쾌한 모자가 서양 모험아의 상징인 로빈슨

크루소의 것과 흡사해 보이는 것도 진취적인 느낌을 주어서 좋았다.

내가 여기 소개한 것들 밖에도 좋은 것들이 많이 있으니, 여러분이 직접 가 보시고 고구려적인 두두룩한 삶의 표현 속에 같이 숨 쉬는 긍지를 느끼시기를 바란다.

(조선일보 1994.3.5.)

기뻤던 일 딱했던 일

1995년에 가장 기뻤던 일은 올여름 아일랜드의 더블린에서 내 번역시집 『Poems of a Wanderer(떠돌이의 시들)』이 출판되어 10월 4일에 그곳 글 쓰는 사람들이 나를 초대해 출판기념회를 열어 준 일이었다. 오랫동안 영국의 힘에 눌려서 지내 온 사람들인 만치 그들의 마음 씀씀이는 많이 우리나라 사람들 같은 데가 있어 눈물겨울 만큼 고맙기도 했다. 가난살이 속의 그 애처로운 인정이 그저 대견하기만 했다.

푸른 나뭇가지를 껍질째 잘 말려서 만든 지팡이 하나를 우리 돈으로 쳐서 1만 원쯤 주고 사서 짚고 왔는데, 이것도 아마 내 여생의 좋은 벗이 될 것이다.

그 더블린행의 도중을 미국 노스캐롤라이나 주의 수도 랠리에서 변호사 노릇을 하고 있는 큰아들 승해네 집에서 한동안 쉬고 지냈는데, 그 애가 변호를 해 벌어들이는 미약한 수입을 즈이 식구들만이 먹지 않고, 뜰에 모여드는 새들과 못물 속의 물고기들과 같이 노나 먹고 사는 광경을 보니 그 역시 무척 반가웠다. "거참 잘 생각했다!"고 칭찬을 해 주었다.

그러나 지팡이에 의지해 내 나라 서울에 다시 돌아오니, 공장 굴뚝을 쑤셔 놓은 듯한 공해 첩첩한 하늘의 구름장들, 목구멍에 걸리기만 하는 오염된 수돗물들, 그것들도 그것들이려니와 요즘 신문들을 까맣게 먹칠하고 있는 '노태우 비자금 사건'이 다시 내 간장을 바짝 조이고 있다. 올여름 어마어마한 죽음을 몰고 온 '삼풍백화점 붕괴 참사'와 그보다 먼저 있었던 '성수대교 붕괴 참변', '대구 지하철 가스 폭발 참변', 또 '서울 아현동 도시가스 폭발 참사' 등과 어울려서 서로 꼬리를 물고 이어지며 몰려오고만 있는 것이다.

이런 딱한 일들은 1945년 해방 전이나 후에도 없었던 일들인지라 불길한 예감만이 앞서서 정말로 머릿골치가 아프다.

나는 내 일생의 중요한 때를 시 쓰는 일 외엔 교육에만 종사해 온 사람인지라, '내가 써 온 문학작품들이나 내가 해 온 교육의 허점들도 이 딱한 참변들에 은연중에 관계하고나 있는 것 아닌가?'도 자연히 늘 스스로 묻게도 된다.

그러면 내 마음속에서 우러나오는 반성의 소리가 있으니, '너는 얼마나 진실에 철저했으며 또 얼마나 바른 인식에 충실했느냐?!' 하는 것이다. '너도 이놈아, 때에 따라 진실을 적당히 에누리하고, 철저해야 할 인식을 어리무던히 중도 포기한 일은 없었느냐?' 하는 것이다.

그러면 나도 순식간에 공범자가 되고 만다.

이러다가 돌아가는 곳은 대학 다닐 때 한동안 심취한 데카르트의 회의론이다.

'의심하라! 의심하라! 의심하라! 끝까지 의심하라! 무엇이건 어떤 일이건 인간 세상에서 일어나는 일은 끝까지 의심하여 더 이상 의심할 여지가 없는 데까지 몰고 가라. 그래 거기에서 비로소 바른 인식의 길이 열릴 수가 있는 것이다.'

(『현대문학』 1995.12.)

미당 서정주 전집 8

1판 1쇄 인쇄 2017년 3월 6일
1판 2쇄 발행 2021년 7월 26일

지은이 · 서정주
간행위원 · 이남호 이경철 윤재웅 전옥란 최현식
펴낸이 · 주연선

책임 편집 · 심하은
책임 교정 · 노홍주
자료 조사 · 김명미
표지 디자인 · 민진기

(주)은행나무
04035 서울특별시 마포구 양화로11길 54
전화 · 02)3143-0651~3 | 팩스 · 02)3143-0654
신고번호 · 제 1997-000168호(1997. 12. 12)
www.ehbook.co.kr
ehbook@ehbook.co.kr

잘못된 책은 바꿔드립니다.

ISBN 978-89-5660-369-8 04810
978-89-5660-885-3 (전집 세트)
978-89-5660-575-3 (산문 세트)